笠間書院

福田安典
Fukuda Yasunori

医学書のなかの「文学」

The 'Literature' You see in Medical Books

江戸の医学と文学が作り上げた世界

医学書のなかの「文学」

†江戸の医学と文学が作り上げた世界

◉目次

▼医学書メモ一覧

序章◉医学書のなかの「文学」

もちろん文芸作品全般に言えることではないが、医学書を知らなければ鑑賞どころかまずは理解できない作品が確かに存在する。特に近世期の作品の中にはその特徴の顕著なものがある。

例えば、上方の初期洒落本《しゃれぼん》に『本草妓要《ほんぞうぎよう》』（宝暦頃刊）という作品がある。この作品が『本草備要《ほんぞうびよう》』という中国の医学書のもじりであることは、さして医学書に通じていなくてもそのタイトルから容易に理解できそうである。事実、この作品の序文は『本草備要』の逐語的なもじりとなっている。まずは次のページの図版を見較べてほしい。

▼中国の医学書『本草備要《ほんぞうびよう》』をもじる、初期洒落本『本草妓要《ほんぞうぎよう》』

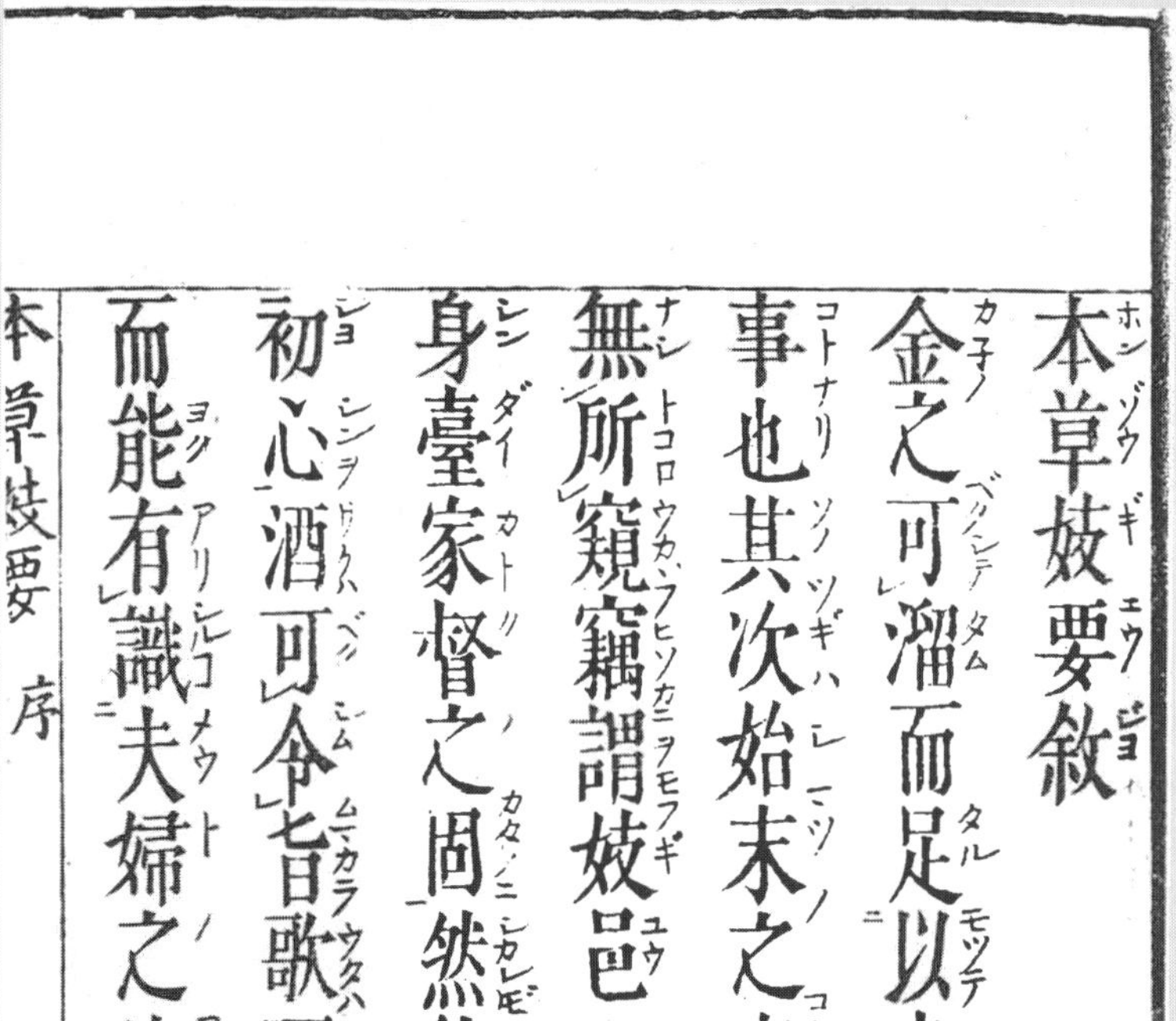

本草妓要敍《ホンゾウギエウジヨ》

金之可溜而足以灸苦者必齏甫之

事也其次始末之事也余於渡世既

無所窺竊謂妓邑之遊雖無助于

身臺家督之悶然能善人付合療人

初心酒可令旨歌可使妖無爲祝言

而能有識夫婦之塩梅不爲慇懃有

本草妓要　序　一

上方の初期洒落本『本草妓要』（大阪大学附属図書館・忍頂寺文庫蔵）

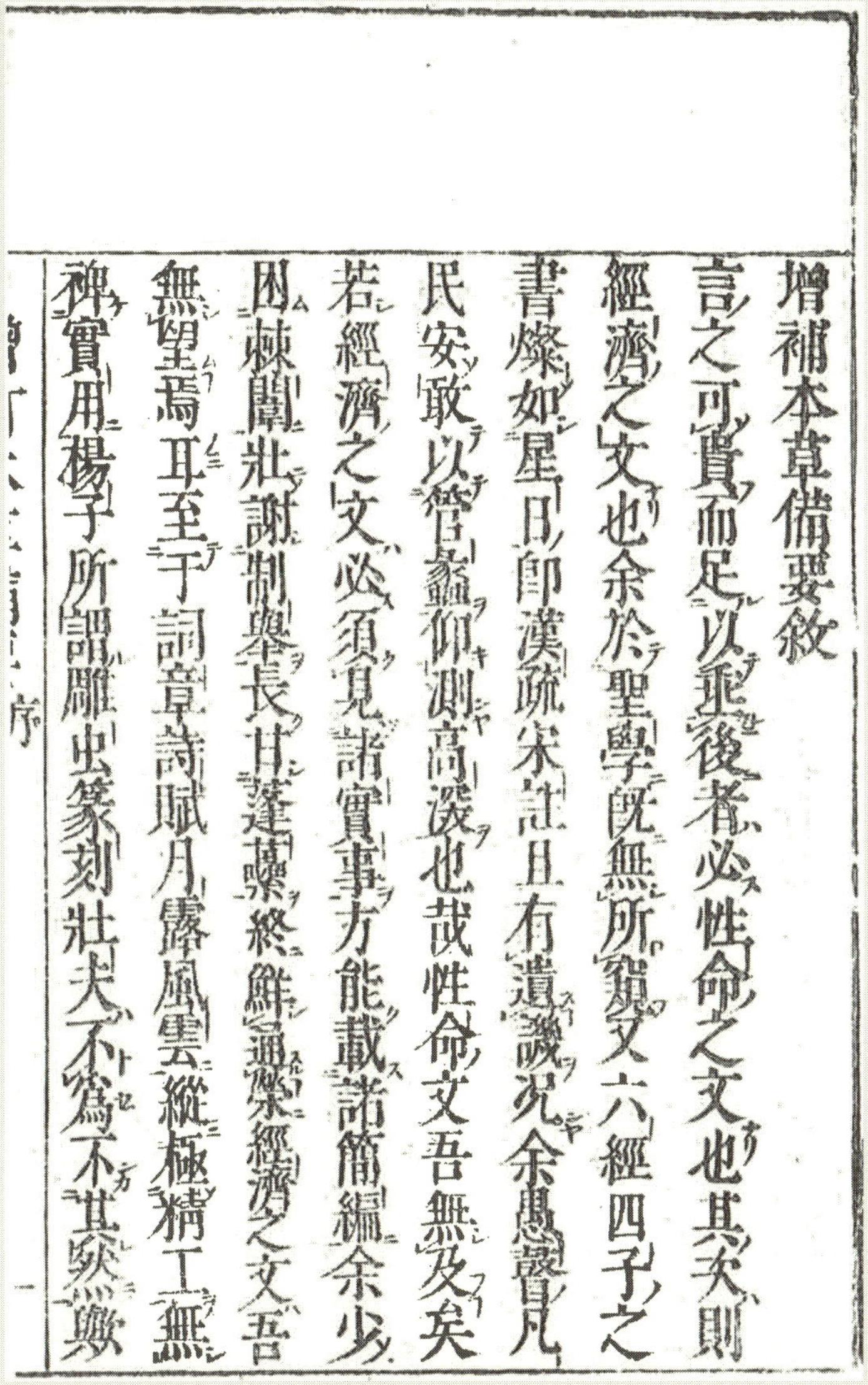

增補本草備要敘
言之可貴而足以垂後者必性命之文也其次則
經濟之文也余於聖學既無所窺又六經四子之
書燦如星日即漢疏宋註且有遺議況余愚瞽凡
民安敢以管蠡仰測高深也哉性命文吾無及矣
若經濟之文必須見諸實事方能載諸簡編余少
困棘闈壯謝制舉長甘蓬藋終鮮遇榮經濟之文吾
無望焉耳至于詞章詩賦月露風雲縱極精工無
裨實用楊子所謂雕虫篆刻壯夫不爲不其然歟

中国の医学書『本草備要』（架蔵）

完全なるパロディであることは、医学書にも、近世の洒落本にも通じていなくとも、諒承できるであろう。ところが、この中国の医学書をもじっているのはここまでで、以後の本文は京堀川の医師で当時有名であった香川修庵《かがわしゅうあん》（太仲）という医師の著書『一本堂薬選《いっぽんどうやくせん》』『一本堂行《いっぽんどうこう》余医言《よいげん》』を巧みにもじって作られているのである。▼注[1] 今、一例を示せば（便宜上、原本の返り点・ふり仮名などは省く。傍点筆者、以下同）、

凡妓之美悪真偽、固漂客之所当識辨、妓不真美苟不可買

（『本草妓要』）

凡薬之美悪真偽、固医人之所当識辨、薬不真美病不可愈

（『一本堂薬選』）

【訳】凡そ妓（遊女）の美悪や真偽は、もとより漂客（遊客）が識り弁ずる所である。妓がまことに美しくなければ、買ってはいけない。

（『本草妓要』）

【訳】凡そ薬の美悪は、もとより医人が識り弁ずる所である。薬が真美でなければ病は癒えないであろう。

（『一本堂薬選』）

というごとくである。傍点部のような悪ふざけ気味のもじりによって、固苦しい医学書が一転して粋な洒落本へと転じている。

▼医学書メモ

『本草備要《ほんぞうびよう》』

清代の本草書。汪昂撰。成立は不明だが、『本草概説』（岡西為人、創元社、昭和五二年。以下、岡西『本草概説』と略）に「康熙二十一年（一六八二）頃の作と推定される」「中国では現在も広く用いられている。日本には元禄八年（一六九五）に渡来があり、享保三年（一七一八）および同十四年（一七二九）に翻刻も行われている」とある。

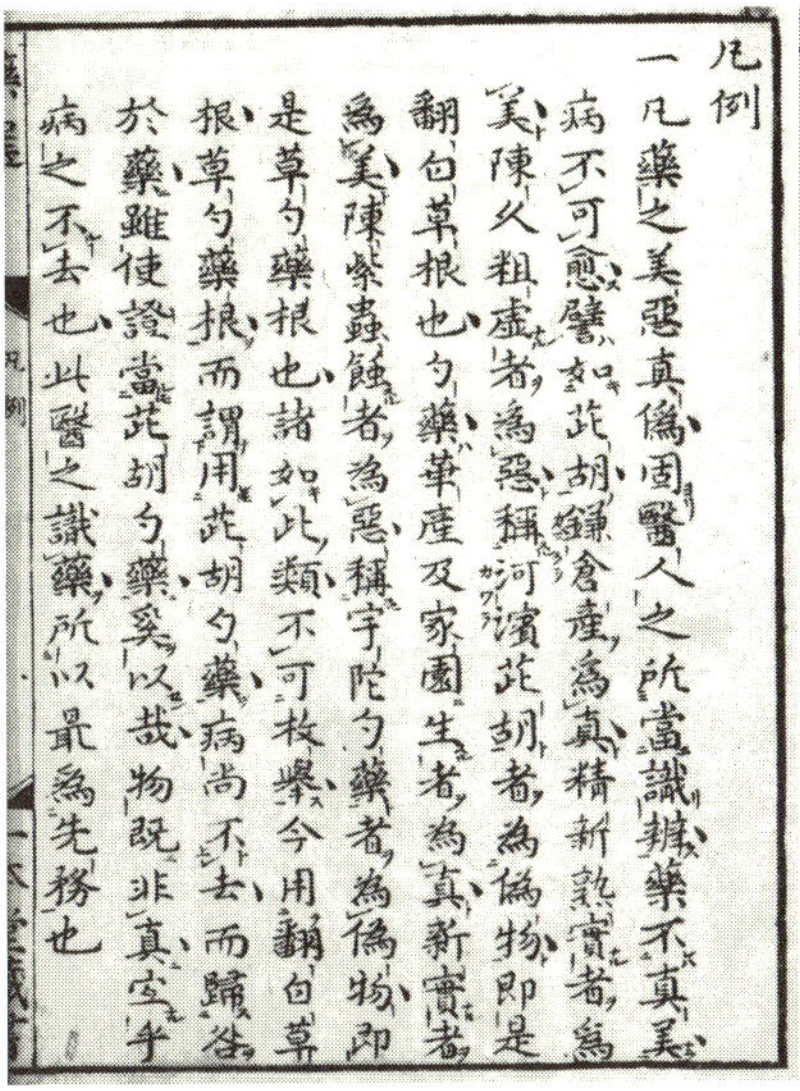
凡例
一凡藥之美惡眞僞固醫人之所當識辨藥不眞美
病不可愈譬如茈胡鎌倉產爲眞精新熟實者爲
美陳久粗虛者爲惡稱河濱茈胡者爲僞物即是
翻白草根也勺藥華產及家園生者爲眞新實者
爲美陳紫蟲蝕者爲惡稱宇陀勺藥者爲僞物即
是草勺藥根也諸如此類不可枚擧今用翻白草
根草勺藥根而謂用茈胡勺藥病尚不去而歸咎
於藥雖使證當茈胡勺藥奚以哉物既非眞豈乎
病之不去也此醫之識藥所以最爲先務也

『一本堂薬選』（架蔵）例示部分

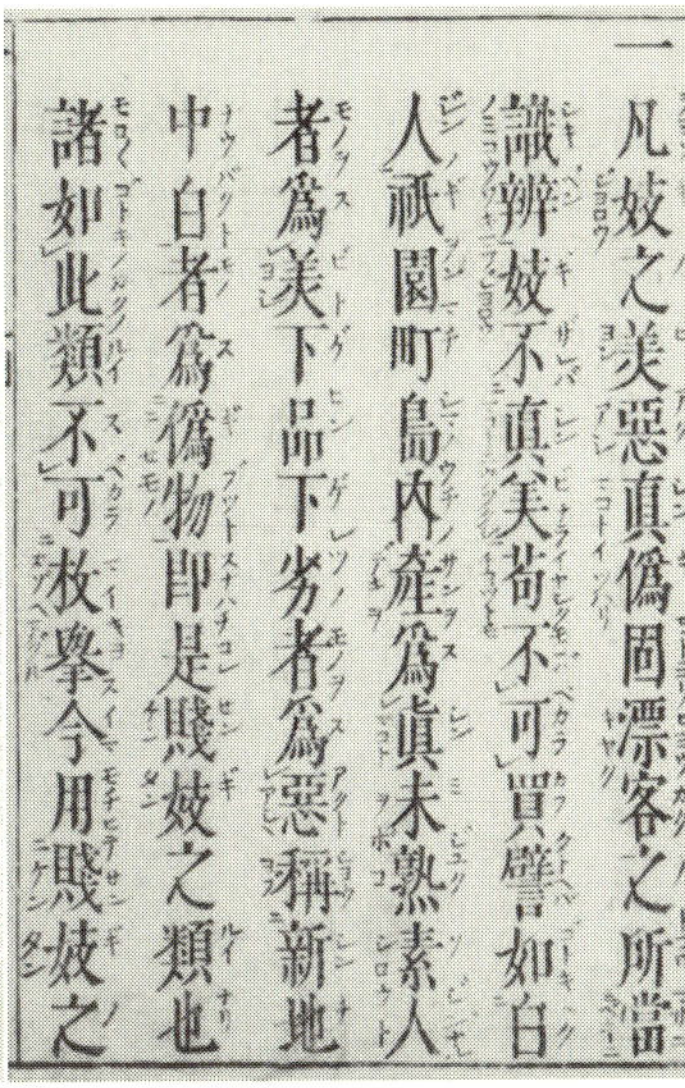
本草妓要凡例
一凡妓之美惡眞僞固漂客之所當
識辨妓不眞實苟不可買譬如白
人祇園町島内產爲眞未熟素人
者爲美下品下劣者爲惡稱新地
中白者爲僞物卽是賤妓之類也
諸如此類不可枚擧今用賤妓之

『本草妓要』例示部分
（大阪大学附属図書館・忍頂寺文庫蔵）

問題は、この『本草妓要』のようなたかが一小品を理解するために、修庵という医師の大部の著作に通じる、しかも暗記するほどに精通していることが必要条件であるということである。特に『一本堂行余医言』の方は刊本いまだ出揃わず、当時は門人の間で写本で流通していたに過ぎず、『本草妓要』の作者はむろんのこと、読者の側も修庵という医師の著述に精通していることが、この作品鑑賞が成立する大前提である。一体どのような人物が、この作品の作者、あるいは読者たり得たのだろうか。例えば、修庵の高弟にして雅俗併せ呑むことの出来る都賀庭鐘《つがていしょう》のような人物以外に、その作者や読者には想定できないであろう。この作品はいかにも上方の初期洒落本らしく、少し悪戯《ふざ》けに流れても笑いあえる気の合った仲間内で当初は珍《ちん》玩《がん》されていたと思われるが、彼らは庭鐘がそうであったように、平常は修庵の医書をもって医術に従事し、かたわらその医書をもって色遊びを語る騒人《そうじん》たちでもあった。

この修庵という人物は古方家《こほうか》として儒医一本論を提唱し、一世を風靡した人物であったが、その生《き》まじめな熱情ゆえにとかく取り沙汰される医師で、平賀源内などもさかんに彼を揶揄している（『天狗髑髏鑑定縁起《てんぐしゃれこうべめききえんぎ》』、『放《ほう》屁論《ひろん》』など）。修庵に私淑した橘南谿《たちばななんけい》も「香川太仲若かりし時、治療の為に奔走せしに、つひに途中にて小水を便ぜし事無し」（『北窓瑣談《ほくそうさだん》』）と修庵の真摯な逸話を記すが、このまじめな師匠の姿は美談として語られる一方、弟子にはさまざまな人間がいるであろうから、ややもすると滑稽の対象ともなろう。そういった輩《やから》にとってその師匠の医学書は、平常の医師業務としてはまさに金科玉条とすべき商売道具であっても、いったん職を離れて巷間《こうかん》の粋人の立場となれば、哄笑《こうしょう》やパロディの対象たりうる。

このように、近世期の医学書にはその本来の目的から離れた扱いがなされた場合があった。この事実から筆を起こしたいと思う。

この『本草妓要』は意外にも世に迎えられ版を重ねていき、当然その読者層も修庵の門弟以外にも広がっていった。後には江島其磧《えじまきせき》の浮世草子を利用して、全く別趣の作品として流通していく。▼注[2] その時、医学に明るくない読者が、この作品を鑑賞するためには修庵の著書に通じることだと気付き、さらにその意図を探るべく、閑暇《かんか》の徒然に医学書をまさぐり、修庵の著にたどり着く、という事態をわれわれは想定すべきなのであろうか。それとも、『本草妓要』のタネが修庵の医学書だと看破することが出来るのはやはり医生だけなのであろうか。

もしも前者、つまり医学に従事しないで、単なる「文学」という暇つぶしのために医学書を手に取る読者というものを認める立場に立てば、医学書は「読み物」としての存在意味を持つこととなるはずである。どうやらわれわれは、医学と文学という対立構造、医学書と読み物という取り合わせへの違和感などの先入観をまずは外して、近世期の作品のいくつかを読む必要性に迫られているようである。

本書は、特に医学に従事しない者が、所謂《いわゆる》「文学作品」を理解するために、医学書及び本草書の世界や知識が必要だという作品群を取り上げる。タイトルの「医学書のなかの「文学」」はもちろん比喩であって、今「文学」として広く認定されているジャンルを「医学書」の中の部分集合にせよというものではないことを始めに断っておく。

本書は以下の構成を持つ。

序　章　医学書のなかの「文学」（本章）
第1章　それは「医学書」なのか、「読み物」なのか
第2章　江戸期を通じて愛されたヤブ医者、竹斎《ちくさい》
終　章　近世文学の新領域

第1章に於いては、「医学書」とも「読み物」とも区別がつかない、というよりその峻別が意味を持たない『医者談義《いしゃだんぎ》』という作品の分析を皮切りに、医学書に擬態する作品群を紹介し、江戸期のカルテにあたる「医《い》案《あん》」の世界を概観する。

第2章では、近世初期の仮名草子の代表と呼ばれ、また優れた近世小説とも呼ばれる『竹斎《ちくさい》』というヤブ医者の物語を中心に取り上げ、その系列作品や周辺資料までを対象に、曲直瀬《まなせ》流医学を視座に論じていく。

それらを踏まえて最終章では、得られた知見をもとにした私見を提示したいと考えている。

本文は、極力原文の趣を残すように努めたが、論の展開上、濁点や句読点、返り点を施したり、書き下しに

改めた箇所、『　』「　」を施した部分もある。また、中国の医学書や本草書の本文については和刻本（日本で返り点や送りがなを伏して刊行されたもの）を中心に扱っている。それは学問的には最善本選定という手順に反するというお叱りはあろうと思われるが、本書の「特に医学に従事しない者が、所謂「文学作品」を理解するために、医学書及び本草書の世界や知識が必要だという作品群を取り上げる」というスタンスからの処理であることをご理解いただきたい。

【注】

［1］福田安典『平賀源内の研究―大坂編』（ぺりかん社、平成二五年）。

［2］宮本祐規子「江島其磧と初期洒落本―『本草妓要』「漂游総義」をめぐって―」（『上方文藝研究』第九号、平成二四年六月。後に、『時代物浮世草子論―江島其磧とその周縁』笠間書院、平成二八年）。

第1章◉ それは「医学書」なのか、「読み物」なのか

はじめに

先の『本草妓要《ほんぞうぎよう》』は意外にも世に迎えられていく過程で、漢文の遊女評判記や洒落本としての評価が定着し、医学に明るくない読者の方が増加していった。もはや作品の本来の楽しみ方を離れて、修庵の著書に気付くこともなく、それなりの作品論が展開されていくことになったのである。

それはそれでよいのだが、一方では作品論というのは、その作られた時に遡って、典拠や手法、文体、当代の読者や時代背景などもろもろの観点からなされる総合的専門科学だとする立場もあり得る。『本草妓要』を扱う場合は、当然ながら当時の医学に目を配らなければならなくなるのである。医学に従事しないくせに医学書を扱う「文学研究」の誕生である。

本章では、『本草妓要』ほどではないにしろ、文学研究者たちが目を背けがちになる医学書や本草書をいわゆる文学作品と付き合わせてみれば、果たしていかなる風景が現出するのかということを提示してみたい。

医学に従事しない者にとってのこの作業は、単に医学書を「読み物」として扱うということである。そこから、暇つぶしのために医学書を手に取る読者が江戸時代にいたかどうか、医学書の「読み物」としての存在意味などを問いたい。

第１節◉愉快な書物――「読み物」としての医学書

近世滑稽文学なのか、医学史資料なのか

ここで、宝暦九年〈一七五九〉刊行の糞得斎《ふんとくさい》作『医者談義《いしゃだんぎ》』（三條小橋西小田九郎右衛門・高倉二條上ル町林宗兵衛・二條柳馬場東江入町林伊兵衛・加州書林金沢安江町能登屋治助版、本書では架蔵本を底本とした）という作品を取り上げてみたい。

この作品は京の貧乏医師が滑稽をまじえて世の医師を風刺揶揄するというもので、戦前には三田村鳶魚《みたむらえんぎょ》『滑稽本概説』、水谷不倒翁《みずたにふとう》『選択古書解題』（昭和二年〈一九二七〉に取り上げられ、戦後も、野田寿雄《のだひさお》『近世小説史（談義本篇）』（平成七年〈一九九五〉などにも取り上げられている。また仮名草子『竹斎《ちくさい》』の系統に位置づけることも可能である。▼注［１］日本文学史的に言えば、野田寿雄が「談義の正統」と述べるように、純然たる近世滑稽文学の一つである。

一方、これらの文学的扱いとは全く別の領域で医学史資料としてこの作品は取り上げられている。すなわち、本書は夙《はや》く池田松五郎『日本薬業史』（薬業時論社、昭和四年〈一九二九〉に部分引用され、次いで清水藤太郎が『漢方研究』七号（昭和四十四年〈一九六九〉において、

当時の漢方医の業態、それに対する庶民の心がまえなど、痛快に、軽妙に皮にくつている（筆者注・皮肉っているの意）ので、今の漢方医が読んでもまことに興味がある。

として翻刻紹介されたのである。

つまり、この作品は文学書と医学書の両面から、お互いに交渉なしにそれぞれの研究者の目にとまった作品なのである。ゆえに、先の問題を考えるのに最も適した作品といえよう。この『医者談義』なる作品は果たして「読み物」なのか、それとも「医学書」なのだろうか。

読ませて楽しませる、挿絵に「仕掛け」のある医書

本書は、「人参好悪」「配剤大小」「加持祈祷」「病家需医」「至賊中有珠常功」「疱瘡神」「医者発不発」の七篇の談義からなる。章題を見る限り、この作品は清水が「当時の漢方医の業態」を描いているとすることに異論はないであろう。また、中国の医学史から筆を起こし、次いで本朝の医学史を大己貴命《おおなむちのみこと》から祖述する姿勢、及びその過程で記される和漢取り混ぜての医人の数の多さ、或いは、

凡、傷寒の似より者二十四病あり。六経の伝証も太陽・陽明・少陽・
太陰・少陰・厥陰の捗るに

といった所々に記される医学的見解は、いずれも医学史の方ならば吉《よし》田意安《だいあん》『歴代名医伝略《れきだいめいいでんりゃく》』（古活字版以降数種有り）や黒川道祐《くろかわどうゆう》『本朝医考』

▼医学書メモ

『歴代名医伝略《れきだいめいいでんりゃく》』

小曽戸洋『日本漢方典籍辞典』（大修館、平成十一年、以下、小曽戸『辞典』と略）に「吉田宗恂《よしだそうじゅん》（一五五八～一六一〇）の著になる中国歴代名医の伝記集。全二巻二冊。慶長二（一五九七）年自序。翌同三年（一五九八）姜沆《きょうこう》（朝鮮人）序。同年古活字版、元和三（一六一七）年古活字版、寛永三（一六二六）年古活字版（梅寿《ばいじゅ》刊）、同九（一六三二）年整版、同一〇（一六三三）年整版（梅寿刊）などがある。巻上には上古から五代まで一一七〇名、巻下には宋から明まで二一八名の名医略伝を載せる」とある。

（寛文三年〈一六六三〉）、医学書では『切紙《きりがみ》』『素問《そもん》』『丹水子《たんすいし》』などをしっかり踏まえており、この作品が医学史資料として取り上げられることには否定のしようがない。

では、拙著を含めてこの作品を文学の側から論じてきたことは全くの的外れであったのだろうか。この作品は単なる「読み物」としては鑑賞に耐え得ないのであろうか。まず、下の挿絵を見て頂きたい（『医者談義』巻三）。

この挿絵は巻三にあり、二図が見開きで一覧できる。一見してその奇妙な構図に気付くであろう。何が奇妙かと言えば、

①右図は本文にある白牡丹という中国の堕胎婆であるが、左図の薬種屋《やくしゅや》に該当する部分は本文にはない。

②よく見ると、左図は右図に構成を似せている。つまり、右図の「見立て」（パロディ）という

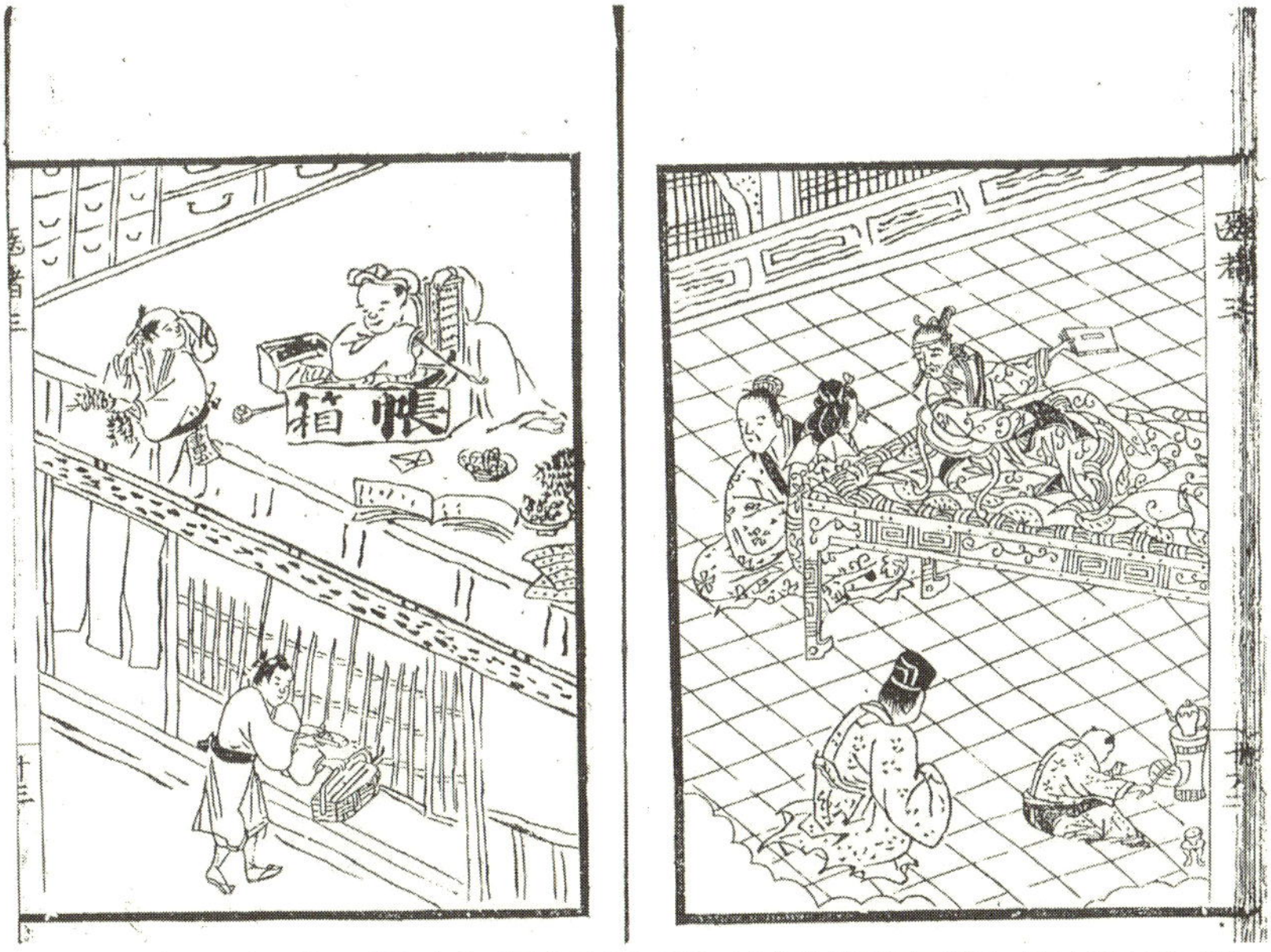

宝暦九年〈1759〉刊行の糞得斎作『医者談義』挿絵（京都大学附属図書館〈富士川文庫〉蔵）

べきものになっている。

③右図は筆致がしっかりしていて専門絵師の手になると思われるが、左図は稚拙で遊戯の雰囲気に満ちている。という点が、さして絵画に通じていなくてもたやすく看取できるのである。この奇妙さを感じながら、読者はこの絵を眺めなければならない。いや、むしろ眺めるというよりも、本文と引き較べてこの絵を読まなければならないであろう。すなわち本文に（波線筆者、以下同）、

命を天に受て人體と成ものを堕殺するはむくふべきこと更なり。此薬を施し行ふ医者は其むくひ現に見へずといふとも自然に貧災あることまぬがれがたし。

とあり、確かに堕胎を批判してはいるのであるが、文章に於いてはあくまでも医師のみしか批判しない。ところが、波線部の「此薬を施し行ふ」行為自体を問うのであれば、その批判は薬種屋にまで及ぶことは当然のことである。この本文にもなく、右図（白牡丹という中国の堕胎婆）のパロディとして書かれているのは、堕胎薬を商い非道の金銭を稼ぐ薬種屋の姿ではないだろうか。

その「読み」が当たっているとすれば、右図と左図を並べておおよそ次のような挿し絵の読み方が許されよう。右図の白牡丹というのは中国の堕胎婆であって、富み栄えるもその報いとして多くの嬰児に脳を喰われて死ぬ。その白牡丹と構図を同じくする左図の薬種屋もまた、そのような報いを受けるべきだというメッセージを読むものである。薬種屋とはいえ堕胎薬を扱う者はやはり白牡丹と同じ末路が運命づけられるという「読み」を、

本文ではなくこの二図の配置によって「表現」したものと見ることはできないであろうか。もし、その「読み」が許されるなら、これはまさしく戯作でいうところの「見立て」であり、この作品にはこのような「絵を読む」楽しさがあるということになる。しかもその楽しさを味わうためにはさしたる医学知識を必要とはしないこと、先の『本草妓要』とは事情を大いに異にしていることは言うまでもない。

ただし、もとよりかかる実用書の挿絵や本文というものが必ずしも作者の意志を反映しているとは限らない。作者のあずかり知らない所で、書肆の営利のために本文が改変されたり、挿絵が配置されたりすることも考えておかなければならない。深読みは禁物である。

この『医者談義』の挿絵については、古版挿絵に通じた水谷不倒翁をして「挿絵は素人らしいが才筆である」と評価せしむる魅力があること、そこに本文には見えない薬種商人批判を読もうと思えば読めることの二点を指摘しておくにとどめたい。そのような挿絵を持つ「医学書」が存在するのである。ただ、付け加えるに、この『医者談義』の挿絵は全体に「読ませる挿絵」「楽しませる挿絵」が多く盛り込まれている。そのいくつかは後に述べるが、水谷翁をして感嘆せしめた実力は、是非ともこの作品の医学史もしくは文学史のいずれか、もしくは両面からの優れた後考によって論じられることを期待している。

ゆえに、従来の研究に於いてはこの作品は先に記したように、文学史と医学史の両面から没交渉に評価される事態が招来されているが、このような愉快な書物を「「読み物」としての医学書」や「医学書のなかの「文学」」と名付け、本書で扱うものとする。

以下、『医者談義』を含めたいくつかの気になる作品を取り上げ、本書の序章としたい。

第2節◉『医者談義』談義――人文学と自然科学という対立を無化する書物

ここで改めて『医者談義』の体裁について考えてみたい。本作品が所謂《いわゆる》「談義本」最盛期の宝暦九年〈一七五九〉刊行であること、体裁が半紙本五冊の型式であること、「〜談義」という題名などを併せ考えてみれば、本作品は『当世下手談義《いまようへただんぎ》』（宝暦二年〈一七五二〉）系列の談義本の型式を襲ったことはまず間違いないであろう。また、その筆名「糞得斎」も仮名草子『竹斎《ちくさい》』に倣ったものであること、後述するように多分に芸能と関係する命名である。つまり、この作品は、今日的な把握の仕方から言えば、医学書の範疇には入らず、文学作品としての体裁を十分すぎるほど持っていることになる。しかし、内容は「今の漢方医が読んでもまことに興味がある」と評されるほどまじめに医学に関わっているのである。

『医者談義』は談義本か――教訓書の姿勢

談義本とは、『六諭衍義大意《りくゆえんぎたいい》』や『当世下手談義』の影響を受けて江戸中期に江戸（東京）で流行した小説群を指す用語である。▼注[2] 談義本の「談義」の特徴を大雑把に取り出せば「教訓」と「滑稽」である。ゆえにその名があるとともに、滑稽本の祖《おや》として位置づけることができる。

では、なぜこの作品は「談義」の体裁を採らなければならなかったのであろうか。また教訓は必要だとしても、「滑稽」の必要性はどこにあったのであろうか。

その理由の一つとして、談義本が持つ「平仮名でみしらすべし」（『当世下手談義』）という俗間教訓の姿勢を作者が利用したことが考えられよう。まず、次の箇所を見ていただきたい。

西晋《せいしん》以後隋唐宋元明《ずいとうそうげんみん》に至て仲景の立法を証《しやう》にして、人々家《にんけ》々種《しゆ》々の変方《へんはう》を立て、服《ふく》を小にし日数《かず》をのぶる事医《い》家の秘事《ひじ》なり。

明《みん》の王時勉《わうじべん》が常勲《じやうきん》の徐氏《ぢよし》が中気不足《ふそく》の症を療《りやう》ぜしときいへることあり。「不足虚分の症を補《おぎな》ふには日数《かず》を積《つむ》て治《ぢ》を緩《ゆる》くするにはしかじ。家屋《かをく》を建《たつ》るがごとし。不日急速《きうそく》にはなるべからず」といひて百日を限りて治療《ぢりやう》するに、十日ばかりにして何のしるしも見へざれば、徐氏《ぢよし》性急《しやうきう》にして医を更《かへ》て利気のくすりを用ひしに甚《はなはだ》そむきければ、立帰りて時勉《じべん》にあやまり乞《こふ》て終に三月《げつ》余にして本復平愈《ほんぶくへいゆ》せしとかや。

（『医者談義』巻二「配剤大小之談義」）

明の王時勉の医話である。王時勉という明代の優れた医者がある患者に百日かけて治療しましょうと提案したが、この患者は十日経っても何の効き目も感じられず、他の医師に鞍替えしたところ病が悪化した。そこで王時勉に謝りを乞うて本復したという話である。これは、本文で作者自身が「名医伝略に見ゆる」（巻五）と記しているように、彼がタネ本として用いた『歴代名医伝略』（吉田意安、慶長二年〈一五九七〉）の次の記事に拠っている。

王時勉、呉郡人。善観レ色ヲ察シレ脈ヲ預シテ言フ二人ノ病ヲ一。常熟ノ徐氏病ム二中気不足ヲ一。延テ二王時勉ヲ一治セシム。脈シテ曰ク「此ノ証宜シ二補剤ニ一。当レ用二参芪ヲ一。譬ヘハ如二築レ基造レ屋一。不レ可下以二時日ヲ一計ス中其成緒ヲ上。須ク服薬百褁乃チ可レ望レ愈コトヲ」。一ヨリ至二テ于十一ニ病不二ス少モ減一セ。更謀二一医一。病勢増劇。復タ請二フ于王一ニ。王脈レシテ之ヲ曰ク、「爾《ナンチ》信レスルコト道ヲ不レ篤。又更二ヘテ別薬一ヲ以テ致二ス増劇一ヲ」。徐莫レク諱ムコト廼チ曰ク、「会二服スル利気之剤一ヲ」。王カ曰、「必ス如二クセハ吾カ言一ノ則チ生ン。否サル則ハ非二ス吾カ所一レニ能スル也」。従レテ之ニ果シテ及レテ期ニ而愈ユ。（下巻・明の部）

両者を対照してみれば、『医者談義』は原典の漢文の直訳では決してない。平仮名でわかりやすく書くという教訓書の姿勢が強く現れているのである。そのために原拠の持つある種の恐怖と迫力は失われるに至っている。これは原文は記さないが、同様に名古屋玄医《なごやげんい》の『丹水子《たんすいし》』（貞享五年〈一六八八〉）を引用した、

丹水子のいへるは、不学の医は常に十人を殺《ころ》せども僥倖《まぐれ》あたりのさいはいありて高貴《かうき》の名ある人を一人治すれば、それよりして鳴《な》り出《いで》てはやりが付《つく》。

という、原漢文を柔らかく崩した記述にも見える作者の一貫した姿勢である。

浮世草子も談義の道具になる

また、作者は文中に『武道伝来記《ぶどうでんらいき》』や其磧《きせき》の『風流曲三味線《ふうりゆうきよくじやみせん》』の名を記す。これも作者がこれらの浮世草子愛読者であったことを示すと共に、やはり教訓書としての談義本の行き方や方法に倣《なら》っていると思われる。例えば『武道伝来記』は、

近き頃、武道伝来記といふ書を見しに医療の規格に成一事あり。

（『医者談義』巻五「疱瘡神之談義《いものかみ》」）

という形で引かれている。『武道伝来記』を「医療の規格」に援用しようというのであるから、その発想力にはいろいろな意味で驚かされるばかりである。その談義を見てみよう。

周防《すはう》の国へ幻術者来《げんじゆつしやき》りて裸身《はだかみ》に鉄炮《てつはう》を受《う》くることを掛物《かけもの》にして金子《きんす》を多《おゝ》く取りたり。周防長門《すはうながと》は鉄炮《てつはう》の名人《めいじん》多きところなれば、若き人々彼幻術者《かのげんじゆつしや》にまどはされて一人も幻術者を打ちおふせる人なくして、既に幻術者其所《ところ》を帰り去らんとす。鉄炮打ちたる人々無念《むねん》に口おしくおもひ、指南《しなん》する師に語《かた》りて師の極手《きよくしゆ》をのぞむ。師、辞退《じたい》するといへども、立ち向《むか》ひ、はたと打ちたれば、あやまたずして打ちおふせ、幻術者は空しく成しとなり。

ある幻術者が裸になって賭けをする。鉄砲で裸の自分を撃ってみよというのであるが、一人もかの者を撃てない。そこで師匠が現れて撃つと幻術者が倒れたという。この記事を『武道伝来記』に拠っているというのである。但し、この話は西鶴の『武道伝来記』には見えない。作者の勘違い、同名の別作者作品もしくは作者の創作かもしれない。しかしながら、いずれにしても肝心なのは、読者がここで西鶴の名を想起する場合が多かったであろうことである。作者の勘違いなどの事情はあるにしろ、ここは西鶴の『武道伝来記』の名を示しながら「医療の規格」を談義していると読みたい。

その読みに従うとして、それではなぜ作者は『武道伝来記』を明示する必要があったのだろうか。この挿話自体が「教訓」の要素を強く持っているのであれば、西鶴の名前は不要であろうし、まず『武道伝来記』という証拠も要らないはずであろう。作者は西鶴作の『武道伝来記』の「権威」を借りて何が言いたかったのだろうか、そしてその意識の来る淵源はどこにあるのであろうか。引用文を続けてみる。

> 此師匠《このししやう》と弟子《でし》との手なみの差《たがひ》たるを見るべし。弟子はひたづら《ママ》裸身《はだかみ》を覗《ねら》へり。師匠は脱《ぬ》ぎ置《おけ》る衣服《いふく》を打ちたり。是猿引の船中《せんちう》にかゞみ居たると同し。裸身は幻化《げんか》の体《たい》なり。本身は衣服の中に居れり。師此所をかんがへ知れり。

難解な談義である。ここで語られるものは、弟子と師匠の違いは、裸身の幻術者ではなくその脱ぎ捨てた衣を撃った点であるとのことだが、その展開は先の引用文から読み取ることはできない。先の引用文では、師匠はいやいやながら撃つと幻術者が倒れたとのみ書かれている。そこには、幻術者の裸身は「幻化の体」であり、衣服こそ「本身」だと見抜いた師匠の勇壮な眼力や「武道」は語られていないのである。

この話が本当に知られた作品の一節であってみれば、作者のその省略も納得できることであるが、管見にしてこの話の典拠がわからない。同様の事情をもつ医学系読者にとっては、どのような折り合いをつけてこの談義に感化され得ようか。また傍線部の猿引きと同様うんぬんの本文内容は、『医者談義』のこの該当箇所のすぐ前に書かれる談義である。とすれば、この幻術者の話も『武道伝来記』もすべて作者の手にかかるのかもしれない。そうだとすれば、なおさら作者は自身の考えた話を西鶴の名を用いて権威づけていることになる。

では、この話がなぜ「医療の規格」になるかといえば、我医法『内経《だいきやう》』に「標本論《へうほんろん》」あり。病を治するに先其本《もと》をもとむ。然して本急《もときう》なれば先《まづ》其本を治す。後《のち》かならず標《へう》を治す。標急なれば先標を治す。然して後《のち》本を治す。標本ともに急なれば標本兼治す。

ということである。漢方医学に言うところの「標本論」（病にはその表面的な「標症」と根源的な「本症」があるとする論、標本病伝論）の説明として西鶴の浮世草子を利用したというのである。続けて、

右の幻術者《げんじゆつじや》の裸身《はだかみ》は標なり、衣服《いふく》は本《もと》なり。師《し》は標本知れり、弟子《でし》は知らざるなり。今の医は標本論ずるは少《まれ》なり。多《おゝ》くは裸身を覘《ねらふ》なり。

として医者批判で結ぶところに作者の本領がある。先の話が『武道伝来記』であろうが、西鶴であろうがなかろうが、それほどの問題はなく、作者の関心はこの『内経』（『黄帝内経素問』）の標本論を説明できること、凡医を教訓すること、それが何よりの関心であり、彼が腐心する工夫であったのである。そのために関心をつなぐものとして、西鶴や『武道伝来記』なる道具が必要なのであろう。

この態度はやはり、

自笑、其磧が娘気質・息子気質は、表に風流の花をかざり真に異見の実を含、見るに倦ず聞に飽ず。是を当世上手の所化談義に比

▼医学書メモ

『黄帝内経素問《こうていだいけいそもん》』

『黄帝内経霊枢《れいすう》』とともに中国最古の医書にして聖書。伝説上の黄帝（軒轅）と臣下の岐伯《ぎはく》、雷公との問答形式で綴られ、後に「軒岐の学」と言えば医学を指すようになった。

すべし。（『下手談義』序）

という談義本のありかたに倣うものである。

ただ肝心なことは、この標本論などは医学に関わらない人間にとっていかなる必要性をもつのだろうか、ということである。いかに面白くわかりやすく書かれようと、この標本論はやはり医学に従事する者にとってこそ意味のあるものであり、一般には不要な知識であろう。『医者談義』は作者のいう正統の医学を、俗間の医師にわかりやすく教えるために、流行りの見立て絵や談義本の型式を採ったにすぎないのである。いわば、医学書が文学書の型式を利用したといえる。そのために、多分に読み物的要素が混在し、先述の医学史的評価に加えて文学的評価がなされる作品となったのである。

しかしながら、作者の意図はどうあれ、この作品をそのどちらかの評価に加担してジャンル分けをすることの意味も問われなければならない。確かにこのように面白くわかりやすい書は現代でいうパソコン教材と同様で、初心者にとっては恰好の医学入門書であろうが、一方ではやはり面白い「読み物」であることは間違いなく、医学上の必要性などなくともつい読み耽ることがあるかもしれない。江戸時代を代表する貸本屋・大惣《だいそう》ではこの作品を「膝栗毛もの」である『当世医者風流解《とうせいいしゃふりげ》』とともに医学滑稽本として扱っているという事実もある（京都大学附属図書館・富士川文庫本『当世医者風流解』見返し）。

この『医者談義』のような作品は医学書と読み物との二つの顔を持つ作品で、その必要性を感じる人間にとってみれば実用書、必要性のない人間にとれば単なる読み物である。現代の人文系書物と自然科学系書物という対立概念を無意味化させる書物だといえようか。

第3節◉医学書に擬態する文学作品たち、さまざま

前節では、医学書の側が初心者教訓のために文学書の体裁を利用する現象を取り上げてみたが、当然その逆の現象もあり得る。次頁の図を見ていただきたい。どちらが医学書、どちらが文学書であろうか。右側が宝暦十二年〈一七六二〉刊『教訓衆方規矩《きょうくんしゅうほうきく》』（宣揚堂主人序、藪の内竹斎作、東都書林竹川藤兵衛、大坂屋平三郎版、底本は京都大学附属図書館蔵本）、談義本に分類される純然たる文学書である。同時に第2章で扱う「竹斎もの」系譜の一つで堂々とした文学作品である。

しかし、この作品がその左側の近世初期の名医曲直瀬道三《まなせどうさん》の著した医書『衆方規矩《しゅうほうきく》』を模していることは一目瞭然であろう。▼注[3] 横本『衆方規矩』は万治版、享保版、寛保版、天明版など数種あり、かなり普及した。『教訓衆方規矩』はその人気の医学書の形態を「まね」ることで、人目を引こうとしているのである。この現象を本章では医学書に擬態する文学作品たちと呼ぶことにする。

医書人気にすがるマンネリ談義本――『教訓衆方規矩《きょうくんしゅうほうきく》』

宣揚堂主人を名乗る『教訓衆方規矩』の序文は以下の書き出しで始まる。

猟人が猛き心も、梅が香にあしをとゞめ、笹の一葉の釣舟も沖を漕いだ此春、波静かに枝をならさず、

▼どちらが医学書、どちらが文学書？

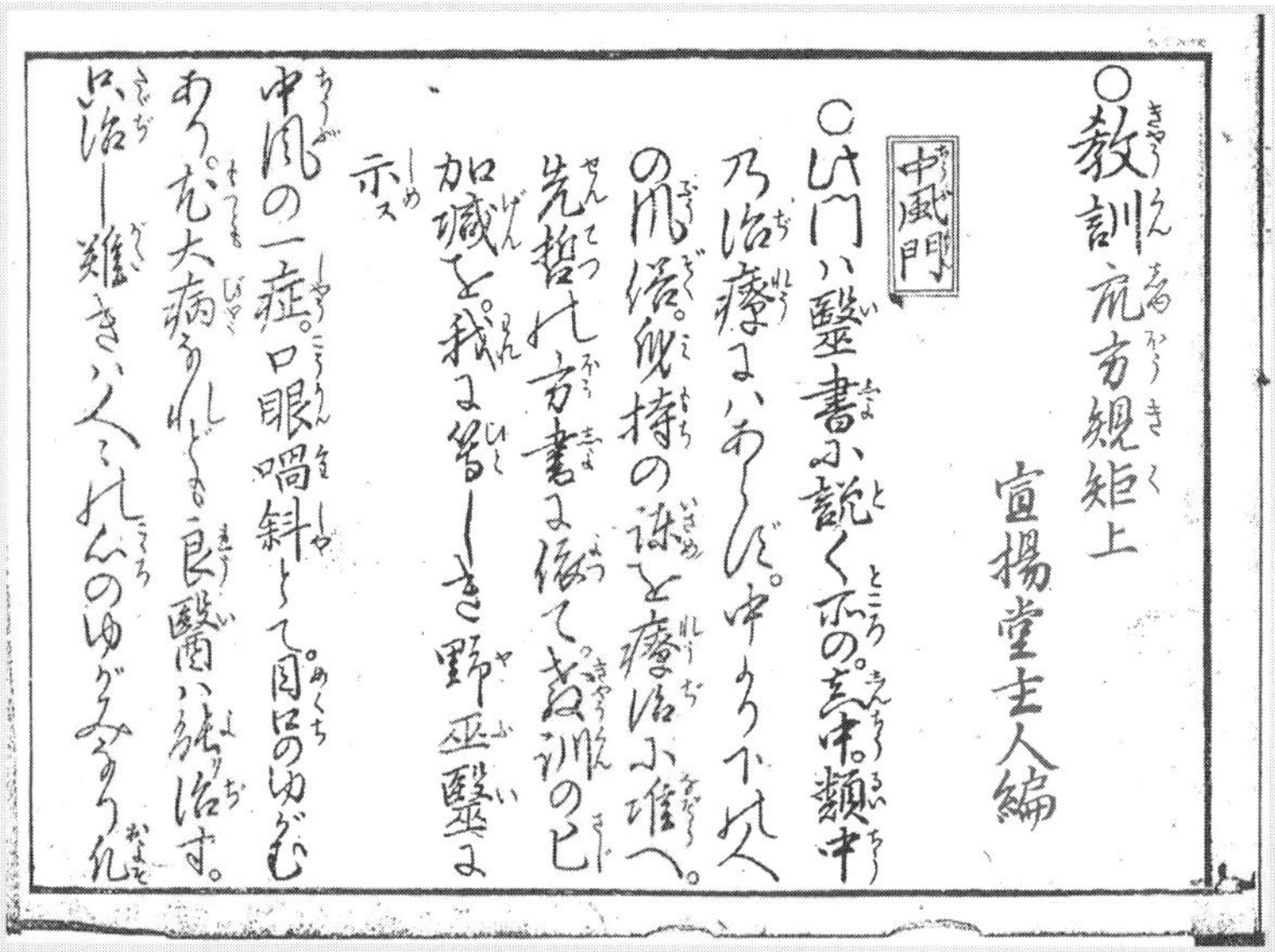

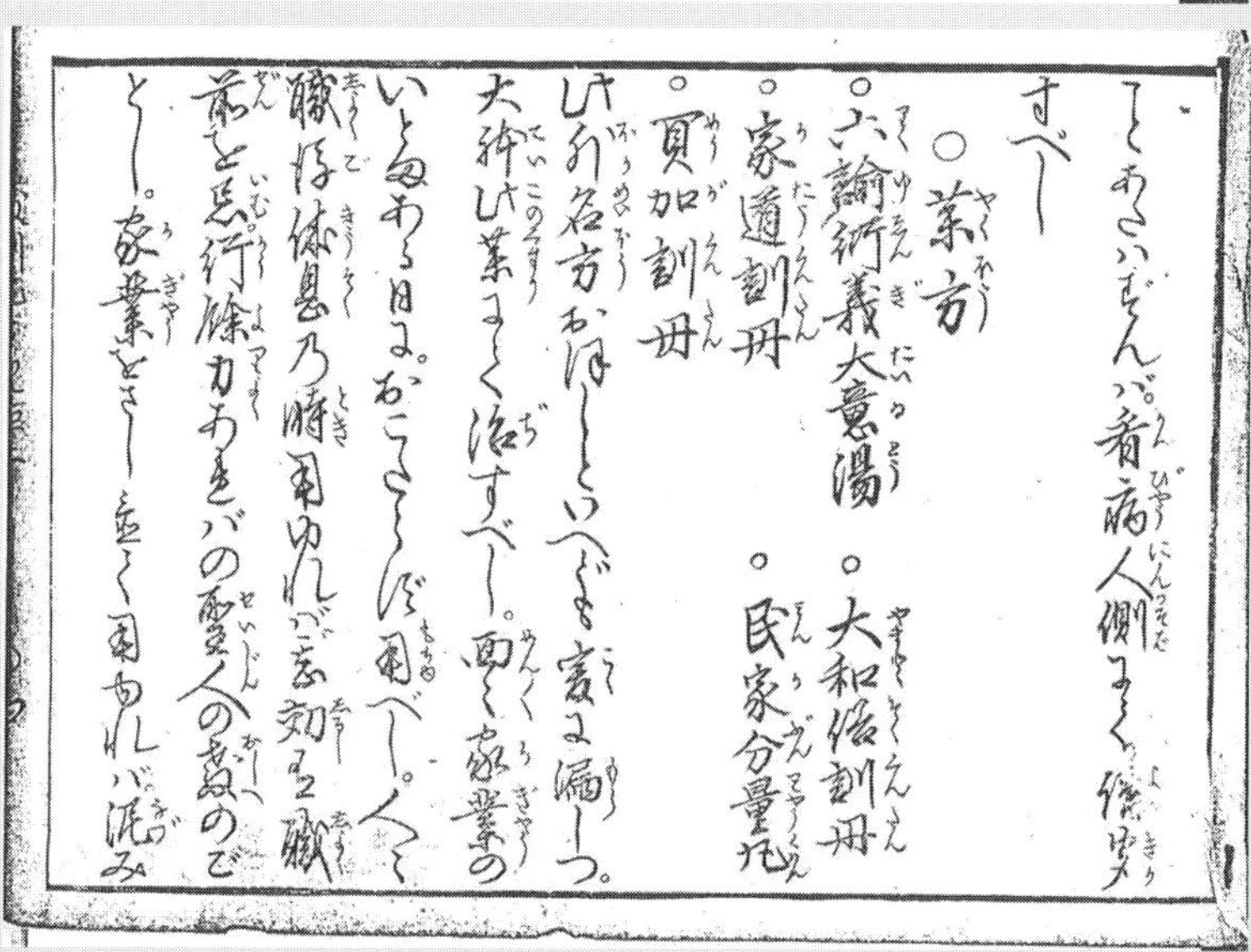

『教訓衆方規矩』上巻一オ　四オ（京都大学附属図書館蔵）

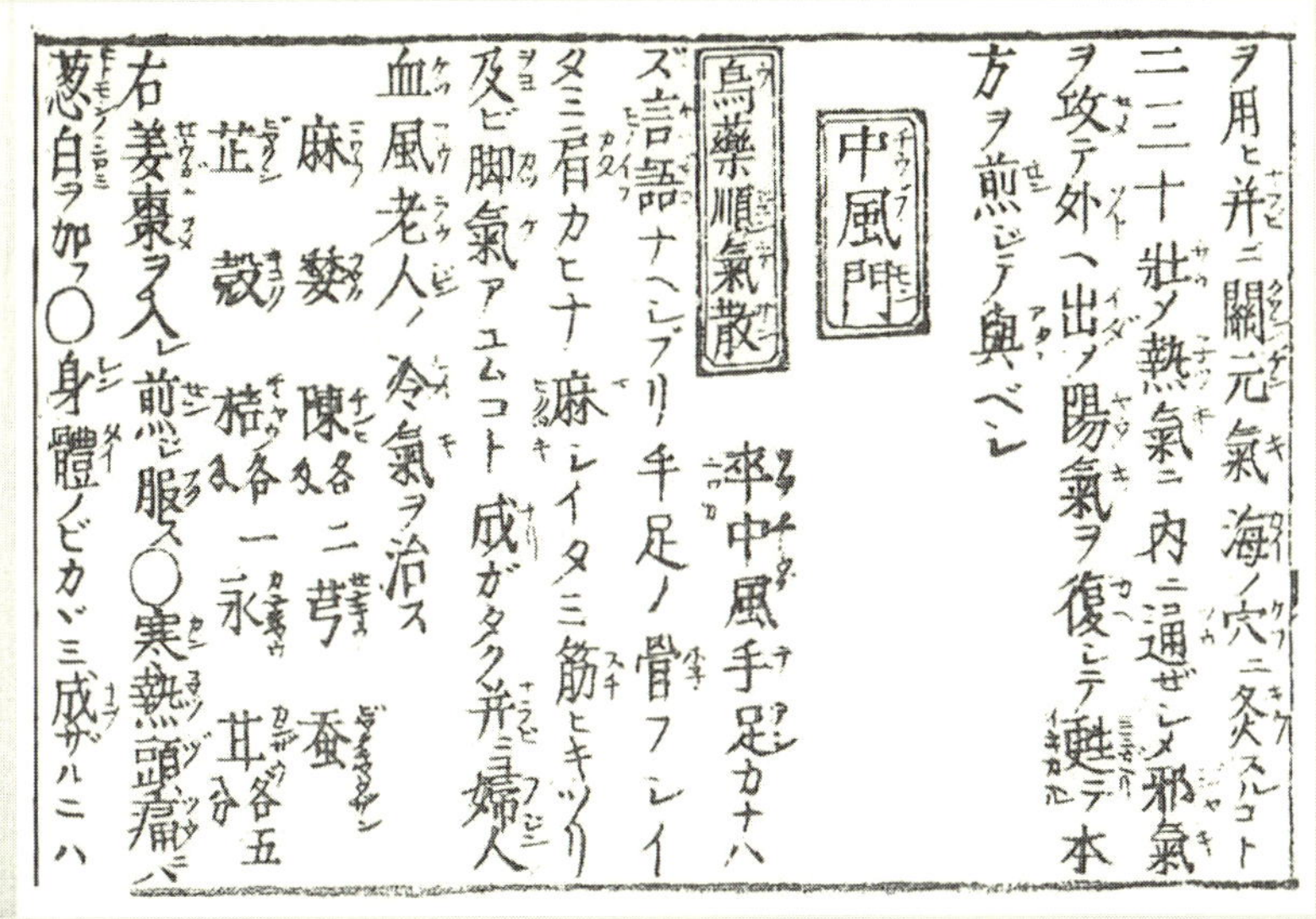

ヲ用ヒ并ニ關元氣海ノ穴ニ灸スルコト
二三十壮ノ熱氣ヲ内ニ通ゼシメ邪氣
ヲ攻テ外ヘ出ノ陽氣ヲ復シテ甦テ本
方ヲ煎ジテ與ベシ

中風門

烏藥順氣散　卒中風手足カナハ
ズ言語ナヘシブリ手足ノ骨フシイ
タミ肩カヒナ痲レイタミ筋ヒキツリ
及ビ脚氣アユムコト成ガタク并ニ婦人
血風老人ノ冷氣ヲ治ス
麻　黄　陳　各二　芎　蚕
芷　殻　桔　各一　甘　各五
右姜棗ヲ入レ煎ジ服ス○寒熱頭痛ニハ
葱白ヲ加フ○身體ノビカヾミ成ザルニハ

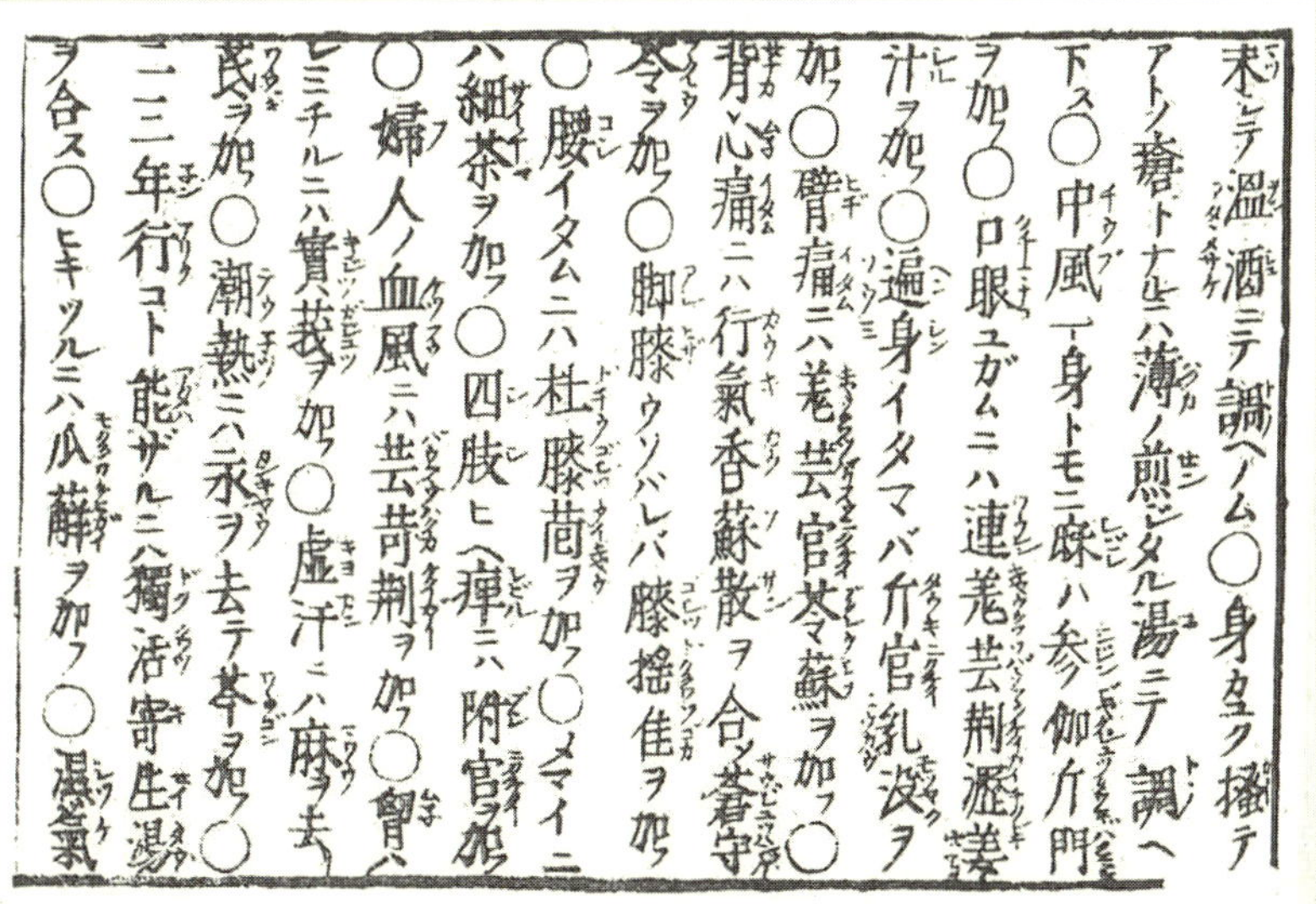

末シテ温酒ニテ調ヘノム○身カユク搔テ
アトノ瘡トナルニハ薄ノ煎ジタル湯ニテ調ヘ
下ス○中風ニ身トモニ麻ハ参伽介門
ヲ加フ○口眼ユガムニハ連羌芸荊瀝姜
汁ヲ加フ○遍身イタマバ介官乳没ヲ
加フ○臂痛ニハ羌芸官芩蘇ヲ加フ○
背心痛ニハ行氣香蘇散ヲ合ス蒼守
苓ヲ加フ○脚膝ウソバレバ膝搖隹ヲ加
○腰イタムニハ杜膝茴ヲ加フ○メマイニ
ハ細茶ヲ加フ○四肢ヒヘ痺ニハ附官加
○婦人ノ血風ニハ芸芎荊ヲ加フ○骨ハ
ヒミチルニハ實莪ヲ加フ○虚汗ニハ麻去
氐ヲ加フ○潮熱ニハ永ヲ去テ芥ヲ加フ○
二三年行コト能ザルニハ獨活寄生湯
ヲ合ス○ヒキツルニハ瓜蘇ヲ加フ○濕氣

『衆方規矩』（寛保三年　吉文字屋市兵衛版）（架蔵）

海山の幸おほき長閑さに、鶯と相住《あいすみ》する、藪内《やぶの》竹斎「物もふ」と案内して、此書を紙子の袖より出し、「我聞く、上古《とつゝむかし》は、一定の跡を以て、無窮《ぶきう》の変に応ずる事を欲せず。はじめより方剤をまふけざりしを、仲景《ちうけい》、農経精微《のふきやうせいび》の蘊《うん》を察し、来世方学《らいせいほうがく》の基《もとい》を開きしより以来《このかた》、歴代の名医相継《あいつ》いで、方《ほう》を立て、書を著し、棟《むね》に充《みち》、牛に汗《あせ》す。然《しか》れども吾等如《われらごと》きの、粗工庸医《そこうようい》は、何書《どのしよ》を見ても石《いし》の吸いもの、唯《たゞ》我が寺の仏と仰《あふ》ぐは、衆方規矩《しゆほうきく》のみ。怪説《くわいせつ》を好《この》み、新奇《しんき》を求むるやからは、鼠《ねづみ》の嫁入《よめい》りと見こなす書なれど、要方頗《ようほうすこぶ》る備《そな》はり、加減《かげん》且つつまびらかなり。能く通じて、症《しやう》に臨み、治《ぢ》を施さば、窮郷辺土《きうけいへんど》の民《たみ》をして、保命全形《ほうめいぜんぎやう》の福《さいわい》、なからざらめや」。

文中の「仲景」は『傷寒論《しょうかんろん》』を著した張仲景のことで、この頃に流行した古方医学で高く評価されていた人物である。何やら医学史を祖述しているようではあるが、その発話者が「藪内竹斎」、第2章で扱う藪医物語の定番の主人公名である。まともに医学のことと受け止めてはいけない。藪内竹斎は次のように続けていく。

「今亦此書《いままたこのしよ》も彼にならひ、農工商家《のふこうしやうか》の我侭生育《わがまゝそだち》、目に一丁《いつてい》の字をしらず、好事《よいこと》を見ず、嘉言《よいこと》きかぬ、悔盲否塞《くわいもうひそく》の大病人《びやうにん》を、過ぎたるを攻め不足を補ひ、無病無疵《むびやうむきづ》の実体者《じつていもの》に、仕立《したて》て見ばやとの心ばかりで匙《さじ》の廻らぬ下手医者《へたいしや》なれば、此書の外題《げだい》を見る人毎《こと》に、

▼医学書メモ

『衆方規矩《しゆうほうきく》』

「曲直瀬道三（一五〇七～九四）の原著、曲直瀬玄朔《げんさく》の増補になるとされる簡便実用向きの処方集。『医療衆方規矩』とも称される。全三巻。寛永十三（一六三六）年無名氏跋を付して初版。一般の臨床医に重宝され、江戸時代を通じておびただしく流布した。このため版種はすこぶる多く、書誌学的には複雑な様相を呈している」

（小曽戸『辞典』）

規矩《きく》とはいへど、きかぬ薬で、名実《なじつ》にかなはずと、冷笑《あざわらはん》は合点《がてん》なれども、素霊《それい》を読んで、玄奥《げんおふ》をさとるはすくなく、衆方規矩《しゆほうきく》で身を潤《うるほ》すはおほし。四書五経は、馬耳《ばに》の東風《とうふう》なれど、雑長持《ぞふながもち》や、下手談義《へただんぎ》には点頭《うなづく》。これを思へば吾此編《わがこのへん》も当分風邪《とうぶんふうじや》の軽症《けいしやう》などは、万に一つも愈《なをり》もせんかと、旧冬掛乞《きうたうかけこい》の言訳《いゝわけ》しながら、屠蘇《とそ》と一度に調合《てうがふ》せしが、新版物《しんはんもの》と、なさばならめや。ならば頼《たの》む」と膝《ひざ》をたゝかれ黙止《もだし》かたさを宣揚堂《せんようどう》に序す。

「農工商家」の教訓のために本書を著したという。彼らには四書五経は馬耳東風なので、「雑長持」や「下手談義」のような談義本が必要なのだと言う。「下手談義」は先にも触れた静観房好阿《じようかんぼうこうあ》の『当世《いまよう》下手談義』、「雑長持」は伊藤単朴《いとうたんぼく》『教訓雑長持』（宝暦二年〈一七五二〉）のことで、ともに談義本の代表的作品である。すなわち『教訓衆方規矩』は談義本として、俗耳《ぞくじ》に入りやすいことを狙って医学書に擬態したのであった。作者に拠れば、四書五経に対する談義本は、医学における「素霊」（『素問』『霊枢』）に対する『衆方規矩』ということになる。

その談義の方法を見てみる。一例として、図版に掲示した「中風門」（巻上）を挙げる。

中風門《ちうぶもん》
○此門は医書《いしよ》に説く所の、真中《しんちう》、類中《るいちう》の治療《ぢれう》にはあらず。中より下の人の風俗《ふうぞく》、身持《みもち》の諫《いさめ》を療治《れうぢ》に准《なぞら》へ、先哲《せんてつ》の方書《ほうしよ》に依《よつ》て、教訓《きやうくん》の匕加減《さじかげん》を、我に等しき野巫医《やぶい》に示す。
中風《ちうぶ》の一症《しやう》、口眼喎斜《こうかんくわしや》とて、目口のゆがむあり。尤《もつとも》大病なれども良医は能く治《ぢ》す。只治《たゞぢ》し難きは人々の心のゆがみなり。

明確に「療治に准へ」と語っている。ただ、「真中」「類中」「口眼喎斜《こうかんくわしや》」は中風（風邪）に関する医学用語で、▼注[4]あくまでも医書になぞらえて心のゆがみを治す処方を記すというのである。「目口のゆがみ」は医者が治すが、心のゆがみは治せない。心のゆがみを治す処方は、

○薬方《やくほう》

○六論衍義大意湯《りくゆゑんぎたいゐとう》　○大和俗訓丹《やまとぞくくんたん》　○家道訓丹《かたうくんたん》

○民家分量丸《みんかぶんりやうくはん》　○冥加訓丹《めうがくんたん》

というものである。薬品をよそおっていても、それぞれ、六論衍義大意湯（『六論衍義大意』）、大和俗訓丹（貝原益軒『大和俗訓』宝永五年〈一七〇八〉）、家道訓丹（貝原益軒『家道訓』）、民家分量丸（常盤潭北《ときわたんぼく》『民家分量記』）、冥加訓丹（貝原益軒『冥加訓』）という教訓書や談義本の歴々を指すことは明白である。

これが『教訓衆方規矩』の談義の方法である。この方法が効果があるのは、中風の一症状として「口眼喎斜《こうかんくわしや》とて、目口のゆがむ」ことが広く共通認識とされていることが前提である。そこで医書の方の『衆方規矩』「中風門」から用例を拾ってみる。

口眼ユガムニハ連羌芸荊瀝姜汁ヲ加フ　（「烏薬順気散」）

中風ニテ口眼ユガミ、或ハ肩膊及ビ背ビクツキシビレテ（「烏薬順気散」）
卒暴ノ中風、人ノナス事ヲ知ラズ半身カナハズ口眼ユガミテ（「小続命湯」）
口眼ユガミ頭目メノマフ如ク（「加減潤燥湯」）
半身カナハズ口眼ユガミ風気中風中気ヲ治ス（「匀気散」）
卒中風ヲコリ魂クラミ口眼ユガミ（「人参三生飲」）

このように、医書の『衆方規矩』の世界では、「中風」と「口眼ユガミ」の組み合わせは多い。自然と出てくるフレーズなのであろう。では、談義本『教訓衆方規矩』作者は、読者に対してどこまで医書『衆方規矩』の内容への既知を求めるのであろうか。

『教訓衆方規矩』からもう一例を見てみる。

黄帝の曰、隠居内傷を生ずるは如何。岐伯もふさく、大方妾を愛するより起る。

という本文がある。この黄帝と岐伯による問答型式は、あきらかに『素問』『霊枢』等の医学書の基本を襲っている。一例を示せば、

黄帝問曰。天有八風。経有五風。何謂。岐伯対曰。八風発邪以為経風。（『素問』金匱真言論篇第四）

のごとくである。この形式を利用して、「隠居」と「腎虚」とを掛け、さらには「陰虚陽搏、謂之崩」（『素問』陰陽別論第七）の「陰虚」をも利かせているのではないだろうか。すなわち、「内傷を生ず」はもちろん「内証（家産）を傷ず」であるが、そこにも明代の「次註」で言うところの「内崩して血流下す」（原漢文）とある「陰虚」を利かせていると読むものである。陰虚（隠居）が体と内（家）を崩すとの意味も込められているのだと解釈したい。その解釈が成立するならば、作者はかなり医学に通じた人物だということになるが、問題は読者にその作者の「隠微」が感得できるものなのであろうか、ということである。

一方、内容はまったくの談義本（文学書）である。文中所々に『下手談義』をはじめとする教訓書の名が見える。また作者は「藪内竹斎」を名乗り、文末にも「白眼《にらみ》の助が若水汲《くん》で帰るまで」とあり、明らかに「にらみの助」と「竹斎」の滑稽を描いた仮名草子『竹斎』を意識している。

さて、ここで前節の『医者談義』とこの『教訓衆方規矩』とを突き合わせてみる。両者には談義本を襲うこと、医学知識をちりばめること、そして『竹斎』の系譜に連なろうとすることの共通点がある。しかしながら両者には大きな違いがある。前者は「医学書」、後者は「読み物」なのである。『医者談義』が文学書の型式を利用した狙いは前述の通りであるが、『教訓衆方規矩』はなぜ文学書でありながら医学書の型式を採ったのであろうか。

この理由のひとつとして、「下手談義がかりの書は取上げませぬが此会の定。去々年から談義類の物が余り沢山過て目にしみます」と宝暦四年〈一七五四〉の戯作評判記『千石篩《せんごくどおし》』に嘆かれた、あまりの談義本の流行乱発に伴う急速な倦怠（マンネリ）の風潮を挙げることができる。小説の読み巧者からすればもはや「下手談義」風は古いというのである。時代は談義本に新趣向を求めていたのである。そこで生まれた試みのひとつがこの作品であり、医学書に擬態する手法であった。

『万病回春』の精神の後継者、医学書『世間万病回春《せけんまんびょうかいしゅん》』

同様の性格を持つ作品が世北山人《せいほくさんじん》『世間万病回春《せけんまんびょうかいしゅん》』（明和八年〈一七七一〉辛卯臘月　東都書林　雁金屋伊兵衛版、底本は京都大学附属図書館・富士川文庫本）である。この作品はタイトルこそ著名な中国の医学書、龔廷賢の『万病《まんびょう》回春《かいしゅん》』に拠るが、『教訓衆方規矩』に比べれば、体裁は医学書に擬していない。内容も純然たる教訓本であって、従来滑稽本にも分類されていることも首肯できる。章題を書き出してみれば「論流行学文病」「気常病評」「疱瘡神評」「離魂病評」「時山医評」のごとくである。ただ作品名のみを襲っただけで、擬態にすらなっていないように思える。

この作品が「万病回春」の名を付ける理由は次の序文から窺うことができる。

> 彼雲林《かのうんりん》が仮筆《かひつ》を見れば、左様の世病《せひょうふ》（筆者注、太平の世の浮かれた風俗）を評判して、謹《つゝし》んで白《もふす》、世人一覧《ひとたびみて》、有《あらば》則《ち》改之《あらためよ》、無《なくは》則《ち》加《くわへ》勉《つとめよ》、乃至《ないし》、禍福応報《くわふくおうほう》、不レ錯《あやまた》半点《はんてん》、世病可《く》レ革《あらたむ》、古風可レ遷《うつるべし》と云々。我もいさゝか是に習て、同しく苦き一方をくみて同志にあたえて、流行病《ちやり》を救《すくは》んと也。依て「世間万病回春」と名つく。

「雲林が仮筆」にならって「世病」や「流行病《ちやり》」を教訓したいというのである。この雲林こそが『万病回春』作者の明の龔廷賢のことで

▼医学書メモ

『万病回春《まんびょうかいしゅん》』
明の龔廷賢の著書。全八巻。一五八七年に中国で刊行された。日本では早くに曲直瀬道三がその影響を受け、近世期に広く流布した総合医学書である。

である。『万病回春』末尾には龔廷賢の随筆が付されており、その章題が「雲林仮筆」なのである。医学書の末尾の随筆であるので、医学関係記事であろうと思うのは早計で、その冒頭がかの有名な「医家十則」の「一存仁心」、医は仁術の項である。ゆえに、「存心以仁為主」「修己以敬為主」などの文辞が鏤《ちりば》められた、どう読んでも教訓書である「人道至要」も記されている。その一節に『世間万病回春』作者の言う次の「問評世病」があるのである。

世人一覧。有則改之。無則加勉。暗室亏心。神会捜検。禍福応報。不錯半点。言雖不文。意思浮浅。世病可革。古風可遷。慎之。戒之。愚言可覗。

最後の「これを慎め」「これを戒めよ」という一節は明らかに医師としての発言ではなく、一般の教訓の言い回しと読むべきであろう。

意外にも『世間万病回春』は『万病回春』の「雲林仮筆」の影響を受けて、堕落する世病（流行の風俗）を大まじめに批判しているのである。いわば、体裁ではなく雲林の精神の後継者である。『世間万病回春』は日本版『万病回春続編』と名付けても違和感のない「医学書」の一部なのである。その意味では、この作品は文学書に分類すべきではなく、純然たる医学書に分類されるべきであろう。

しかしながら、文学書である『教訓衆方規矩』と、医学書と見るべき『世間万病回春』とは内容や表現形式の類似が見られる。『世間万病回春』巻二に山伏や巫女に騙される人について、下愚の人のもてはやす事なれば、同気相もとめて巫女山伏《みこやまふし》の獲《ゑ》ものとはなれり。かの医家《いけ》の内経《だいきやう》とやらの移精変気論《いせいへんきろん》には小病を治《ぢ》するのみとみへたれば、気血両虚《きけつりやうきよ》よりおこる病のたぐひならば、まじない護符《ごふう》にて平快《へいくわい》すべきいわれなし。

とある。いかにも教訓書らしい口吻だが、これは『黄帝内経素問』巻四にみえる「移精変気論」を踏まえている。しかし、「移精変気論」と「まじない護符」との因果関係は、果たしてこの記述から読み取れるものなのであろうか。『黄帝内経素問』「移精変気論」を敢えて原文（句読点は筆者）で追ってみる。

黄帝問曰、余聞古之治病、惟其移精変気、可祝由而已。今世治病、毒薬治其内、鍼石治其外、或愈、或不愈、何也。

ある時、黄帝が岐伯に尋ねた、「私の聞くところでは、昔の病は、ただ精を移し気を変じて、「祝由」（古代中国のお祈りなど）だけで治ったが、今は薬や鍼灸に頼り、しかも治る場合と治らない場合があるのはナゼ?」と。なかなか鋭い質問である。「まじない」や「護符」の方が効果があるのではないだろうか、との素朴な問いである。この「素問」の原文にあたって初めて「移精変気論」と「まじない護符」の因果関係が判明するのである。これに対して、岐伯は、

岐伯対曰、往古人居禽獣之間、動作以避寒、陰居以避暑。内無眷慕之累、外無伸官之形。此恬憺之世、邪

不能深入也。故毒薬不能治其内、鍼石不能治其外。故可移精祝由而已。当今之世不然。憂患縁其内、苦形傷其外。又失四時之従、逆寒暑之宜。賊風数至、虚邪朝夕、内至五蔵骨髄、外傷空竅肌膚。所以小病必甚、大病必死。故祝由不能已也。

「昔の人は、自然の中で禽獣と暮らし、あまりストレスもなかったので薬も鍼灸も不要で「移精変気」と「祝由」だけで治りました。しかし、今の世では無理。そんな素朴な術では小病も大病になるし、大病は死に至ります」と答えた。『世間万病回春』作者は微妙に読み誤っているが、「移精変気論」や「祝由（護符やまじない）」では「小病」さえ治らないとするのが『黄帝内経素問』の説くところである。作者は『素問』の「移精変気論」を利用して世間を教訓しようとしているのである。

この「移精変気論」利用は『教訓衆方規矩』中巻にも見える。

又此疾《やまい》（筆者注、横柄病）の除《よけ》の札あり。毎《まい》年、十月頃《ころ》名主家主より出る、有り難《がた》き守《まも》りなり。其の文に云く「みせにてたばこ堅《かた》く無用《むよう》」。又云く「くわへきせる無用」。此符《ふだ》を家内の目にかゝる所へ張《は》り置《お》くべし。医《い》門に守りの護符《ごふう》のいふことなしとも云《い》い難《がた》し。経《けい》に移精変気論《しせいへんきろん》あり。外台秘要《げたいひよう》に禁呪科《きんじゆくわ》あり。片意地《かたいぢ》にも云《い》いがたし。

『教訓衆方規矩』は逆に「護符」の効果を説くのだが、これまた原典の『素問』の読み間違いである。しかし、これもまた、『黄帝内経素問』の「移精変気論」を使って教訓したいらしい。

ここで重要なことは、『世間万病回春』にしろ『教訓衆方規矩』にしろ、作者・読者の両方が中国医学の「移精変気論」に通じ、その背景にある「祝由」を知っていないといけないということである。普通、「移精変気論」の語の響きから、古代中国の「祝由」を想起し、「まじないや護符」に到達できるものなのであろうか。想起できるとすれば、『素問』の世界が医学に従事していない一般にも相当に広く読まれていたことを想定しないといけないであろう。

ありきたりの教訓書に飽き足りない読者への新趣向

以上、『教訓衆方規矩』と『世間万病回春』の二作品を見てきた。両書ともに教訓本として認識され、あるいは大きく談義本という近世の小説様式に括られがちであるが、厳密にみれば、かたや文学書、かたや医学書の大きな違いがあるのかもしれない。しかし、表現や知識には共通性が認められる。それはどうやら作者の共通性の問題ではなく、読者も巻き込んだ共通性を想定しないといけないようである。

近世期において、『衆方規矩』と『万病回春』は、

> 某義は、さのみ丈夫《ぢやうぶ》の貯《たくはへ》もあらされば、仮名付《かなつき》の衆方規矩《しゆはうきく》回春《くはいしゆん》なりとも買求《かいもと》め、医者《いしや》なり共いたし、妻子をすごし申渡世《とせい》の軍法《ぐんぽう》より外他事《ほかたじ》なく候。
>
> （『けいせい伝授紙子』二之巻）

のように並び称される医学書の代表であった。その代表的医学書に擬態する『教訓衆方規矩』と『世間万病回春』の狙いは、やはり先に述べたように、ありきたりの教訓書に飽き足りない読者への新趣向ということは間

違いないと思われる。

そして、この試みは単に教訓のための有効性の問題だけではなかった。他のジャンルにもその手法が浸透していく。以下、いくつかの作品を見てみる。

1　売らんかなのための医書擬態――『神農花合戦』『加古川本草綱目』

浮世草子界では、其磧《きせき》・自笑《じしょう》という大立者を失い、浮世草子を引っ張ってきた八文字屋《はちもんじや》が版木の一部を譲渡するなどまさに斜陽動乱の時期であった。▼注[5] 長谷川強の分類に従えば宝暦元年〈一七五一〉から明和三年〈一七六六〉までが「八文字屋退転期」、明和四年〈一七六七〉から天明三年〈一七八三〉までが「浮世草子衰滅期」ということになる。▼注[6] その時期に『神農花合戦《しんのうはながっせん》』（寺田虎髭、明和五年〈一七六六〉、大坂正本屋小兵衛・糸屋源助、京菊屋七郎兵衛版、底本は大阪府立中之島図書館本）と『加古川本草綱目』（増谷自楽、明和六年〈一七六九〉、江戸上総屋利兵衛、底本は京都大学附属図書館大惣本）が出された。

薬と病の異類合戦　『神農花合戦《しんのうはながっせん》』

『神農花合戦』は医学上の伝説人物の神農に、当時、古方家《こほうか》を中心に注目されてきた医学書『傷寒論《しょうかんろん》』を絡ませた時代物で、「医道重宝記《いどうちやうほうき》に曰く」という語り出しで始まる医学気分の濃い作品である。見返しにも「諸病」と「諸薬」が拮抗して口上を切るという趣向がなされ、悪役の諸病には、傷寒大王・内股膏薬《うちまたこうやく》・鰒の毒・呪兵衛《まじないびやうへ》・貧乏神《びんぼうがみ》・咳気《がいき》などの名が揃い、善役の諸薬には、紅花姫《こうくはひめ》・当帰之助《たうきのすけ》・地黄《ぢわう》・熊胆《くまのい》・半夏《はんげ》・葛根《かつこん》・

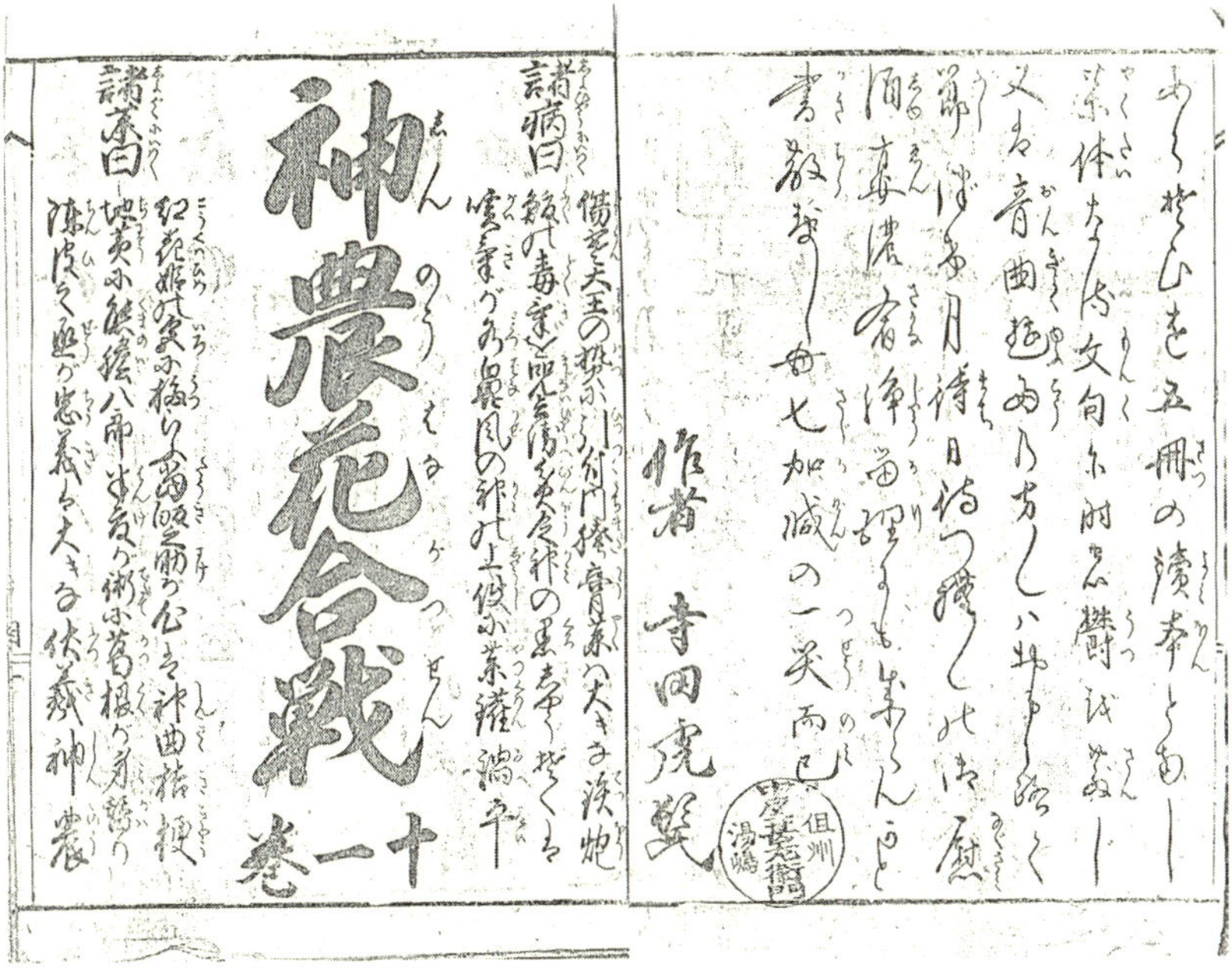

『神農花合戦』見返し（大阪府立中之島図書館蔵）

陳皮《ちんぴ》之丞《ぜう》・伏羲《ふつき》・神農が名を連ねる。あたかも、薬と病との異類合戦の様相である。

大まかな筋立ては以下の通りである。

傷寒大王が世間の皆殺しを図る（第一）。朝鮮人参公の娘、紅花姫に懸想するが、姫は家臣当帰之助と不義密通、大王の手先の膏薬にかぎつけられる。乳母、膏薬を射る（第二）。膏薬の兄、人参公の館に来て殺害と不義の詮索。当帰之助勘当、乳母自白。乳母は殺される直前に熊胆八郎が現れ助かる（第三）。人参公の家臣陀羅尼助が大病、妻が倅のせんぶりを連れ大峯山に祈祷、大王の手下が現れるが、せんぶりに退けられる（第四）。陀羅尼助は主君より『傷寒論』を預かっている。この『傷寒論』は大王を亡ぼす力がある。その夜、大王の手下が修験者を装い『傷寒論』を奪う。陀羅尼助自害

（第五）。大王の奢り。陳皮之丞に匿っている紅花姫を連れてくるよう難題をふっかける（第六）。陳皮の館。風の神が姫を奪いに来るが「風の神送り」で誤魔化す。しかし薬罐鍋平が姫の首を切る。実は鍋平の娘、葛根の首である。愁嘆。陳皮、紅花姫と当帰之助を大坂の薬種屋へ逃がす（第七）。道行（第八）。貝塚、夢想灸点に奉公（第九）。紅花姫が奪われるが、実は身代わりの灸の銅人形。灸点は実は神農であった。神農は、姫と『傷寒論』を携えて現れる。人参公登場（第十）、傷寒大王滅ぶ（第十一）。

▼医学書メモ

『傷寒論《しょうかんろん》』
後漢の張仲景《ちょうちゅうけい》の著『傷寒雑病論』。中国古代の代表的医学書かつ漢方医学の基本書。特に近世中期に興った古方家と呼ばれる一派では聖典として扱われ、香川修庵の『小刻傷寒論』以下、版種や研究書が多い。

陳腐な時代物演劇の趣向である。しかし、医学の伝説上の人物・神農を中心に、身代わりの灸の銅人形や配役に付された薬種名や器具名がそれなりに気が利いている。特にこの時期に流行した古方医学が聖典とした『傷寒論』によって傷寒大王が退治されるという趣向に作者の面目があろう。

この作品が何ゆえにかくまで医学的要素を取り込んだかは、その序文に詳しい。

八文字屋本の読本《よみほん》、昔《むかし》より色品をかへおもしろき趣向《しゆかう》に筆《ふで》を飛《とば》し、遠近都鄙《とひ》の御方〲の御意《ぎよい》に入しあとをしたひ、何かな珍《めづ》らかなる作意《さくい》とおもひ煩《わつら》ふ縁《ゑん》に思《おも》ひ出《いで》て、病《やまひ》と薬《くすり》との方組《ほうぐみ》あらそひを五冊《さつ》の読本《よみほん》となし、薬体《やくたい》なる文句《もんく》に時の鬱《うつ》を散じ、又は音曲遊向《おんぎよくゆふかう》の方々は、おもろく節《ふし》づけ、月待・日待つれ〲の御慰《なぐさ》み、酒宴《しゆゑん》の肴浄瑠璃《さかなじやうるり》にも成らんかと書き散せしも、匕加減《さじかげん》の一笑而已《いつせうのみ》。

停滞する浮世草子に活路を求める「珍らかなる趣向」として医学に着眼し、浄瑠璃仕立てにしたというのである。これまた売らんかなのための医学書擬態である。事実、大阪府立中之島図書館本は但州城崎の貸本屋・中甚本である。特に医学に通じていなくても十分に楽しめた作品であった。

発売直前に医学書の扮装をした『加古川本草綱目』

『加古川本草綱目』も同じである。『加古川本草綱目』は題名からして『本草綱目《ほんぞうこうもく》』という代表的本草書に擬態していることは明らかである。それに忠臣蔵の加古川本蔵をからませて、病床の大星由良之介の許で世の「のら者」の話をするという筋立てである。五巻一五話。

冒頭の一編は、

神農氏本経《しんのうしほんきやう》をひらきて後《のち》、梁《りやう》の陶弘景増益《とうこうけいぞうゑき》して名医別録《めいいべつろく》を作《つく》り、其世《そのよ》又遥《またはるか》にへだたりて、明《みん》の李時珍本草綱目《りじちんほんぞうこうもく》となす。

という本草学史ではじまり、加古川本蔵の父が綱目と号して物産を好む話に展開していく。当時は、平賀源内が顕著な例であるが、身分に関係なく物産の学が流行し、物産会が開催されていた。その時代風潮を当て込んでの趣向であろう。また、この『加古川本草綱目』の説く

▼医学書メモ

『神農本草経《しんのうほんぞうきょう》』

中国最古の薬学書。神農は黄帝と並ぶ伝説上の人物で、半身半獣、諸国の草木を嘗めて毒と薬を発見したという。その神農に仮託したこの薬学書の成立は不明であるが、後世に大きな影響を与えた。

▼医学書メモ

『本草綱目《ほんぞうこうもく》』

明の李時珍《りじちん》の著。それまでの本草書の集成に、時珍が自身の研究成果を盛り込んで作った本草学の集大成。一五九〇年に刊行。全五二巻。日本には刊行直後に渡来し、大きな影響を与えた。

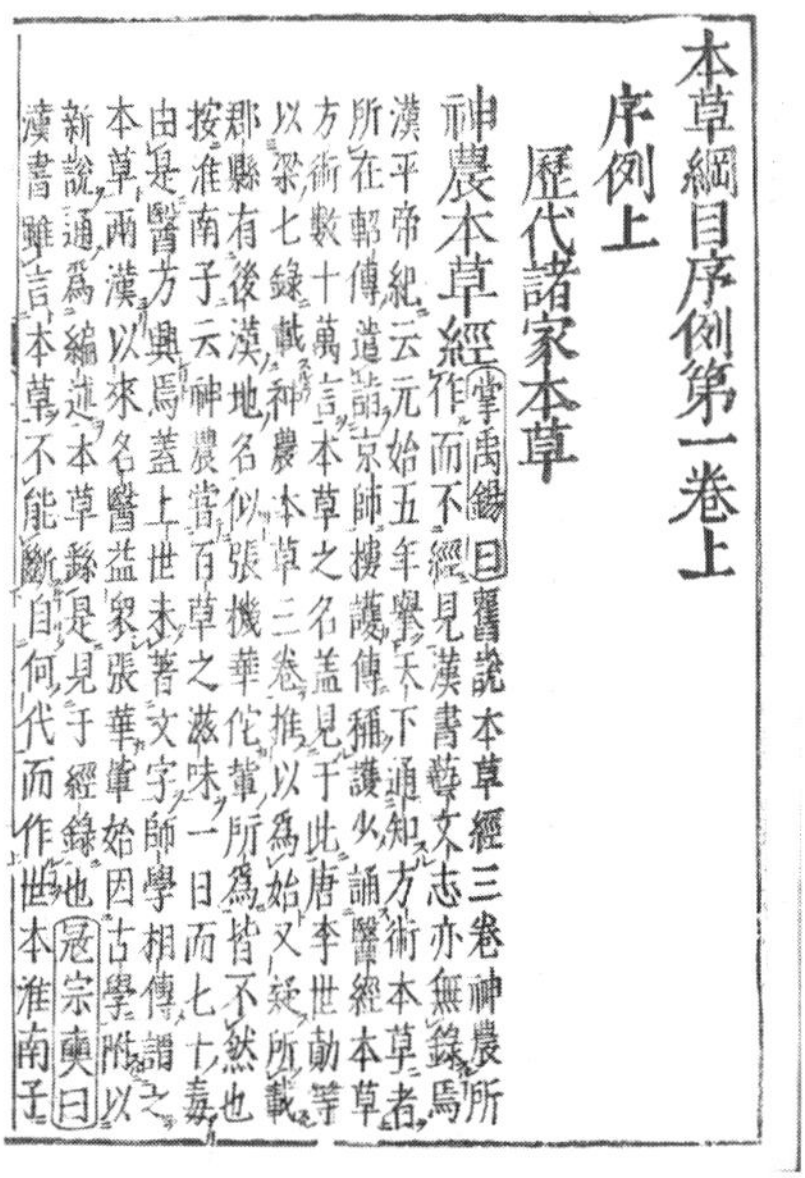
本草綱目序例第一巻上
序例上
歴代諸家本草
神農本草經 掌禹錫曰舊説本草經三巻神農所作而不經見漢書藝文志亦無録焉漢平帝紀云元始五年擧天下通知方術本草者所在軺傳遣詣京師樓護傳稱護少誦醫經本草方術數十萬言本草之名蓋見于此唐李世勣等以梁七録載神農本草三巻推以為始又疑所載郡縣有後漢地名似張機華佗輩所為皆不然也按淮南子云神農嘗百草之滋味一日而七十毒由是醫方興焉蓋上世未著文字師學相傳謂之本草兩漢以来名醫益衆張華輩始因古學附以新説通為編述本草繇是見于經録也 寇宗奭曰漢書雖言本草不能斷自何代而作世本淮南子

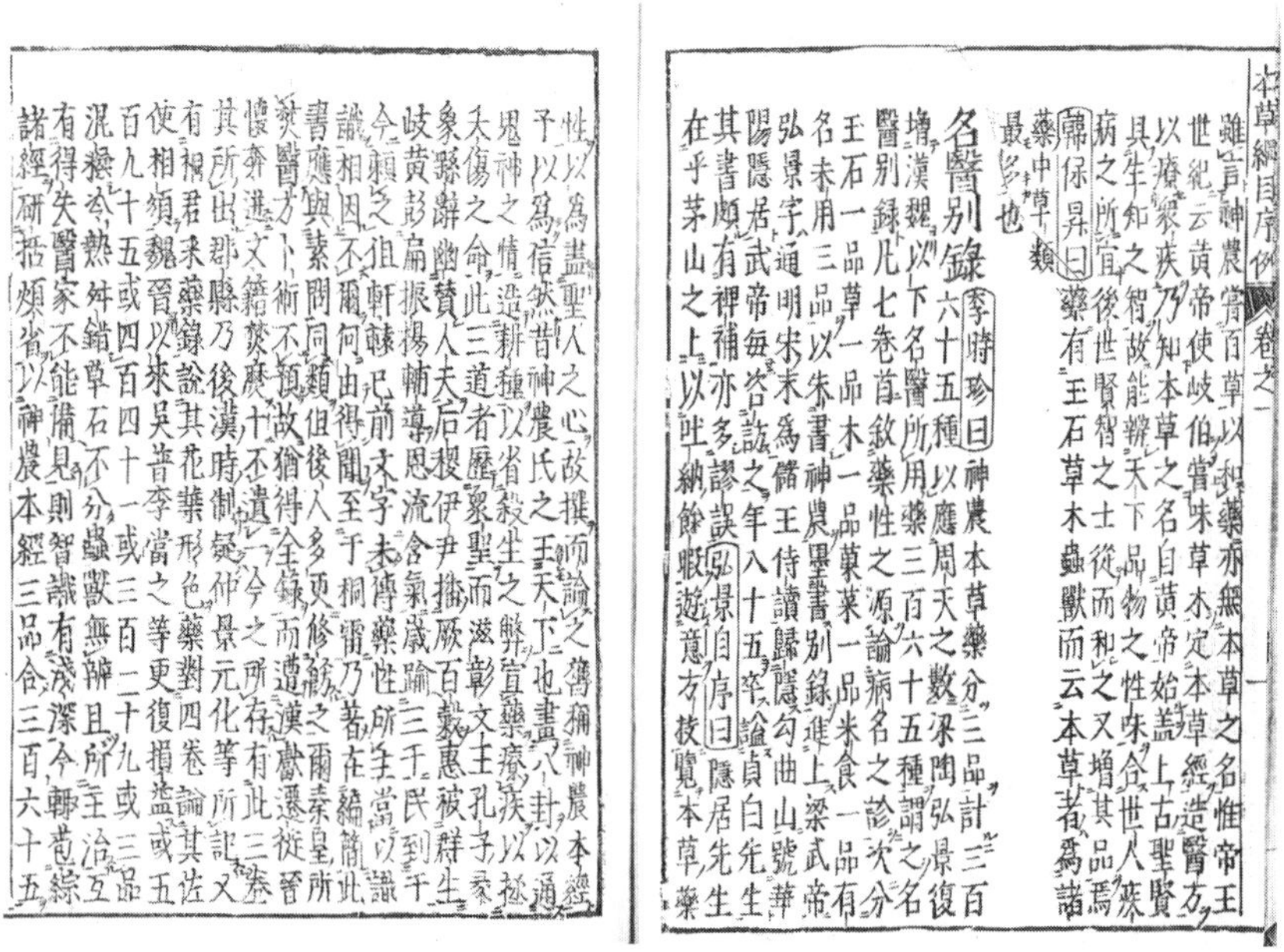
本草綱目序例 巻之一
雖言神農嘗百草以和藥亦無本草之名惟帝王世紀云黄帝使岐伯嘗味草木定本草經造醫方以療衆疾乃知本草之名自黄帝始蓋上古聖賢具生知之智故能辨天下品物之性味合世人疾病之所宜後世賢智之士從而和之又増其品焉 韓保昇曰藥有玉石草木蟲獸而云本草者爲諸藥中草類最多也
名醫別録 李時珍曰神農本草藥分三品計三百六十五種以應周天之數梁陶弘景復増漢魏以下名醫所用藥三百六十五種謂之名醫別録凡七巻首叙藥性之源論病名之診次分玉石一品草一品木一品菓菜一品米食一品有名未用三品以朱書神農墨書別録進上梁武帝弘景字通明宋末爲諸王侍讀歸隠勾曲山號華陽隠居武帝毎咨訪之年八十五卒謚貞白先生其書頗有裨補亦多謬誤 弘景自序曰隠居先生在乎茅山之上以吐納餘暇遊意方技覧本草藥

性以爲盡聖人之心故推而論之舊痛神農本經予以爲信然昔神農氏之王天下也畫八卦以通鬼神之情造耕種以省殺生之弊宣藥療疾以拯夭傷之命此三道者歴衆聖而滋彰文王孔子彖象繇辭幽贊人天后稷伊尹播厥百穀惠被群生岐黄彭扁振揚輔導恩流含氣歳踰三千民到于今頼之但軒轅已前文字未傳藥性所主當以識識相因不爾何由得聞至于桐雷乃著在編簡此書應與素問同類但後人多更修飭之爾秦皇所焚醫方卜術不預故猶得全録而遭漢獻遷徙晋懐奔迸文籍焚靡十不遺一今之所存有此三巻其所出郡縣乃後漢時制疑仲景元化等所記又有桐君采藥録説其花葉形色藥對四巻論其佐使相須魏晋以来呉普李當之等更復損益或五百九十五或四百四十一或三百一十九或三品混糅冷熱舛錯草石不分蟲獸無辨且所主治互有得失醫家不能備見則智識有淺深今輒苞綜諸經研括煩省以神農本經三品合三百六十五

和刻本『本草綱目』

本草学の歴史は『本草綱目』第一序例冒頭の「歴代諸家本草」（図版参照）を踏まえていることには注意が必要であろう。

「歴代諸家本草」は「神農本草経」から起筆し、「名医別録」「桐君采薬録」「雷公薬対」と順に記載していき、最後は『本草綱目』で締められている。その中から「名医別録」の記事を拾えば以下の通りである（傍線、括弧、筆者）。


李時珍曰、神農本草、薬分三品。計三百六十五種。以応周天之数。梁陶弘景、復増漢魏以下名医所用薬三百六十五種。謂之「名医別録」。


『加古川本草綱目』作者も『本草綱目』の序例ぐらいは読んでいたのである。

しかし、この冒頭の一編は全編と緊密な連続性はなく、また全編とも『本草綱目』との関係は見出しにくい。むしろやや無理をして『本草綱目』にこじつけている感さえある。

実はこの作品は本来『加古川本草綱目』という医学書に擬態した書名ではなかった。その顚末については、中村幸彦や長谷川強に詳しい論考が備わるが、この作品は目録題に「加古川本草綱目《かこかはほんそうこうもく》　我儘育後編《わかまゝそだちかうへん》　教訓能楽質《きやうくんのらかたき》」とあるように、人気作家多田南嶺《ただなんれい》の『教訓我儘育』（寛延三年〈一七五〇〉）の後編として「教訓能楽質」（以下『能楽質』）という「気質物」の名で刊行されるはずであった。事実、この作品の柱刻は「能楽」であり、また内容からしても「能楽質」の方が相応しい。また、作者も序文で「自笑筆真似」と明記して、明確に八文字屋本と呼ばれる浮世草子を執筆したかったはずである。にも拘わらず、何ゆえにこの作品は発売の直前になって、野暮な医学書の扮装を着したのであろうか。

先述したように、明和四年、それまでの小説界に君臨してきた老舗・八文字屋が大坂の升屋に大半の版木を譲渡した。この事件は単に一書肆の凋落を示すだけではなく、小説界の大きな転換をも告げるものであった。もはや浮世草子は読者を引き付けられなかったのである。しかし、版木を譲渡された新興書肆・升屋にしてみれば、まだ八文字屋の版木を利用して読者を獲得できる算段があったはずである。この升屋の算段が『加古川本草綱目』の題名変更に絡んでいるのである。

版木譲渡前の八文字屋の嗣出目録（旧目録）と譲渡後の升屋の嗣出目録（新目録）とを突き合わせてみると、この升屋の算段をある程度推測することが出来る。即ち「能楽質」の名は旧目録には見えず、新目録になって初めて見出される。つまり、このことは「能楽質」が八文字屋の造った本ではなく、升屋が企画した本であったことを示している。一方、南嶺の「教訓我儘育」は新・旧ともに記されている。このことから、おおよそ次の事情が考えられる。

八文字屋の版木を入手した升屋は、その版木を活用しつつ売れる本を造らなければならなかった。その為にはその版木の中で商品価値のあるものを出版することと、さらにその出版と平行して新たな商品を造ることの二点に力を注がなければならない。前者の対象となったのが当時いまだに人気を維持していた南嶺の『教訓我儘育』であり、後者として企画されたものがその後編を標榜する「能楽質」であった。その意味ではこの「能楽質」出版は今後の升屋の将来を担う企画でもあったのである。ところが、版木も出揃ってから、升屋はこの書の旧態依然の「〇〇気質」という題名に不安を感じたのだと思われる。ここで思い起こされるのが先の『神農花合戦』のありかたである。時代は「珍らかなる趣向」を求めていて、その新趣向のひとつが医学書に擬態することであったことを『神農花合戦』は語っている。升屋がこの『神農花合戦』をどこまで意識していたのかはわからないが、とにかくこの書名は「能楽質」から新時代に迎えられそうな『加古川本草綱目』に変えられて出版された。ちなみに、この書名が当時の志向に適っていたであろうことを、後年同名の名を付す作品を馬琴が著していることからもある程度推測できよう。時代は確実に医学書に擬態する作品を望んだのである。

従来、浮世草子には『好色万金丹《こうしょくまんきんたん》』『好色注能毒《こうしょくちゅうのうどく》』『好色敗毒散《こうしょくはいどくさん》』などの書名をつける風があったが、浮世草子衰退期に至ってこの傾向が強まり、明らかに新趣向と意識した上で『神農花合戦』『加古川本草綱目』が出版されたのである。

2　題名のみの擬態──本草綱目物

大田南畝《おおたなんぽ》の「蕎麦の記」は、

それ蕎麦は、もと麦の類にはあらねども、食料にあつる故に麦といふ事、加古川ならぬ本草綱目にみえたり。されば手うちのめでたき天河屋が手なみをみせし事、忠臣蔵に詳なり。

（『玉川砂利』、本文は岩波書店『大田南畝全集』第九巻、昭和六二年〈一九八七〉より）

で始まる。「加古川ならぬ本草綱目」の文辞が、「仮名手本忠臣蔵」の登場人物加古川本蔵を利かせているのはいうまでもない。江戸人にとってみれば加古川本蔵と「本草綱目」はセットのようなものであったのである。山東京伝《さんとうきょうでん》の『化物和本草《ばけものやまとほんぞう》』（寛政十年〈一七九八〉）にも「加古川本草綱目に曰」と見える。

そのため、浮世草子の『加古川本草綱目』とは別に『本草綱目』に擬態する作品が生まれた。それを「本草綱目物」と仮に名付けておく。

忠臣蔵ものの新趣向『加古川本蔵綱目《かこがわほんぞうこうもく》』

浮世草子『加古川本草綱目』と酷似する名だが、内容の全くちがうものが、馬琴《ばきん》の黄表紙《きびようし》『加古川本蔵綱目《かこがわほんぞうこうもく》』（寛政九年〈一七九七〉鶴屋喜右衛門版）三冊である。絵は北尾重政《きたおしげまさ》（棚橋正博『黄表紙総覧　中篇』平成元年〈一九八九〉、青裳堂書店）と言われている。ストーリーも棚橋は、

忠臣蔵の加古川本蔵と『本草綱目』を合わせて書名とする。夜討ちの場に居合わせず一命をとりとめた太田了竹を伴い天道様は、忠臣蔵の敵役は天上界の悪星、俗に云う黒星の仕業によると段々に説いて見せ、善人に立ちかえった了竹は長寿を全うする。

とする。出版された序文には、

余一チ日忠臣蔵の捜《さか》して。明朝《みんてう》の李自珍《りじちん》か本草《ほんざう》に擬《なぞらへ》たる。去年《こぞ》の開帳《かいてう》の本尊《ほんぞん》なる書《しよ》を得《ゑ》たり。他《かれ》は禽獣艸《きんじうさう》木《もく》に委《くわし》く個《これ》は忠臣名目《ちうしんめいもく》を集《あつめ》たり。九段目の雪《ゆき》。乾坤門《けんこんもん》に載《のせ》。九太夫が犬《いぬ》。獣之部《じうのぶ》に配《はい》す。古《ふる》ひ所を亦一ツ。何杯喰《なんばいくつ》ても飽《あき》のない。田町《たまち》の奈良茶新鄽多《ならちやしんミせおほ》く。目黒《めくろ》の阿和餅贋物《あわもちおつかふせ》　夥《おひたゝ》し。その評判《へうばん》の高輪《たかなわ》も牛《うし》の溲便《しやうべん》十八丁。八ツ山の駕《かご》三丁残《のこ》り差引《さしひき》〆十五丁の。冊子《さうし》ハ元《もと》より気《き》の薬《くすり》。その功能《こうのう》も信心《しんしん》から。国手《おいしや》さんでも神僊《かミ》

さんでも。売《う》れた名《な》まへの版元《はんもと》ハ芝《しハ》によく似《に》た仙窟子《せんくわくし》。千代《ちよ》のつるやと御たづね。歳暮道《せいぼうみち》の右左。暖簾《のれん》の
神戸帳明《みとちやうあけ》の春間近《はるまちか》くよつて買《かい》やられませう。

とある（本文は棚橋に従った）。忠臣蔵ものの新趣向として「李自珍《りじちん》か本草《ほんざう》に擬《なぞらへ》た」とあって意図は明白である。

「綱目」から「盲目」へ、『垣覗本草盲目《かきのぞきほんぞうもうもく》』

十返舎一九にも黄表紙『垣覗本草盲目《かきのぞきほんざうもうもく》』（中本三冊、寛政八年〈一七九六〉）がある。一九作画。棚橋によれば、

疫病神が遣わした風の神は遊女となって通い来る薬種達を風邪引きにさせ、ために人間は薬効失せて風邪大流行となる。そこへ伊吹山の艾が現われ、薬種達に灸を据えてため直し、風の神は追い出される。書名は『本草綱目』のもじりで、薬種世界を覗き見る趣向に由来する。

とある。『本草綱目』の「綱目」を同じ音の響きから「盲目」に転じたもので、その系譜として洒落本に腐脱散人『翻草盲目《ほんぞうもうもく》』がある。

平賀源内の死を当て込んだ『翻草盲目《ほんぞうもうもく》』

『翻草盲目』は角書きに「空来先生《くうらいせんせい》」とあり、冒頭に

李《り》氏の母《はは》或る夜《よ》の夢《ゆめ》に、大白星《はくせい》懐《ふところ》ニ入と見て、李白を産《う》ミ、金銀《きんぎん》星が出ると、大星《あふぼし》由良之助《ゆらのすけ》が当る事、世上《ぜう》万人の知る所也。火吹竹《ひふきだけ》を見て、放屁漢《へつひりおとこ》を産《うむ》とは、風来《ふうらい》山人《じん》の、放屁論《ほふひろん》に見へたり。爰《こゝ》に腹《はら》が蛮内《ばんない》といふものあり。母ある夜の夢に千里鏡《とふめがね》を呑と見て、蛮内《ばんない》を産《うめ》リ。此もの生長《ひとゝなり》して、和漢《わかん》の書《しよ》を読《よみ》、元と遠目《とふ》鏡の生《うま》れ替《がわ》り成や、遠き紅夷《おらんだ》の本草《そふ》までせぐり、世間の医師《いしや》を小児の様ニ罵《のゝし》り、己れが才ニ任ての我意者《まゝ》成《なり》しが、此世を早仕舞と出かげ、遠き冥途《めいどゑ》の旅《たび》立し地獄にては、かねて見ル目嗅鼻《かぐはな》がかぎ出し、今日蛮内といふもの来《きた》るべしとのこと、閻魔王《ゑんまおふ》へ奏《そう》すれば、

とあり（本文は『洒落本大成』に従ったが、句読点を適宜施した）、平賀源内（風来山人）を「腹が蛮内」として登場させ、稀代の畸人・平賀源内の死を当て込んだものである。ゆえに尾崎久弥以来、源内の死後まもない作品であろうと言われている。▼注[7] 題名の由来は、序に「翻草盲目は、尾上梅辛が名残の、蔵の中の遺書にして、加古川本草の種類なりしを」とある。やはり「加古川本草」と同想の系列に置くべき作品である。

「見立絵本」の系譜にある『本草盲目集《ほんぞうもうもくしゅう》』

『翻草盲目』と酷似する名を持つ『本草盲目集』は、中本一冊、文政二年〈一八一九〉甘泉堂和泉屋市兵衛版、東西庵南北《とうざいあんなんぼく》作、歌川春扇《しゅんせん》画（底本は日本女子大学所蔵本）である。絵も善くした戯作者の手になる合巻である。序に言う。

予《よ》が門《かど》を擲《たゝく》は誰《た》そや。ゆきくれたる修行者《しゆぎやうじや》か。風玲蕎麦《ふうりんそば》の掛取《かけとり》か。たゞしは美婦《いゝをんな》かと自己惚《しぶんたれ》に、たちい

つれば甘泉堂《かんせんどう》の主《あるじ》小冊《しやうさつ》の御催促《ごさいそく》。明々日《あさつて》のいゝはけなき、智恵《ちえ》をふるふて、絵組《ゑぐみ》にかゝりしが、思《おも》へば百花鳥《ひやくくわちやう》奇妙図絵《きめうづゑ》鸚鵡石《あふむせき》にそのおもざし能似《よくに》たり。

「百花鳥」はいわゆる江戸の見立《みたて》絵本の嚆矢である『見立百花鳥』（宝暦五年〈一七五五〉、漕川小舟）のことで、この作品が出て以来『続百花鳥』（宝暦六年〈一七五六〉、古面堂）などの後続作が出た。中野三敏「見立絵本の系譜」（『戯作研究』、昭和五六年〈一九八一〉、中央公論社）では三十五作品を挙げている。すなわち、『本草盲目集』作者は、この作品も「見立絵本」の系譜にあるとするのである。「奇妙図絵」はおそらく山東京伝の『奇妙図彙』（享和三年〈一八〇三〉）を指していると思われる。この作品も中野三敏が「見立絵本」の系譜に位置づけている。「鸚鵡石」は役者のせりふ集で、赤間亮の次の解説が参考になる（『図説　江戸の演劇書』、八木書店、平成十五年〈二〇〇三〉）。

元禄期から安永期までのせりふ芸は、芝居の筋とはあまり関連しない内容を、しぐさ、つまり仕方芸を伴って、朗々と言い立てるものである。非常に音楽性の高い「つらねせりふ」であり、歌や浄瑠璃ではないものの、聞いている観客はその言立てにうっとりとさせられるという種類のものである。

さて、こうした「せりふ」芸が衰退しても、役者の声色を真似る輩は今も昔も変わりなく存在した。そのため、新しい狂言のせりふには需要がある。そこで生み出されるのが、狂言の中の複数の場面から名せりふを抜粋して一冊にまとめる形式のせりふ正本である。（中略）この形のせりふ正本は安永の末年頃から半紙本に変わって小本型で刊行され始める。（中略）こうした名せりふ集を幕末には「鸚鵡石」と呼ぶこと

▲『本草綱目』（架蔵）

▲『和語本草綱目』（架蔵）

▲『本草盲目集』（日本女子大学蔵）

『本草綱目』『和語本草綱目』『本草盲目集』の表紙図版

になるが、この名称が演劇書史上に初めて現れたのは明和九年〈一七七二〉のことであった。京都の八文字屋八左衛門の版になる、その名も『物真似・狂言盡　鸚鵡石』である。

すなわち、『本草盲目集』は全く『本草綱目』のパロディになっていない。単なる題名のみの擬態である。試みに『本草綱目』『和語本草綱目』〈元禄十一年〈一六九八〉〉と本書の表紙を並べてみよう。

間違って手に取ることはないだろうし、擬態として医学書に見えることもないであろう。本文も無理に解釈すれば、『和語本草綱目』に似ていると言えないわけではないが、いかがであろうか、図版を掲げるので看官のご判断にお任せしたい。

なお、「百花鳥」と「本草」との組み合わせとして、先立つ寛政十年、山東京伝作『百化帖準擬本草《ひやくくわてうみたてほんざう》』がある。

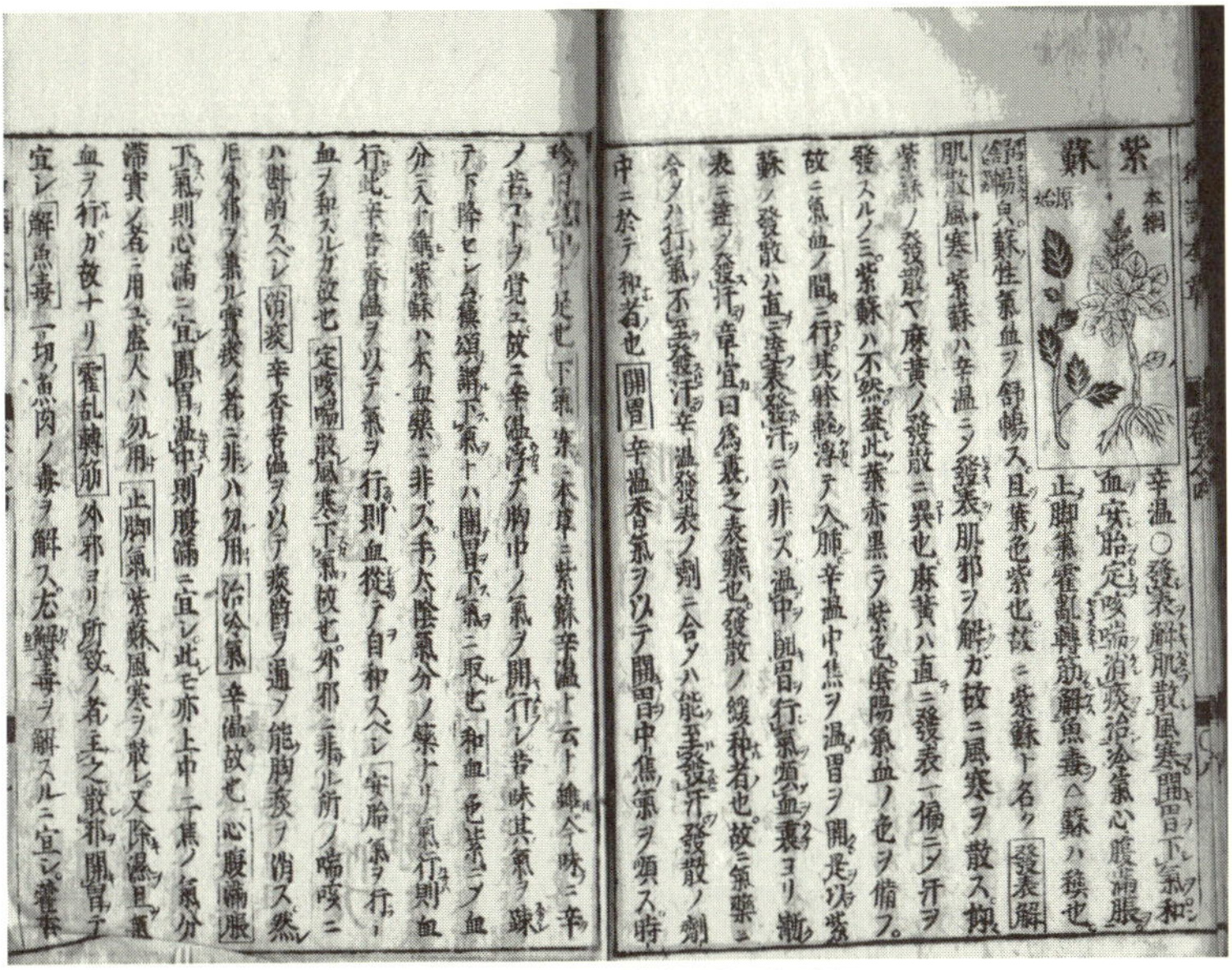

『和語本草綱目』の本文図版（架蔵）

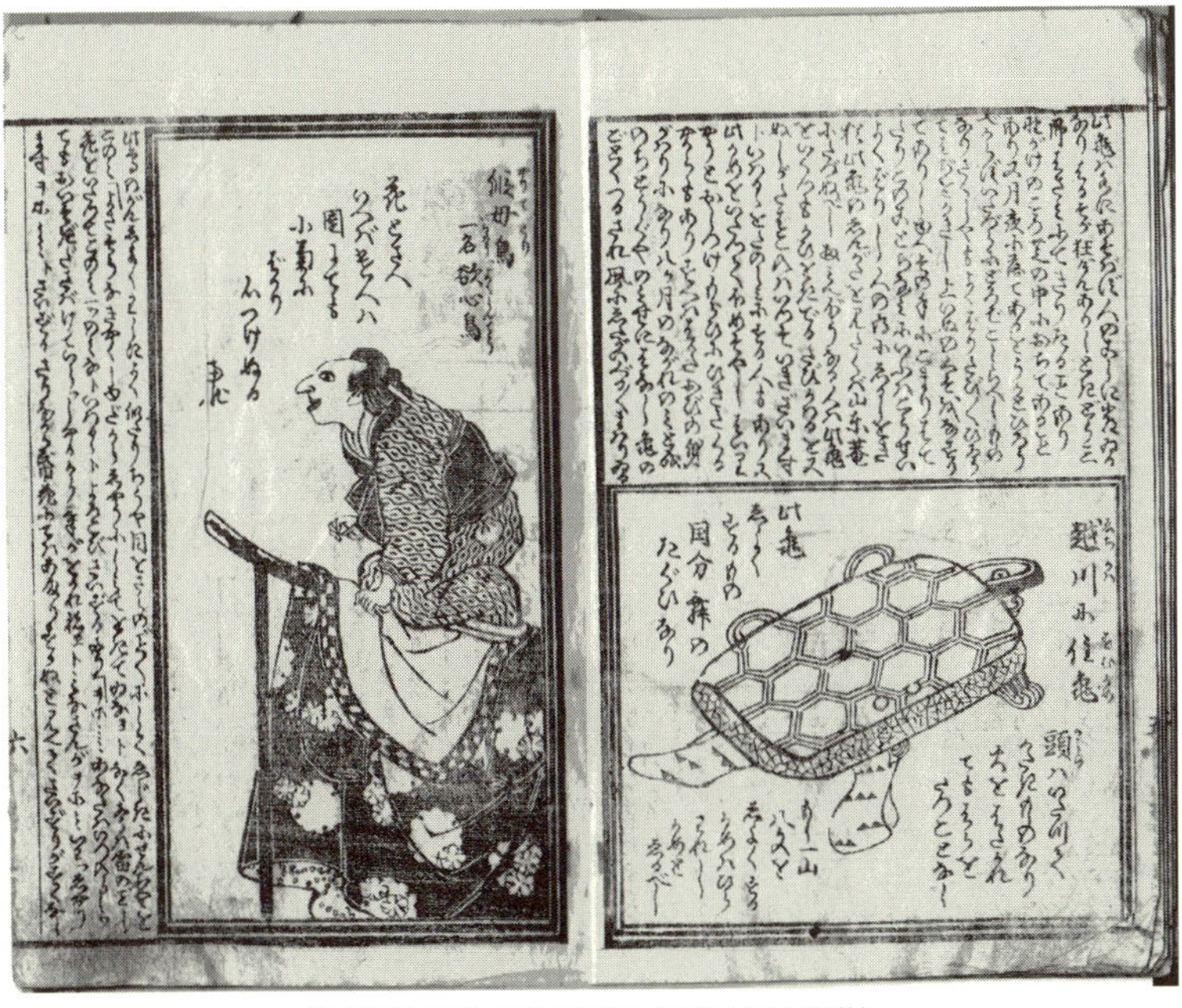

『本草盲目集』の本文図版（日本女子大学蔵）

3　医家書生の戯作1——『瓢軽雑病論』

医学書の擬態をもっとも鮮やかに見せたものは『本草妓要』に代表される洒落本である。その数こそは少ないものの、特に初期洒落本の作者・読者は知識人であって、彼ら仲間の「楽屋落ち」的諧謔味の強いことが既に指摘されて久しいが、そのメンバーに都《つ》賀《が》庭鐘《ていしょう》のような医学に通じた人物がいたのである。ゆえに、その手法はかなり凝った作りとなっている。医学書と一脈通じる階層での文学と言ってよいのかもしれない。

日本の医師批判の洒落本『瓢軽雑病論《ひょうきんざつびょうろん》』は単なるもじりなのか

江戸の洒落本に俠町仲介《キャンノテウチウカイ》の『瓢軽雑病論』という作品がある。小本一冊、わずかに十一丁半しかない漢文戯作である。早くに古典文庫に影印が載り、『洒落本大成』第五巻（中央公論社、昭和五四年〈一九七九〉）に収録され、次の中野三敏の解説が載る。

> 本書は古典文庫「初期洒落本集」に影印される。その中村幸彦の解説に、本書は「傷寒論」と略称される「傷寒雑病論」のもじりで、作者署名もすべて同書の同部分のもじり、従って、目録、本文にももじりが行き届き、いずれ医学書生の手すさみかと、また内容や文章からみて、明和、安永期の江戸板かと。筆者はこれにつけ加えるべき資料をなんら持たない。

確かに、中村幸彦、中野三敏が断定するように、この作品が「傷寒雑病論」、則ち中国の代表的医学書の『傷寒論』のもじり（パロディ）だというのは論ずるまでもない、一目瞭然である、とは残念ながら言えない。

先章の『本草妓要』と同様に、順を追ってこの作品を見ていく（底本は『洒落本大成』所収の影印）。

まずは文章を比較してみる

題名は明らかに「傷寒雑病論」のもじりである。次いで両者の序文を比較してみる。

論曰《ロンニイハク》。余毎《ヨゴトニ》レ覧《ミル》下客人入《キャクジンイル》レ郭之珍《クワクニノチン》。望《ノゾムヲ》中傾城之色《ケイセイノイロヲ》上。

論曰。余毎レ覧下越人入レ虢之珍。望中斎侯之色上。

という序文冒頭は、『傷寒論』の序文冒頭部の逐語的なもじりである。

このもじりの姿勢は序文において末尾に至るまで徹底している。分かりやすく示すために『瓢軽雑病論』の送り仮名と返り点を省いて並べてみよう。

（剽）格子曰、遊而為之者客、間夫則次之、多分博奕、為之次也。請事此語

（傷）孔子云、生而知之者上、学則亜之、多聞博識、知之次也。余宿尚方術、請事斯語。

つまり、序文は『傷寒論』の徹底的なもじりである。そして序に続く目録も、

『瓢軽雑病論』	『傷寒論』
大青楼湯	大青龍湯
小青楼湯	小青龍湯
勘当湯	甘草湯
女中湯	理中湯
寂期加往生湯	柴胡加芒消湯

というように逐語的なもじりである。本文も基本的にはその姿勢を保っているようで、一例を示せば、

不《ザル》レ可《ベカラ》レ回《メグラス》レ首《カフベヲ》者《モノハ》、大青楼湯《ダイセイロウトウ》主《ツカサドル》レ之《コレヲ》。

大青楼湯方《ダイセイロウトウノホウ》

床華《トコバナ》貳拾両　臺物《ダイノモノ》一分　新造《シンゾウ》参張　太鼓《タイコ》伍個　挑燈《テウチン》三両

右伍味先《ミギゴミマヅ》以《モッテ》二紙華《カミバナヲ》一吹咀《フソシ》。以《モッテ》二酒五升《サケゴショウウヲ》一。温服《ウンフクス》。覆《ヲヽフテ》取《トル》レ似《ニタルヲ》レ汗《アセニ》。服後時時無心《フクシテノチヲリヲリムシン》。一一遺《イチイチヤリ》レ之《コレヲ》。欲《ホツスル》レ作《ナサント》二出貢《シユツホンヲ》一者益佳也《モノマスマスカナリ》。不《ズ》レ可《ベカラ》二如《ゴトク》レ水遺棄《ミヅノツカイスツ》一。

は、『傷寒論』の「桂枝湯方」の、

（前略）鼻鳴乾嘔者。桂枝湯主之。

桂枝湯方

桂枝三両去皮　芍薬三両　甘草二両炙　生姜三両切　大棗十二枚擘

右伍味㕮咀以水七升。微火。煮取三升。去滓。適寒温。服一升。服已。須臾。歠熱稀粥一升余。以助薬力。

温覆一時許。遍身漐漐。微似有汗者益佳。不可令如水流漓。

の傍線部をおもに逐語的にもじり、『傷寒論』に散見する「温服一升。覆取微似汗」（葛根湯方）などの表現を取り入れて作成している。これは作者が『傷寒論』を座右に置いて、逐次その原典に照らしてパロディ作品を仕立てたのではなく、ある程度『傷寒論』を諳《そら》んじていて、自由自在にもじり易い箇所を選んで継ぎ合わせていった執筆態度を示していよう。作者が医学に通じていれば、比較的容易な所業であったと思われる。医学書に擬態した文学作品の典型と呼んでよい。

さて、この医学書に擬態した狙い、特に面白みは何であったのだろうか。堅苦しい医学書を色遊びに転じた、そのパロディの妙さえ感得できればよいのだと言ってしまえばミもフタもない。そう断じる前に、もう少し作者の意識を探ってみたい。

作者の意識を探る——もじりを逸脱し、当代の医者を揶揄する

『傷寒論』はとてもポピュラーな医学書なのであるが、その評価は時期ごとに一様ではない。この作者が『傷

寒論』を諳んじていたことと関連して、次の一文が気にかかる。

古方家《コホウカ》無證《ムシヤウニ》下《クダシ》レ之《コレヲ》。後世家《コウセイカ》滅多《メツタニ》補《ヲギナフ》レ之《コレヲ》。

この「古方医家はやたらめったらに吐下させたがり、後世家は補いたがる」というフレーズはこの時期の流行である。本来は中国医学の発展にあわせて明清の最新医学の歩みとともに日本近世医学は進んできたわけではあるが、江戸も中頃になると、儒教の古学に影響を受け、医学も張仲景の『傷寒論』の昔に戻ることが提唱されてきた。その一派を「古法《こほう》（医）家《か》」と呼び、従来の新しい医学を信奉する一派を「後世《こうせい》（医）家《か》」と呼ぶようになった。一般的には古方家は吐下を得意とし、後世家は補剤を得意とするとみなされていた。大田南畝が「古方家に寄す」で「医案滅多に瀉《くだ》さんことしきり」（『寐惚先生文集』諸編、原漢文）と揶揄する現状があった。

ゆえに、古方家、後世家という呼称は日本で生じたもので、中国の『傷寒論』にはあるはずのない記述である。作者は『傷寒論』を諳んじ、『傷寒諭』に似せようとして本作品を作ってきた。そのこれ迄の姿勢を考えると、この『傷寒論』にあり得るはずのない一文を記したことは看過できまい。前述したように、作者の意図が単に『傷寒論』をもじることにのみあるのであれば、この一文はその作者の意図から逸脱したものであり、作者の狙った面白みもこの一文によって少なからずの齟齬をきたすことになろう。この一文を挿入した作者の意識や意図を改めて問題とする必要があろう。

古方家、後世家というくだりは、当時の洒落本等に散見する。先の南畝の例に、平賀源内の、医者《イシャ》は「古方家《コホウカ》」「後世家《コウセイカ》」と陰弁慶《カゲベンケイ》の議論《ギロン》はすれども、治《チ》する病《ヤマヒ》は療《ナヲ》し得ず、流行《ハヤリ》風の皆殺《ゴロ》し。

（安永三年〈一七七四〉『放屁論』）

を付け加えておく。古方家、後世家は当代の医者を揶揄する際の常套句なのである。『瓢軽雑病論』の作者が、この古方家、後世家の一文を作中に記した意図も、やはり当代の医者に対しての軽い揶揄をこめたと見るべきであろう。作者の遊び心は、単なる『傷寒論』のもじりを楽しむことだけにはとどまらず、当代の医者に対しての揶揄にまで及んでいたと思われる。

作者の意識が当代の医者に向いていたことに気付けば、次のやや難解な作品末尾部も読み解くことができそうである。

町仲介者《テウチウカイハ》。猫楼人也《ニヤンロウノヒトナリ》。侠者無《キャンジヨニナシ》レ伝《デン》。受《ウク》二嘘《ウソヲ》於道楽長太郎《ドウラクノテウタロウニ》一。時人皆曰《トキノヒトミナイフ》。馬鹿《バカ》過《スギタリト》二其師《ソノシニ》一。作《ツクル》下瓢軽雑病論《ヒヨウキンサツビヨウロン》。及金気瓢百玉門経《オヨビキンキヒヨウヒヤクギヨクモンキヨウヲ》上。并行《ナラビニヲコナハル》二当世《トウセイニ》一。宦至《クワンイタル》二泥田大酒《ドロタノタイシユニ》一。

この末尾は、本文とは関係せず、嗣出予告とも後書きとも思えるが、この部分の原拠と思われる記述は『傷寒論』には見えない。また「官（宦）、泥田の大酒に至る」など、その文意も読み取り難い。医学書のもじりをあれほど快活に自在に楽しむ作者であれば、この難解な末尾に於いても、何かを下敷きにしたのではないだろうかということは容易に予想できるであろう。その何らかの書にたどり着き、そこから生じる滑稽さをこの末尾から読み取れなければ、初期洒落本の魅力を十分に理解したことにはならないであろう。

作者の意識が当代の医者揶揄に向いていたのであれば、ここで作者が下敷きとした書は、中国の医学書ではなく、本邦の医書に求めるべきであろう。

もじり、揶揄のその先にある、単純ではない事情

明和八年〈一七七一〉、京の医師雲林院《うじい》了作《りょうさく》は浪花にあって、『傷寒論国字解』〈浪華大野木市兵衛以下複数書肆刊、以下、適宜『国字解』と略す〉を著した。その巻一の末尾に、

> 張仲景ハ漢書に伝ナシ。名医録ニ云ク、南陽ノ人、名ハ機、仲景ハ乃ソノ字《アザナ》ナリ。孝廉ニ挙セラレテ、官長沙ノ大守ニ至ル。始メ術ヲ同郡ノ張伯祖ニ受ク。時ノ人言フ、識用精微ソノ師ニ過タリ。

とある〈傍線、筆者。図版参照〉。「南陽ノ人」転じて「猫楼人也《ニャンロウノヒトナリ》」、「張仲景」転じて「町仲介」、よくできた戯れであろう。『瓢軽雑病論』の末尾は、この『国字解』の巻一末尾を、わざわざ「漢文」に戻した上でもじったものであろう。また嗣出目録と見えた「作《ツクル》下瓢軽雑病論《ヒヨウキンサツビヨウロン》。及金気瓢百玉門経《オヨビキンキヒヨウヒヤクギヨクモンキヨウヲ》上。并行《ナラビニヲコナハル》二当世《トウセイニ》一」も、作者が次いで「金気瓢百玉門経」なる戯作を著す予定だと捉えるのではなく、同じく張仲景の作として『傷寒論』と並び称される『金匱要略』を利かせた「遊び」と考えるべきではなかろうか。その読みが当たっているとすれば、この「金気瓢百玉門経」の名を挙げる意図が判明する。

『国字解』の一本〈京都大学医学図書館本など〉の付録に「傷寒論并金匱要略国字解ヲ書シテ之ニ与ン」とあって、雲林院了作は当初から引き続き『金匱要略国字解』〈糸舎市兵衛他三都版、安永九年〈一七八〇〉刊行〉を著す予

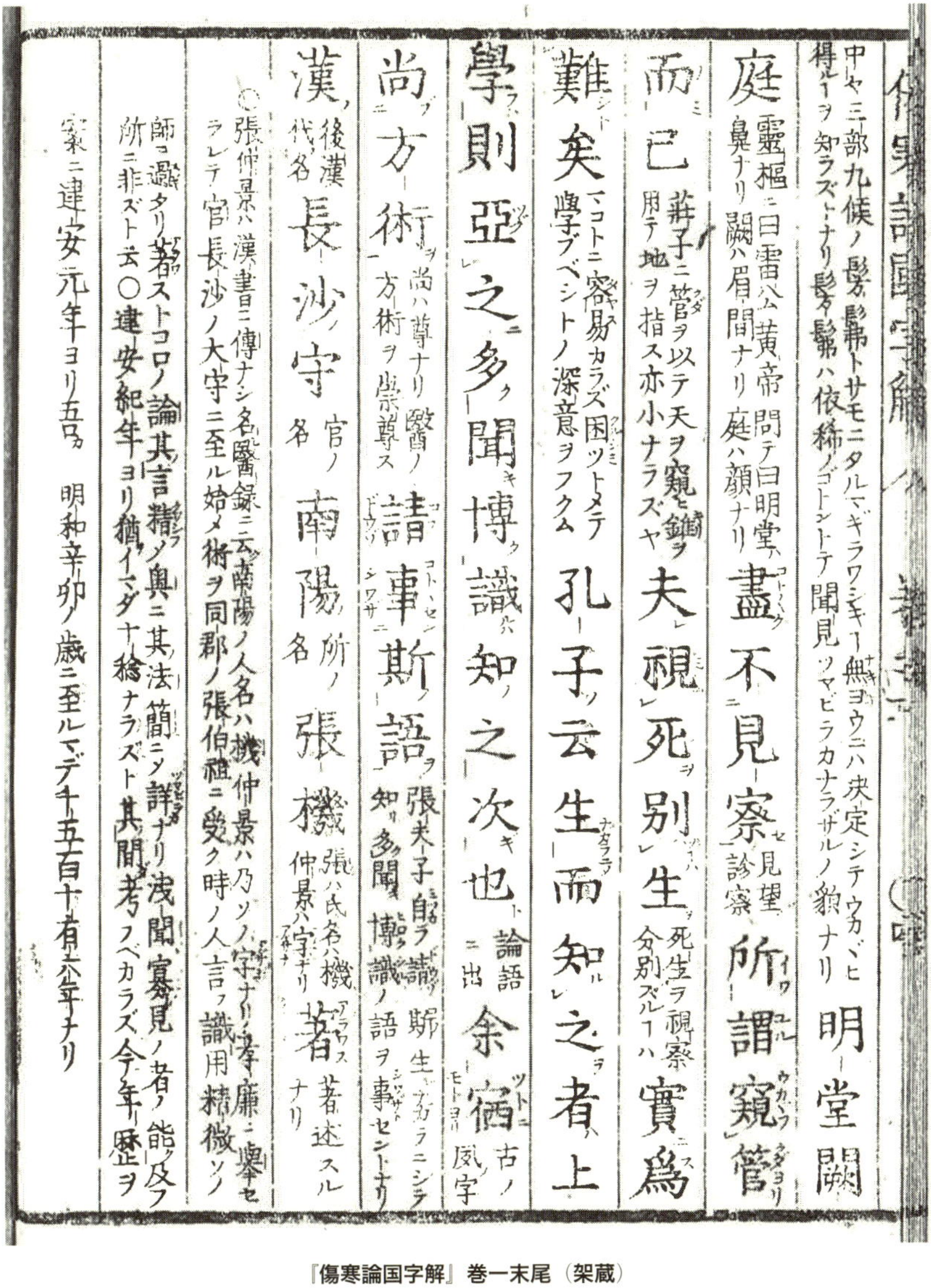

中ヤ三部九候ノ髣髴トサモニタルマギラワシキ一無ヨウニハ決定シテウカヾヒ得ル一ヲ知ラズ一ナリ髣髴ハ依稀ノコトトシテ聞見ツマビラカナラザルノ貌ナリ明堂闕庭霊枢ニ曰雷公黄帝ニ問テ曰明堂ハ鼻ナリ闕ハ眉間ナリ庭ハ顔ナリ盡不見察見望診察所謂窺管而已荘子ニ管ヲ以テ天ヲ窺ヒ錐ヲ用テ地ヲ指ス亦小ナラズヤ夫視死別生死生ヲ視察分別スル一ハ實為難矣マコトニ容易カラズ困ツトメテ學ブベシトノ深意ヲフクム孔子云生而知之者上學則亞之多聞博識知之次也論語ニ出余宿古ノ夙字尚方術尚ハ尊ナリ醫ノ方術ヲ崇尊ス請事斯語張夫子自ラ謙リ生ナガラニシテ知リ多聞博識ノ語ヲ事トセントナリ漢後漢代名長沙守官名南陽所名張機張ハ氏名ハ機仲景ハ字ナリ著著述スルナリ

○張仲景ハ漢書ニ傳ナシ名醫録ニ云南陽ノ人名ハ機仲景ハ乃ツノ字ナリ孝廉ニ擧セラレテ官長沙ノ大守ニ至ル始メ術ヲ同郡ノ張伯祖ニ受ク時ノ人言フ識用精微ソノ師ニ過タリ著ストコロノ論其言精ニシテ奥ニ其法簡ニシテ詳ナリ淺聞寡見ノ者ノ能ク及フ所ニ非ズト云○建安紀年ヨリ猶イマダ十稔ナラズト其間考フベカラズ今年ヲ歴ヲ案ニ建安元年ヨリ五百ケ明和辛卯ノ歳ニ至ルマデ千五百十有六年ナリ

『傷寒論国字解』巻一末尾（架蔵）

▼医学書メモ

『金匱要略《きんきようりゃく》』

『傷寒雑病論』の作者張仲景の著書とされる。『傷寒論』とセットで受容されてきたが、宋代になって「傷寒論」と「金匱要略」とに分けられたらしい。内科雑病の古書でありながら、便利かつ有効であったために広く流布した。了作の『金匱要略国字解』は、初学にかなり受け入れられたようで、『茶菓子初編』（方外道人、天保四年）に次の五言律の狂詩が記されている（原漢文）。

玄関に乗り物を懸け、　弟子両三人
表には餝《カザ》る宓羲《フッキ》の像　内は貧し張介賓
嚢中には金匱無く　匕上に君臣有り
薬品和物多く　桂枝渋《シブ》ふして辛からず

（試訳：玄関には派手な乗り物を懸け、弟子は二三人も連れて、表には医師の代表伏羲の像を美々しく飾る。しかし、内では貧しくて〈『類経』『景岳全書』を著した〉張介賓ならぬスカンピンで、懐の中には金目の物も、アンチョコの仮名書きの「金匱要略」もないくせに、「君臣佐使」の匕加減は見よう見まねでしている。高価な舶来の医学品はなく安物の国産品ばっかり。桂枝はただ渋いだけで辛くもない）。

定であることが知られる。『瓢軽雑病論』作者はこの了作の嗣出予告を踏まえて、末尾を調製したこととなる。『瓢軽雑病論』の魅力を十分に知るためには、中国医学書の『傷寒論』を知るだけではなく、日本の医学書の『傷寒論国字解』を知っている必要があり、さらにはその作者雲林院の次回作を知っている必要があるのであった。

　そして、その目で本文に戻れば、『瓢軽雑病論』と『国字解』は、行数こそは違うものの、罫線入りの版面、丸印での区切り方など、両者はよく似ている。作者は『傷寒論』それ自体ではなく、『国字解』のもじりの方に主眼を置いていたとも言えるほどである。とすれば、この『瓢軽雑病論』の正確な刊記は不明だが、『国字解』を種とすることから、明和八年〈一七七一〉以降いくばくもない、明和末から安永初の成立と見ることができる。

　以上、『瓢軽雑病論』の狙いは、単なる『傷寒論』のもじりで満足するほどの単純なものではないことが判明した。そのことを確認した上で、もう少しこの作品の意図を探る必要性が生じてきたようである。

「医家書生の戯作」を読み解くには

第１節で扱った『本草妓要』同様、『瓢軽雑病論』も、題名、序など、始めに目につく部分は有名な中国の医書を露骨にもじりながらも、本文は香川修庵なり、雲林院了作なりの日本の書をもじって作られている。そして肝心の本文は、序などに比してその典拠がわかりにくい。その二書の共通した手法を一般化して「医家書生の戯作」と呼んでいいのか、それとも単なる偶然なのかは判断に悩むところではあるが、『瓢軽雑病論』が『本草妓要』から学んだ可能性は捨てきれないと思われる。

このような「隠蔽」とも呼べる作為を施しながら、あまたある書の中で、雲林院了作の著を選んだ意図は何であったのだろうか。なぜ彼の書でなければならなかったのか。その深層に迫れなければ、「医家書生の戯作の手法」を論じることはできない。以下、その点について考察したい。

医学界のスキャンダルを当て込んだ？

まず、江戸の洒落本『瓢軽雑病論』の作者が、上方の医師雲林院了作の著を選択した意図について考えたい。医学史を播くも、雲林院了作はさしたる高い評価は与えられていない。ただ、『古今墨蹟鑑定便覧』（安政二年〈一八五五〉）に「京師ノ人、知非斎ト号ス。時ニ行ハル」とあり、また貸本屋、大惣にもその書が購入されていることから、『国字解』が当時の流行の書であったことは知ることができる。では、『国字解』が流行の書であり、しかも容易に見ることができる書であったことをもって、作者がその流行に便乗してこの書を選んだのだと短絡的に考えてよいものだろうか。勿論、この流行への便乗がその大いなる要因ではあろうが、それのみに限定することはできないのではないだろうか。ここで思い当たるのが、作者の執筆態度である。作者は

『傷寒論』を座右に置いて本文を作るのではなく、『傷寒論』を諳《そら》んじた上で、自在にもじり易い箇所を継ぎ合わせて本文を作っている。つまり、作者は『傷寒論』を諳んじる程の医師であり、何種類かの『傷寒論』関係の書に目を曝《さら》しながらも、あえて雲林院了作の書を選んだのである。このことと、了作自身がたいした影響力を持っていた医師だとは思われないこと、そして江戸の洒落本でありながら上方の了作の著を選んだこと、こういった諸問題を鑑みれば、単なる『国字解』の流行のみではその選択意図は説明できないかもしれない。畢竟《ひっきょう》、作者と雲林院了作との個人的なつながりにも踏み込まざるをえない。

雲林院了作は『金匱要略国字解』にその伝が載る。

先生諱ハ了作。字ハ求心。号二ス知非齋一ト。平安ノ人也。本ト高宮氏。系二ス於藤姓一ニ。自レ幼学二ヒ医術一ヲ。年及二テ十有五一ニ。出テ嗣二ク医官古野氏一ヲ。初メ名ハ周景。叙二シ法橋位一ニ。明和戊子ノ年。以レテ疾ヲ辞二ス法橋位一ヲ。而シテ移二居ス浪華一ニ。則チ更二ヘテ姓名一ヲ称二ス雲林院了作一ト。蓋シ雲林院モ亦同系也。（中略）在二スコト浪華一ニ凡テ七年。及二テ安永甲午ノ秋一ニ。以二テ雲林院了作一ヲ再ヒ叙二ル法橋位一ニ。而シテ後チ帰二ル京師一ニ。復称二ス古野氏一ト。

（知非斉先生伝略）

了作は京都人、医官古野氏を襲って法橋となった。ところが、明和五年〈一七六八〉に病のために法橋を辞し、浪花に寓居して雲林院了作と名乗ったのだという。『傷寒論国字解』（明和八年〈一七七一〉）はこの浪花寓居時の作であった。ちなみに『金匱要略国字解』もこの浪花寓居時に完成したが、出版されたのは安永になって再び了作が京に帰って法橋位に復帰してからであった。先に『瓢軽雑病論』の出版は明和八年〈一七七一〉以降安永初年あたりかと推測しておいたが、ちょうどその時期はこの了作の身辺が慌ただしい時期であった。『金匱要略国字解』の記載によれば、了作が法橋を辞して京を去った理由は「疾をもって」とだけあるが、その後の復帰、医官の古野姓を一時名乗れなかったことを考えてみれば、何かスキャンダル的な匂いがしないわけでもない。その「ゲスの勘ぐり」が当たっているとすれば、『瓢軽雑病論』が了作の著書を選んだ理由は医学界のスキャンダルを当て込んだものとして容易に処理することができる。

作者が上方のグループと交渉があって、彼らを意識した？

しかし、あくまでも推測なので、別の方面からも考察する必要があろう。『瓢軽雑病論』執筆時（もしくはその直前まで）了作は浪華に居住していた。了作は浪華の雲林院一族と同系であったのだという。この雲林院というのは、初代理菴が元禄元年〈一六八八〉に肥後より来坂してより代々大坂で開業していた一族である。▼注[8]その一族の中に次の人物がいる。

雲林院克誠　字士京　号力齋　瓦町筋百貫町　雲林院玄仲

（『浪華郷友録』寛政二年〈一七九〇〉）

この雲林院玄仲（延享二年〈一七四五〉～文化四年〈一八〇七〉）は、上田秋成の『藤簍冊子《つづらぶみ》』（文化四年〈一八〇七〉）巻五に、「應㆓雲林院医伯之需㆒擬㆘李太白春夜宴㆓桃李園㆒序㆖」と見え、秋成との文芸上の交流があり、また『蒹葭堂日記《けんかどうにっき》』の天明五年〈一七八五〉八月四日の条にも「上田東作、岡吉衛門、船にて同船、雲林院玄仲、同門人、来る」と記され、上方の文人との交流があった医者である。▼注[9]『瓢軽雑病論』作者は、この秋成、玄仲らの上方のグループと何らかの交渉があり、彼らを意識して、玄仲の縁戚で浪華に移居したばかりの了作の著を選んだとするのが第二解である。折しも、その了作の著は時の評判も良く、雲林院を知る人物にとっては『瓢軽雑病論』の戯れ方も喝采をもって迎えられたと考えるものである。この考え方も、先に記したように江戸洒落本の『瓢軽雑病論』が、上方の医家の戯作『本草妓要』に倣ったという推測からの発想である点では説得力は弱いのかもしれない。

出版を巡る大坂と江戸のいざこざ？

そこで、第三解として、作者ではなく、本屋の問題を取り上げてみたい。了作の『傷寒論国字解』の好評さには、江戸の書肆の食指も動いたようで、大坂の本屋仲間記録『出勤帳　二番』に、

明和八年四月廿六日
傷寒国字解之義、江戸行事へ申下し候義、帳面へ相記し候事

明和八年五月廿日
傷寒論国字解之内、江戸素人板ニ出来仕候ニ付、先達而売買差とめ之義、江戸行事中へ書状下し候事

と記される、『国字解』の江戸出版を巡る、大坂と江戸のいざこざがあった。『瓢軽雑病論』作者が、この事件をも利かせて『国字解』を選んだというのが第三解である。

当然ながら、かかる三つの詮索は「深読み」に過ぎないという批判は成立する。作者は単に『傷寒論国字解』

が目についただけにすぎないとする理解は可能である。作者は先に引用した「仮名付《かなつき》の衆方規矩回春《しゆはうきくくはいしゆん》なりとも買求《かいもと》め、医者《いしや》なり共いたし」（『けいせい伝授紙子』）という庸医の乱発の風潮を揶揄すべく、「仮名書きの国字解」をわざわざ漢文に変えて、色道指南の洒落本に転じてみせたというシンプルな解説が大きな説得力を有しているのかもしれない。どこまで「深読み」を許すのかは、そのまま、いまだ論じようの定まらない「初期洒落本」「医家書生の戯作」の持つ融通無碍さと結び付いてくる。▼注[10] それが医家書生の戯作の魅力でもあり、難しさでもある。

ただ、この作品が従来の中村幸彦や中野三敏が説いたような『傷寒論』をもじるという低次元の自己満足で事足れりとするような単純な構造ではないことだけは指摘しておきたい。その上に凝らした趣向を読み解くことが「医家書生の戯作」解読に必要であろう。

4　医家書生の戯作２――『本朝色鑑』

初期の医学書生の正統戯作

同様に医学書のもじりとして作られたものに『本朝色鑑《ほんちょうしょくかん》』がある。

『本朝色鑑』は小本一冊、刊記と作者は不明である。中村幸彦によって寛保、寛延に近い宝暦初年頃の作とされている。▼注[11] 題名及び形式は、人見必大《ひとみひつだい》の『本朝食鑑《ほんちょうしょっかん》』（元禄十年〈一六九七〉刊）のもじりであることは明白である。よく擬態した作品といえる。

この作品は文中に初期洒落本の『両巴巵言《りょうはしげん》』の書名を引き、序文や本文にもその影響が看て取れる。初期洒落本の発生や隆盛に刺激されての作成と思われる。ゆえに、この作品も初期洒落本の展開の中で注目されるものとなっている。

内容は素人《はくじん》、四六女《よつろく》、茶立女、契短女《けいたん》、花車、娘分、中居に関して、「集解」「気味」「主治」という本草学の方法で解説したものである。時には『伊勢物語』のもじりや和歌を配している。初期の医学書生の正統戯作である。

「集解」は本草書において産地や説明、従来の説を列挙した箇所、「主治」は主な薬効、「気味」は岡西『本草概説』に、

『本経』の序録に「薬有㆓酸鹹甘苦辛五味㆒、又有㆓寒熱温涼四気、及有毒無毒㆒」とあり、また『本経』でも『別録』でも薬名に続いてまず気味が掲げられているのが通例であるから、それが薬性を基準として古くから重視されたものであることは疑いない。


とあるように、酸味、苦味、甘味、辛味、鹹味を「五味」と呼び、薬を飲むと寒くなる、熱くなる、温かくなる、涼しくなる現象を「四気」と呼ぶのである。

そこで、『本朝色鑑』の「集解」「気味」「主治」の例を見てみるが（底本は『洒落本大成』第三巻所収影印、適宜句読点を付した）、その前に『本朝食鑑』の記載例を挙げておく。

▼医学書メモ

『本朝食鑑《ほんちょうしょっかん》』

小曽戸『辞典』に「人見必大《ひとみひつだい》（一六四二～一七〇一）の著になる食物本草書。全一二巻。（中略）国産の食品四四二種を収載して解説。江戸の博物学書として評価が高い」とある。

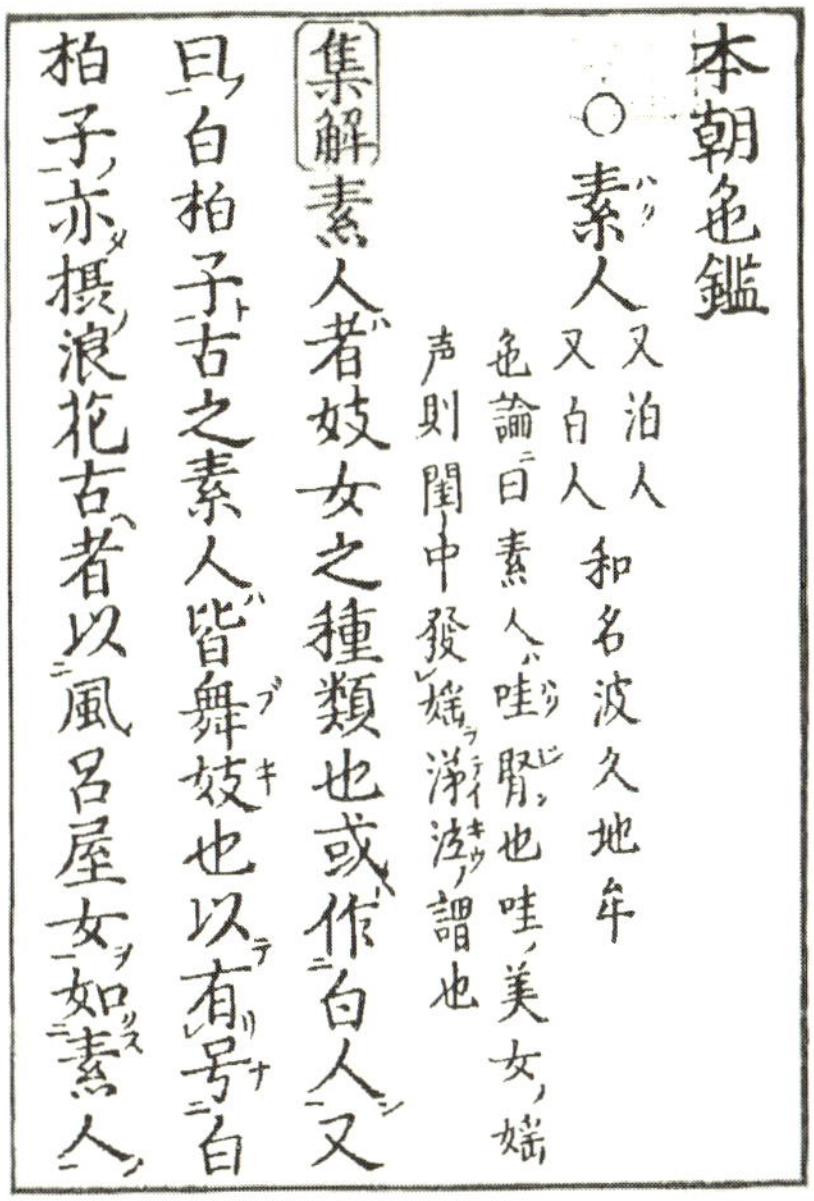

本朝色鑑

○素人 又泊人 又白人 和名波久地年

色論曰素人哇聲也哇美女嬌声則閨中發嬌滯泣謂也

集解 素人者妓女之種類也或作白人又曰白柏子古之素人皆舞妓也以有号白柏子亦摂浪花古者以風呂屋女如素人

『本朝色鑑』（大阪大学文学部蔵）

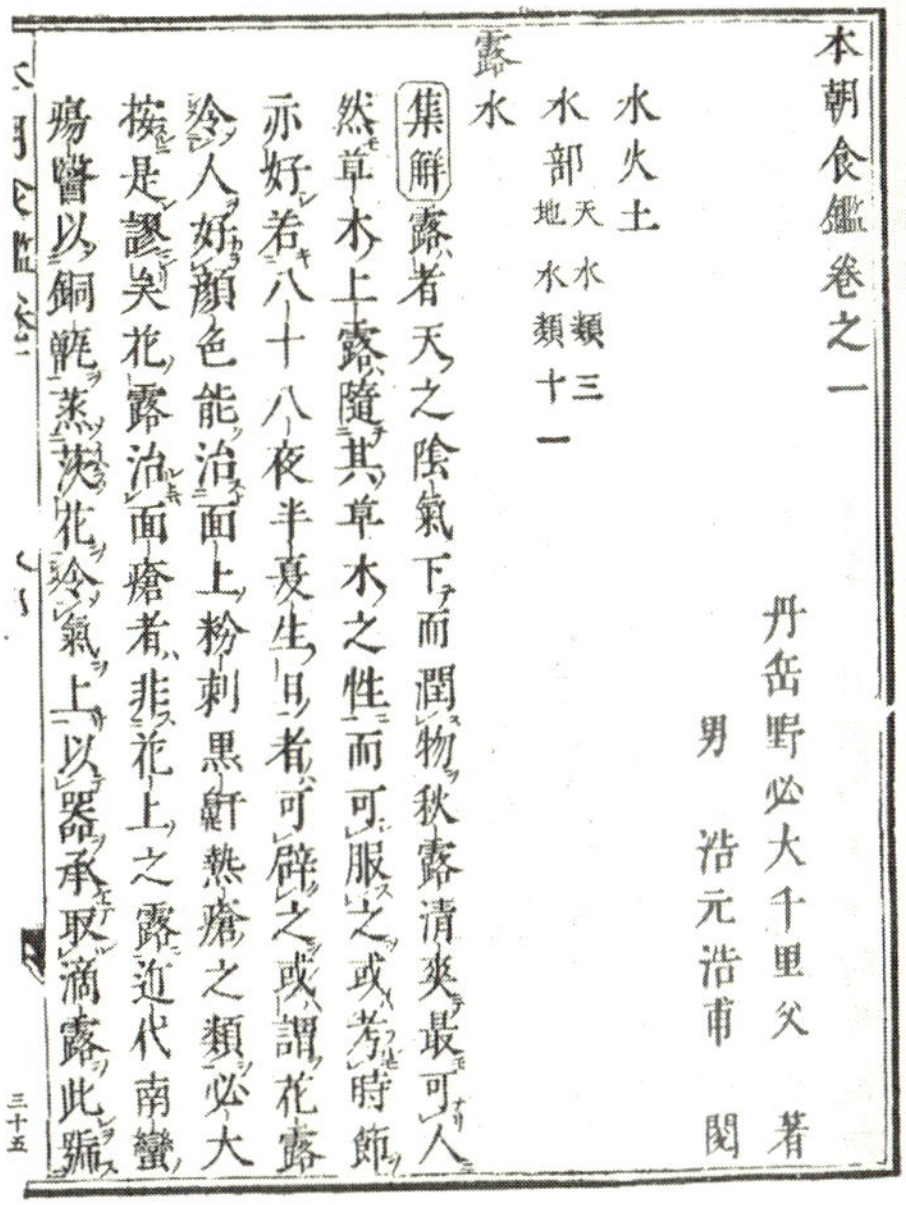

本朝食鑑巻之一

丹岳野必大千里父 著

男 浩元浩甫 閲

水火土

水部 天水類 地水類 十三

露水

集解 露者天之陰氣下而潤物秋露清爽最可人然草木上露隨其草木之性而可服之或考時節亦好者八十八夜半夜生者可辟之或謂花露…

『本朝食鑑』（日本古典全集、昭和８年）より

苦鹽

集解　此レ初メ造ル鹽ヲ時盤下スル瀝黒水也ナリ。

本邦但タヽ為下収ルノ豆腐ヲ一之用上ト。其ノ余ハ未タレ用ヒレ之ヲ。

気味　苦鹹有レ毒。

主治　殺スレ虫ヲ。愈ス二連年ノ疥癬生ルレ虫ヲ者一ヲ。

この記載方式が基本にあって、次の『本朝色鑑』の記述が輝くのである。

○娘分

集解　娘分者ハ則有リ二養子一。有二実子一。大抵以レ為ルヲ二養子一号ス二娘分一。則有二楊屋《ヨヒマ》ニ一。雖レ有ト二不同一其宜キ者ノ也ハ大ニ佳《カ》ナリ。凡京師以テレ有ルヲ二祇園町・先斗町一ニ為二上品一ト。則貧家ノ少女或ハ游女之養ヒ二少者《ヲサナキモノ》一為二娘分一ト。随《シタカツテ》レ長スルニ有リ二艶色一以テ示スレ客ニ。其價又貴シ。或ハ翫ヒ二三線ヲ一唱ヘテ二歌舞ヲ一慰ス二客意ヲ一。（中略）

其ノ風俗不レ学二妓姿《ギシ》ヲ一。唯町家深窓之如シ二愛娘子ノ一。悠然トシテ巳《ヲノツカラ》有レ色。雖二老儒禅僧一迷《マヨハシ》レ目ヲ蕩《トラカス》レ心ヲ而巳。

気味　甘平温戻無レ毒。且シ有二不同一。其ノ為二上品一也大ニ佳ナリ。味ヒ如二地女ノ一。又似二太夫ニ一。其為二下品一也。気味同キ二素人ニ一而巳。

主治　慰《イ》シ二鬱症ヲ一消ス二酒気ヲ一。唯多ク食ヘハ畏ルレ有ンコトヲレ害二腎経ニ一而巳。

「娘分」という遊女の説明である。「甘」や「温」などの五味四気の用語を配して直截に表現するのが本書の真骨頂である。試みに少し意訳的に「集解」を書き下してみる。

「娘分」は養子あり、実子あり。たいてい、養子をもって「娘分」と号す。すなはち「よび屋」にあり。不同ありといへども、その宜しきものは大いに佳なり。およそ京師、祇園町・先斗町にあるを上品とす。貧家の少女、或いは遊女のをさなき者を養ひ「娘分」とす。長ずるに随って艶色あり、もって客に示す。その價《あたい》また貴《たか》し。あるいは三線（三味線）を翫《もてあそ》び、歌舞を唱へて客の意を慰す。

その風俗は妓（遊女）の姿を学ばず。ただ、町家の深窓の愛娘子のごとし。悠然としておのづから色あり。老儒、禅僧といへども、目を迷はし心を蕩《とらか》すのみ。

「娘分」の「集解」として意を尽くした文と言える。この「娘分」にかかれば「主治」の「鬱症を慰し、酒気を消す。ただ多く食らへば腎経（腎虚）に害あらんことを畏るのみ」になること請け合いであろう。少しの医学知識があれば、医書に擬した洒落本の妙味を知ることができる、その好例である。

5　本草書に擬態した漢詩文の傑作――柏木如亭『詩本草』

ブリヤ・サバラン『美味礼讃』と並ぶグルメ詩話

文学史的には洒落本に分類されるわけではないが、本草書に擬した漢詩文の傑作として、江戸っ子にして食道楽の旅の詩人柏木如亭《かしわぎじょてい》の遺稿『詩本草《しほんぞう》』（文政五年〈一八二二〉）を挙げたい。柏木如亭及び『詩本草』については揖斐高の次の解説がある。▼注[12]すなわち揖斐高は「口腹」の著として有名なブリヤ・サバラン『美味礼讃《びみらいさん》』と清の袁枚《えんばい》の『随園食卓《ずいえんしょくたく》』と並べて『詩本草』を語っている。

『詩本草』の世界は、初めに引いた富士川氏の紹介文（筆者注、『鶺鴒庵閑話《しきゅうあんかんわ》』）にもまとめられていたように、基本的には三つの要素から成り立っている。それは「放浪」と「美味」と「詩」という三要素である。この「放浪」は「旅」とも言い換えてもよいし、さらに拡大して「人生」と置き換えることも許されようが、ともあれ、それらの三要素が『詩本草』の世界を形作っている。

柏木如亭を「遊人の抒情」と評した揖斐らしい詩文論であるが、この『詩本草』は如亭自らが「客の戯れに余を以て詩中の時珍と為す者有り」（原漢文、読みは揖斐に従う）と記すように李時珍『本草綱目』を意識し、本草書に擬態した作品でもある。ゆえに、富士川や揖斐の指摘する三点のほかに、本草書を傍らに読み解く愉悦があるはずである。
この点を揖斐は次のように述べている。

『詩本草』という風変りではあるが洒落た書名は、右の引中に記されているように、明の李時珍の本草書『本草綱目』（一五九〇年成立）に由来するものであることは間違いないが、類似の書名が漢籍や和書に見られないわけではない。参考までに掲げてみると、漢籍では、唐代詩人の詩にまつわる逸話を集成した唐の孟棨《もうけい》の『本事詩』や、清の顧炎武の古音研究の書『詩本音』さらには清の張潮の『書本草』などがあり、和書では、食品ごとにその本草学的な知識を和歌に詠じた『和歌食物本草』（別称を『歌本草』、寛永七年刊）や、土岐其然編の絵入り俳書『絵本草』（宝暦七年序刊）などがある。とく漢籍の『書本草』や和書の『歌本草』『絵本草』という書名は、『詩本草』とよく似ているが、如亭にそうした書物についての知識があったかどうかは分からない。また、内容的な類縁性があるわけでもない。おそらく偶然の類似であろう。書名に関してだけでなく、内容面においても如亭が意識していたのは李時珍の『本草綱目』で、『詩本草』の中で、時に如亭は『本草綱目』の記述を批判するようなこともしている。

以下、揖斐の注を参考にしながら、『詩本草』のもう一つの世界、すなわち本草書の知識がなければ読み解けない、というと語弊があるかもしれない、本草書を傍らに置けば読書の愉悦が増えると思われる「漢詩文」を見てみる。

本草書を傍らに置けば読書の愉悦が増える『詩本草』の読み方

まず、江戸っ子の愛した魚、鰹（松魚）について『詩本草』には次のようにある（書き下しは揖斐に従う）。

松魚有二。一指葛貲屋、一指跋結。葛貲屋即鮣䱹魚也。琉球呼為佳蘇。其作松魚者此方俗間文字。然沿襲亦旧矣。以比鮣䱹字、則覚其稍雅。似是互用而不害者。亦猶之本草綱目東医宝鑑有二青魚。

松魚に二有り。一は葛貲屋《かつを》を指し、一は跋結《さけ》を指す。葛貲屋は即ち鮣䱹魚《いんすいぎよ》なり。琉球呼びて佳蘇《かそ》と為す。その松魚に作る者は此の方俗間の文字なり。然れども沿襲《えんしふ》も亦た旧《ふる》し。以て鮣䱹の字に比《くら》ぶれば、則ちその稍《や》や雅なるを覚ゆ。是れ互ひに用ひて害あらざる者に似たり。亦た猶《な》ほこれ本草綱目《ほんざうかうもく》・東医宝鑑《とういほうかん》の二青魚《せいぎよ》有るがごとし。

趣味の分かれるところではあるが、鰹の醍醐味を語る粋な江戸詩人の文章とは思えないかもしれない。『詩本草』は当然ながら詩人の詩をちりばめた詩話であり、大半の段には漢詩が添えられている。にも拘わらず、この「松魚」の段には詩がない。しかも、女房を質に入れても食すのが粋だと謳われた「松魚」の段に詩が付されていないのである。しかし、鰹をこのように無風流かつ難解、衒学的に論じることが彼らの美食に適ったのである。▼注[13]

無くてもがなの、野暮な解釈を付けておく。「松魚」には二種類があり、一は「葛貲屋《かつを》」、もう一つを「跋《さ》結《け》」というが、「葛貲屋《かつを》」の方の松魚は「鮣䱹魚」であるという。そのうち、どの表記を使うのが妥当なのかを論じた段であるが、この難解な文章を解釈するには、次の『詩本草』にある如亭自身の言を参照するしかない（同じく原文の後に揖斐の書き下し文を付しておく）。

> 鯉魚湯方載医書者其法一味水煮、腥気不可口矣。秦翁依香川氏之法用昆布汁而煮。
>
> 鯉魚湯《りぎよたう》の方、医書に載る者、その法一味《いちみ》の水煮にして、腥気《せいき》口すべからず。秦翁《しんをう》、香川《かがは》氏の法に依りて、昆布汁を用ひて煮る。

文中の「香川氏」は、冒頭の『本草妓要』以来、たびたび出てきたわれらが香川修庵《かがわしゅうあん》のことである。古方家の領袖《りょうしゅう》で代表的医書は『一本堂薬選』であった。如亭と香川修庵との関係について揖斐は次のように語る。

> この段の表現は香川修庵の『一本堂薬選』と共通するものが多い。おそらく『一本堂薬選』を座右に置き、参照しながら如亭はこの段を執筆したのであろう。この段は、草稿に存在しないことからもわかるように、死の直前に増補された部分である。しかし、旅回りの窮迫した生活をしていた晩年の如亭の乏しい蔵書の中に、こうした本格的な医書があったとは考えにくい。であるとすれば、どうして如亭はこの書物を座右に置くことができたのだろうか。如亭の死は水腫に因るものと推測されている。讃岐から帰京後、持病の水腫が悪化した如亭は、治療に役立てようと、京都の医者で友人の小石元瑞《こいしげんずい》あたりから『一本堂薬選』を借り出していたのかもしれない。ちなみに、如亭歿後、如亭の乏しい遺品や蔵書の処分に関わったのは、小石元瑞であった。

揖斐は、如亭がどのような事情かは不明ながら香川修庵のファンであり、知り合いの医師を通じて『薬選』を所持（借り受け）し、座右に『薬選』を置きながら『詩本草』を執筆したことを想定している。その想定に立って『詩本草』の「松魚」の段を読み解くには、やはり『薬選』を座右に置いておくべきであろう。

先の「松魚」には二種類があり、一は「葛貲屋《かつを》」一つを「跋結《さけ》」、「葛貲屋《かつを》」は「鮰鱸魚」というなどの難解な記述について、『薬選』の「乾鉛錘魚肉」の図版を掲げるので、座右の気分を味わいながら見て頂きたい。

必要箇所を書き下す。

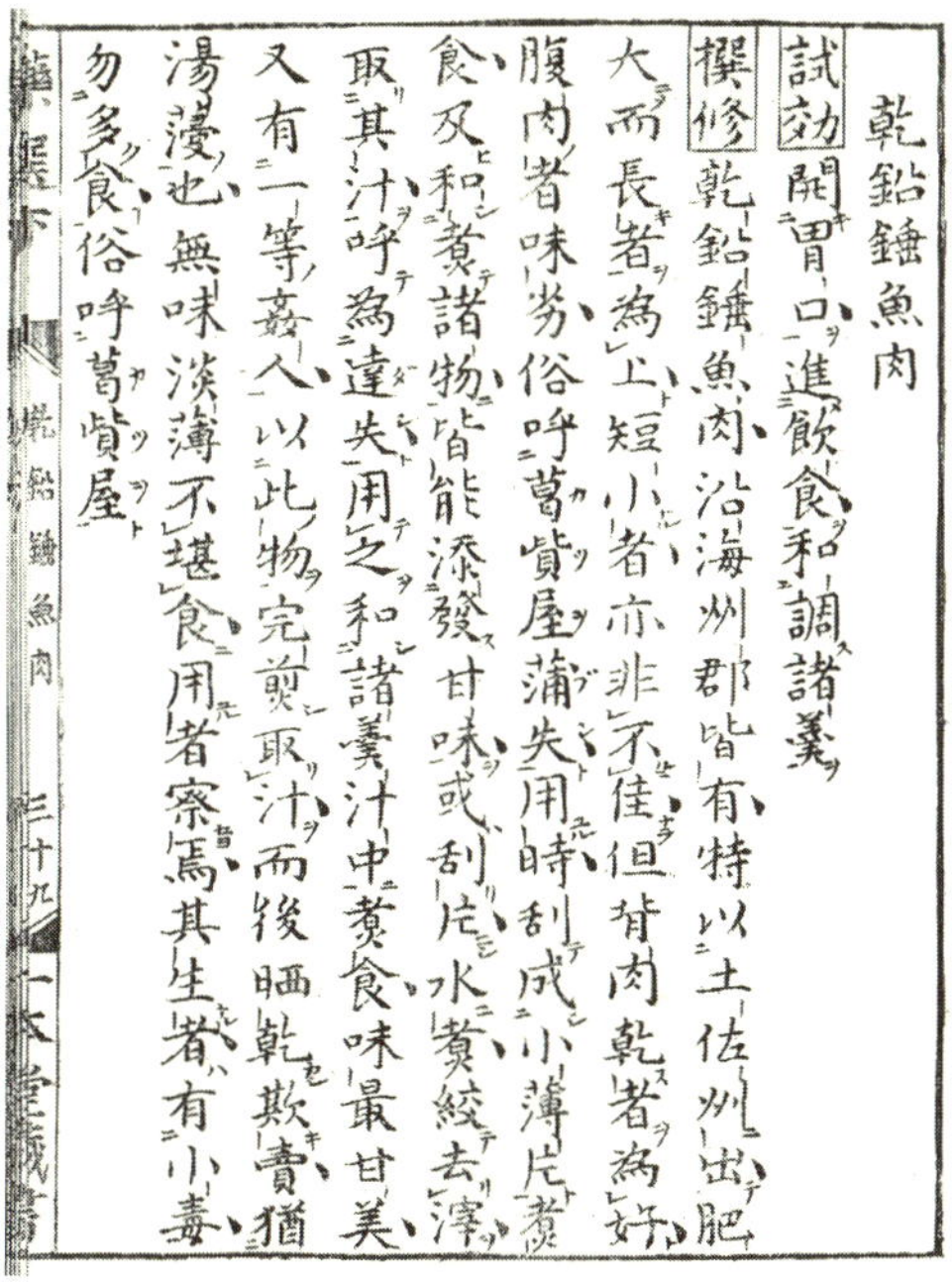
乾鉛錘魚肉
試効　開胃口進飲食和調諸羹
撰修　乾鉛錘魚肉沿海州郡皆有特以土佐州出肥大而長者為上短小者亦非不佳但背肉乾者為好腹肉者味劣俗呼葛貲屋蒲失用時刮成小薄片煮食及和煮諸物皆能添發甘味或刮片水煮絞去滓取其汁呼為違失用之和諸羹汁中煮食味最甘美又有一等姦人以此物完煎取汁而後晒乾欺賣猶湯漫也無味淡薄不堪食用者察焉其生者有小毒勿多食俗呼葛貲屋
薬選下　乾鉛錘魚肉　三十九　一本堂蔵書

『一本堂薬選』（架蔵）

撰修　乾鉛錘魚肉、沿海、州郡皆な有り。特に土佐州に出て肥大にして長きものを以て上とす。短小なるもの亦た佳ならざるにあらず。但し、背肉乾す者を好しとし、腹肉のもの味劣れり。俗に「葛貲屋蒲失《カツヲブシ》」と呼ぶ。（中略）その生なるものは小毒あり。多く食らふことなかれ。俗に「葛貲屋《カツヲ》」と呼ぶ。（巻下）

『薬選』に「葛貲屋《カツヲ》」という語が出てくるのである。しかも「鉛錘魚」の俗語としてである。この鉛錘魚（鮰鰹魚）という言葉自体は、カツオを指すものとして近世期によく見られるものである。ただ、「葛貲屋《かつを》」との組み合わせで見出せるものとしては、如亭の場合はまず『薬選』に拠ったと考えてよいであろう。

そう断ずる前に「趿結《さけ》」の方も『薬選』で処理しておかねばならない。

「趿結《さけ》」は耳慣れない言葉である。普通に読めば「さけ」と訓ずることは不可能なはずである。この言葉は、『薬選』の、

乾過臘魚は蝦夷の国に出づ。その地この魚至つて夥し。乾かして以て賈を待つ。奥州・東北・津軽・南部地方の商人、多く彼の土に往きて互市貿易して以て帰る。遂に汎く四方に貨す。煮食て味淡甘、少しの臭気有り。俗に「葛刺薩結《カラザケ》」と呼ぶ。

（中略）

その他、沿海州郡亦た有り。味甚だ甘美。称して珍品となす。俗に「薩結《サケ》」と呼ぶ。（巻下、「乾過臘魚」、原漢文）

に記される「薩結《サケ》」に由来するのではないだろうか。「薩結《サケ》」を「趿結《さけ》」に誤ったものとみたい。

その『薬選』の記事をベースとして、揖斐が指摘した次の語注（適宜略した）、

○松魚有二　小野蘭山の『大和本草批正』人之巻に、「松魚はさけなり。かつをは清人俗呼の鮰鰹魚なり。清俗鉛錘魚と云ふ。（以下略）」

○琉球呼為佳蘇　清の康熙六十年（一七二一）成立で和刻本もある徐葆光《じょほうこう》撰の琉球の地理風俗書『中山伝信録』巻六に、「佳蘇魚　黒饅魚肉を削り、これを乾して腊と為す。長さ五六寸の梭形なり」（原漢文）。また『魚鑑』に「中山伝信録に佳蘇魚といふ。即ちかつをの仮音也。今清商鮣魚《インギヨ》といふ」。

○東医宝鑑　朝鮮の許浚撰の医書。享保九年（一七二四）に官刻による和刻本が刊行されている。

○有二青魚　『本草綱目』巻四十四・青魚には、「青魚、江湖の間に生ず。南方に多く有り。北地時に或はこれ有り。取るに時無し。鯉鯇に似て背は正青色なり。南方多く以て鮓と作す。古人の所謂ゆる五侯鯖は即ち此なり」とあり、『東医宝鑑』湯液篇巻二・青魚には、「性平に、味甘く、毒無し。涇痺脚弱を主す。

○江湖の間に生ず。鯉鯇に似て背は正青色なり。本草○我国の青魚に非ざるなり。俗方」とある。（中略）『本草綱目』と『東医宝鑑』では同じ「青魚」でも、指す魚の種類が違うことをいう。

を重ね合わせれば、『詩本草』所載の「松魚」は何とか読み解けそうである。

さらには、貝原益軒《かいばらえきけん》の『大和本草《やまとほんぞう》』（宝永六年〈一七〇九〉）の、

松魚　本草不レ載レ之。東医宝鑑曰、性平味甘無レ毒。味極珍。肉肥色赤シテ而鮮明如二松節一ノ。故為二松魚一ト。
生二東北江海中一ニ。○今案、是鰹魚ナリ。

の記述を重ねて（傍線筆者）、「本草（本草綱目）」「東医宝鑑」でも高らかに語ることができなかった「松魚」なる魚の美味を、「大和の本草」が考証し、それを「詩の本草」でリライトしてみせた本邦文人の気概を看て取

れないわけではないが、これまた先の漢文戯作同様、「深読み」の悪癖であろうか。

▼医学書メモ

『大和本草《やまとほんぞう》』

小曽戸『辞典』に「『本草綱目』に刺激され、我が国独自の本草書を作るべく、益軒自ら観察した一三六二種の動植鉱物について記したもの。『本草綱目』未収の品も少なくない。博物学的な色彩が濃く、江戸博物学の先駆書として歴史的価値が高い」とある。

「医学書に擬態する文学作品たち」の優品『詩本草』

ただ、永井荷風が『断腸亭日乗《だんちょうていにちじょう》』で、柏木如亭および『詩本草』を絶賛したことは有名である。揖斐は「口腹」の著として、『美味礼讃《びみらいさん》』や『随園食卓《ずいえんしょくたく》』と並べてみせた。別に細かい考証や語注がなくてもこの作品は洒脱な江戸漢詩文の白眉と称えられようが、その「松魚」なる江戸食材の重鎮格の段は、典拠作品名を隠せばあたかも本草書のようである。そして、本書で試みたように医学書や本草書を座右にこの書を読む、そのような野暮な読み方の方にこそ、愉悦があるのではないだろうか。『詩本草』は江戸漢詩文の白眉であると同時に、「医学書に擬態する文学作品たち」の優品でもある。

以上、医学書に擬態する文学作品たちをあらあら概観してきた。その擬態の方法や狙いは様々である。ただ一つ言えるのは、時代が違い、ジャンルこそは違うが、どの作品も作者・読者ともにある程度は医学書や本草書に通じていることが前提となっているということである。

先に『医者談義』を論じ、医学書と文学との線引きの無意味さを述べた。この医学書に擬態した文学作品たちにも同様の定義、すなわちその必要性を感じる人間にとってみれば実用書、必要性のない人間にとれば単なる読み物、ということが適用できようか。さすれば、それを展開して生きる希望や指針を与えてくれる「読み物」は実用書、それが医学書であったにしても遊び心を刺激するのみの書物は文学書という住み分けも可能であろう。

第4節◉江戸のカルテ、医案《いあん》の世界——『武道伝来記《ぶどうでんらいき》』にみる西鶴のねらい

井原西鶴の『武道伝来記』（貞享四年〈一六八七〉、江戸万屋清兵衛、大坂岡田三郎右衛門版）の巻五—一「枕《まくら》に残《のこ》る薬違《くすりちが》ひ」は次のような章段である。

御柏原院の大永年間の頃（『武道伝来記』ではもっとも古い時代設定）、大和の武家の姫が病に倒れた。お抱え医師ではどうすることもできず、出頭家老坪岡蔵人《つぼをかくらうず》が都より原川玄芳《はらかはげんばう》なる町医師を連れてくる。それに対して国家老森尾兵庫《もりをひやうご》が京より横川周益《よかはしうえき》なる牢人医者を連れてくる。そこで両者に「種方付」（処方箋）を書かせて検討することとなった。両医師の処方は違い、どうやら周益の処方がよさそうなのだが、時の権力に阿《おもね》って玄芳の薬を与えたところ、姫は七日目に死去してしまった。責任を問われ玄芳は追い出されるが、それを不快に思った蔵人は周益も追い出す。そのため兵庫が蔵人に斬りかかるも兵庫が死ぬ。兵庫の子が還俗して親の敵を討つ。

事の発端は、原川玄芳と横川周益という医師の「種方付《しゆはうつけ》」（処方プラン）の違いからであった。そのあたりの原文（底本は岩波書店『新古典文学大系77　武道伝来記　西鶴置土産　万の文反古　西鶴名残の友』平成元年〈一九八九〉）から引いてみる（傍線筆者、以下同）。

玄芳の「種方付《しゆはうつけ》」（**処方プラン**）

まず「愚暗の玄芳、硯をならして」、

「筆談云《ひつだんにいはく》、脈来《みやくきたること》、数大《さくだい》、此《これ》、陰虚火動之症也《いんきよくはどうのしやうなり》。按《あんずるに》、古之聖賢《いにしへのせいけん》、指《さして》レ火《ひを》、而為《なす》二諸疾之原《しよしつのげんと》一所《ゆへんは》二以然《しかる》一者、火《ひ》、妄動則《もうどうするときは》燎《(や)く》レ物《ものを》疾之象也《やまひのかたちなり》。人能《ひとよく》修《しゆして》レ道《みちを》、而清順則《せいじゆんなるときは》病、何由生《やまひなに丶よつてしやうぜん》哉。夫《それ》、若《ごときは》二人《ひと》鮮《すくなきが》一レ世《よに》、接《まじはり》レ物《ものに》、触《ふる丶》レ事《ことに》之間《のあいだ》、情欲之火《じやうよくのひ》、無《なし》二時而《ときとして》不《ずといふこと》一レ起《をこら》、々則《をこるときは》得《う》レ疾《やまひを》、其《その》指《さして》レ火《ひを》、而諸疾之為《しよしつのす》レ原《げんと》、豈《あに》不《ざらん》レ宜《むべ(なら)》乎《や》。

経曰《きやうにいはく》、一水《(いつ)すい》、不《ず》レ勝《かた》二二火《(に)くはに》一、一水者《(いつ)すいは》、腎也《じんなり》、二火者《くはは》、君火《くんくは》、相火也《しやうくはなり》。五行《ごぎやう》、各《をのをの》、一《いつにす》二其性《そのせいを》一。惟火《たゞくはは》、有《ある》レ二《ふたつの》而已《み》。陽常有余《やうつねにゆうよ》、陰常不足之理《ゐんつねにふそくのり》、昭晰也《しやうせいなり》。然者《しかれば》、参芪甘温薬《じんぎかんうんのくすり》、所《ところ》二深禁《しんきんする》一也《なり》。速《すみやかに》、非《あらずんば》レ投《とうずるに》二於滋陰降火之剤《じゐんがうくはのざいを》一、難《かたし》レ救《すくふこと》レ命《めいを》矣。如《もし》、緩《ゆるくする》レ治則《ぢをときは》悔《くひてかむに》レ噬臍《ほぞを》、有《あらん》二何益《なにのゑきか》一乎。」

という「種方付」を書いた。読者は初めにこの玄芳という医師が「愚暗」だと知らされているので、右の治療法をマユツバ物として哄笑することができる。しかし、この「愚暗の玄芳」という前提が示されなければ、右の漢文はかなり難解なのではないだろうか。読者は容易《たやす》く、この処方書きの胡散臭さ、滑稽さを見抜くことができたのであろうか。また、後述するが、この処方が「硯をならして」「筆談」でなされることの意味を少しく問題としたい。

この「愚暗」の玄芳に対して、名医の横川周益が登場する。

周益の「種方付《しゆはうつけ》」（処方プラン）

爰《こゝ》に、国家老森尾《こくがらうもりを》兵庫《ひやうご》、御姫様《（お）ひめさま》の御病中《ごびやうちう》をかなしみ、昼夜老足《ちうやらうそく》を運《はこ》び、夫婦《ふうふ》共に相詰《あひつめ》めしが、京《きやう》よりの牢人医《らうにんい》しや、横川周益《よかはしうゑき》をともなひ出《いで》、是《これ》も御脈《（お）みやく》の後《のち》、書付、指上《さしあげ》ける。
是ぞ医道のまじはり、たがひに意魂《こゝろだま》をみがきて、時《とき》に、

「再談云《さいだんにいはく》、愚按《ぐあんずるに》、診脈《しんみやく》、無《なし》二定体《ぢやうたい》一、或小《あるひはせう》、或緩《あるひはくはん》、或沈《あるひはちん》、或数《あるひはさく》、変動《へんどう》不《ず》レ常《つねあら》。夫《それ》、脈不常《みやくふじやうなるは》、血気虚也《けつきのきよなり》。譬《たとふ》二之虚偽人《これをこぎのひとに》一、朝更《あしたにかはり》、夕改《ゆふべにあらたまつて》、無《なし》二定体《ぢやうたい》一。且《かつ》、数大之脈《さくだいのみやく》、来《きたること》、全《まつたく》不《ず》レ常《つねあら》。故《かるがゆへに》、非《あらず》二火動之症《くはどうのせうに》一、唯《たゞ》考《かんがふるに》二脈症《みやくせうを》一、属《ぞくして》レ虚《きよに》、而気虚為《ききよす》レ重《をもしと》也。

此《これ》、金極《かねきはまつて》、似《にたる》レ火之病《ひのやまひ》、非《あらずんば》二参芪甘温之輩《じんぎかんうんのともがら》一難《がたし》レ治《ぢし》。曰《いはく》、陽生《やうしやうじ》、陰長之格言《ゐんちやうずるのかくげん》、今此時也《いまこのときなり》。何《なんぞ》、可《べけん》レ畏《をそる》二於不偏《ふへん》、不倚《ふき》、中和之君薬《ちうくはのきんやくを》一哉《や》。

蓋《けだし》、痰中《たんちうに》、帯《をぶる》レ血者《はちを》、由《よつて》二脾傷《ひをやぶるに》一、不《ず》レ能《あたは》レ裹《つゝむこと》レ血《ちを》也。舌《したに》、生《しやうずる》二白胎《はくたいを》一者《は》、胃中《ゐちう》、有《あり》レ寒《かん》、丹田《たんでんに》、有《ある》レ熱《ねつなり》也。

夜《よる》、不《ざる》レ寐者《いねは》、由《よつて》二子盗《こぬすむに》レ母気《ぼきを》一、心虚《しんきよして》、而神《しん》不《ず》レ安《やすから》也。胸痛《けうつう》、噯気者《あいきは》、気虚《ききよして》、不《ず》レ能《あたは》二健運《けんうんすること》一。故《かるがゆへに》、欝《うつして》二於中《うちに》一而噯気《あいきし》、或《あるひは》、滞《とゞこほる》二於上《かみに》一則為《ときはなる》二胸痛《けうつうと》一。

以上之諸症《いじやう(の)しよしやう》、無《なき》レ疑《うたがひ》、虚也《きよなり》。故《かるがゆへに》、以《もつて》二補気薬《ほきのくすりを》一為《し》レ主《しゆと》、加《かようせば》二用安心滋補消食之剤《あんしんじほせうしよくのざいを》一、則《すなはち》、諸症《しよせう》、自退矣《みづからしりぞかん》。

且《かつ》、不《ず》レ知《しら》二亢則害《たかぶるときはがいし》、承廼制之旨《うけてすなはちせいするのむねを》一、誤《あやまつて》、為《なして》二陰虚火動《ゐんきよくはどうと》一、而用《もちゆる》二寒涼降火之薬《かんりやうがうくはのくすりを》一則声唖喉《ときはせいあこうつ》

痛《うし》、上喘下泄之変症《じやうぜんげせつのへんしやう》、増劇《ぞうげきせば》、扁術亦《へんじゆつもまた》、可《べし》レ難《かたかる》レ起《をこし》乎。」

という「種方付」を書いた[注14]。両者ともに「書付」、すなわち口頭では無く文書、しかも漢文で「処方」を書いている点に注意したい。そして、そのことが傍線部のように「是ぞ医道のまじはり」と讃えられている点にさらなる注意をしたいのである。

両者の言い分を整理する

両者の言い分を整理しよう。症状については、

（玄芳）陰虚火動の症なり。谷脇理史は「過度の房事による衰弱症」（前の殿の腎虚と同じ）とする。

（周益）火動の症ではない。「由《よつて》二子《こ》盗《ぬすむに》レ母気《ぼきを》一」から、谷脇理史は「妊娠により気虚し」とする。

とまったく違う。谷脇の読みがもし正しいとすれば、「腎虚」（玄芳）対「妊娠」（周益）というその読みは、この漢文の「種方付」からしか導けないものである。存外にこの両者の漢文の処方箋の存在意義は高いと言えよう。処方については、

（玄芳）参（人参）・芪（黄耆《おうぎ》）のような甘・温の薬を深く禁じる。すみやかに「滋陰降火の剤」を投下しなければ、命を救いがたい。

（周益）参（人参）・芪（黄耆《おうぎ》）のような甘・温の薬を与えるべきである。誤って「滋陰降火の剤」を投下すれば命が危ない。

と、これもまったく逆の見立てである。

ストーリー展開上、玄芳は「愚暗」と明示されているので、彼の見立てはデタラメだという風に読者は導かれるわけではあるが、玄芳の見立てはそこまでデタラメであるのだろうか。

玄芳の見立ては本当にデタラメだったのか

『武道伝来記』にはいくつもの優秀な注釈があるが、▼注[15]それを『対訳西鶴全集』（以下、対訳注）と『新日本古典文学大系』（以下、大系注）に代表させて、玄芳の「種方付」の「愚暗」さを再検証してみたい（ゴチが『武道伝来記』本文）。

経曰《きやうにいはく》、一水《（いつ）すい》、不《ず》レ勝《かた》二二《（に）》火《くはに》一、一水者《（いつ）すいは》、腎也《じんなり》、

【大系注】素問（黄帝内経素問）を指す。同書は黄帝の撰と称する中国最古の医学書。巻九・逆調論篇「一水不レ能レ勝二二火一」とある。

【対訳注】「経」は書物の意。『素問』に、「一水不レ能レ勝二二火一」（逆調論篇、三四）とある。

両注は「経」を書物一般に取るか『黄帝内経素問』と取るかの違いはあるが、西鶴が『素問』を利用した点で一致している。

二火者《くはは》、君火《くんくは》、相火也《しやうくはなり》。

【大系注】「君火」は心臓、「相火」は心房。「心為二君火一、而又有二相火一、寄二肝腎二蔵一」（医学正伝・二）

【対訳注】漢方において、心臓をいう。「心臓神為二君火一、包絡為二相火一」（本草綱目、序例上・標熱発之）。

本条に関しては『医学正伝』に類似の表現がみられる。「丹渓曰、大極、動而生レ陽、静而生レ陰。陽動而変、陰静而合。而生二水火木金土一。各一二其性一。惟火有レ二。曰君火人火也。曰相火天火也。（中略）愚按、心為二君火一。而又有二相火一。寄二於肝腎二蔵一。即内経一水、不レ能レ勝二二火一也」（巻二）。（岩波文庫本・補注参照）。

両者とも、この時期を代表する李朱医学《りしゆいがく》の代表書『医学正伝《いがくせいでん》』（明・虞摶《ぐたん》著）を引く。対訳注では『本草綱目』も加えている。贅言を費やせば、対訳注では「内経一水～」の条を引くので、先の「経」も書物の意では無く『黄帝内経素問』とされるのが妥当であろう。また、今日「君火」は「心・小腸」、「相火」は「心包（命門）・三焦」を指す。▼注[16]

取りあえずは、しばらく両者の指摘に導かれながら、『武道伝来記』本章を読み解きたい。『医学正伝』は黄帝時代の軒岐から李朱医学までの正道を後世に伝えるという集大成の性格を持つ。西鶴が複数の医学書を座右に置いていたというより、その集成とも言える『医学正伝』におもに拠ったと考えるものである。ここで『医

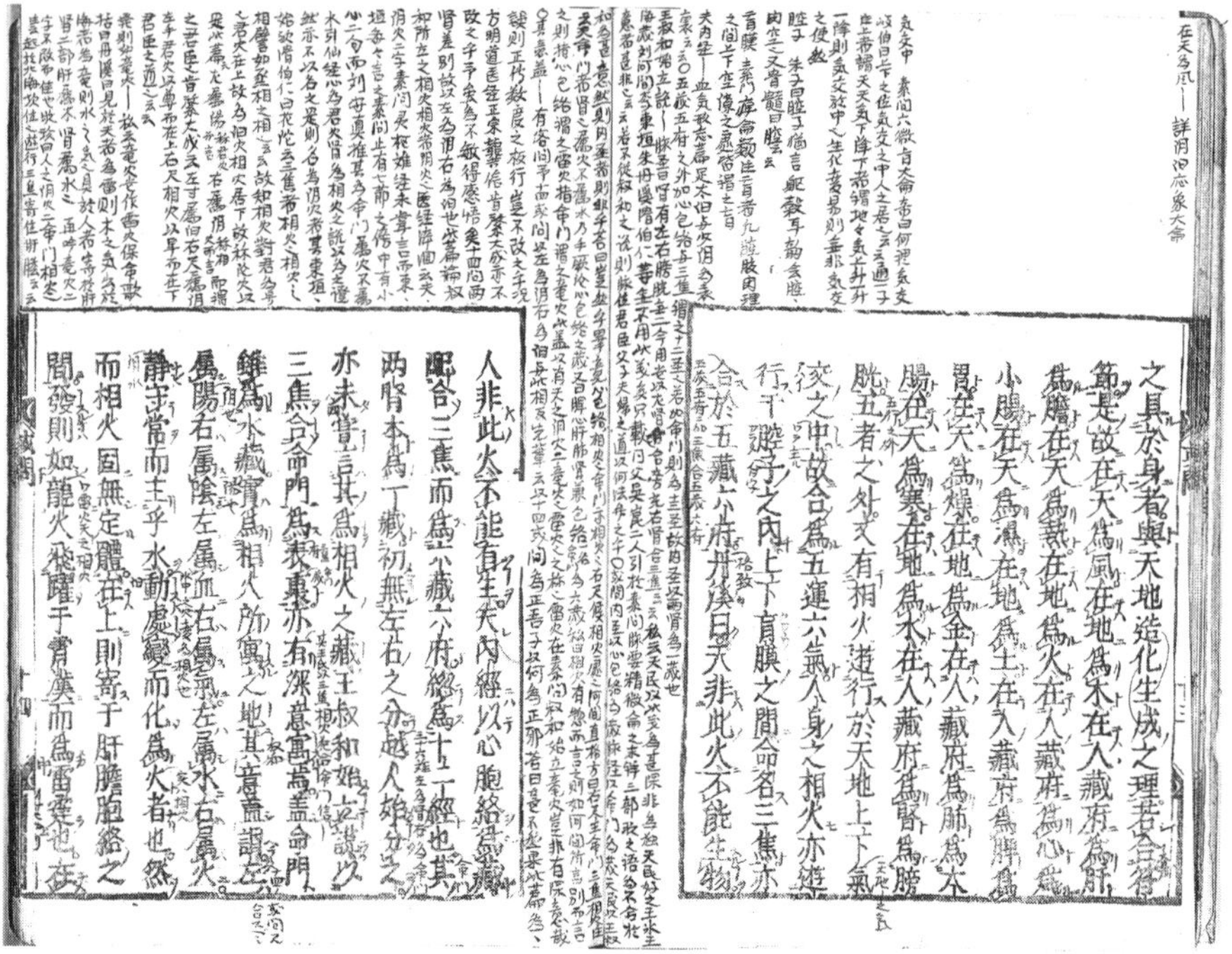
之具於身者、與天地造化生成之理若合符節。是故在天爲風、在地爲木、在人藏府爲肝、爲膽。在天爲熱、在地爲火、在人藏府爲心、爲小腸。在天爲濕、在地爲土、在人藏府爲脾、爲胃。在天爲燥、在地爲金、在人藏府爲肺、爲大腸。在天爲寒、在地爲水、在人藏府爲腎、爲膀胱。五者之外、又有相火、遊行於天地上下、氣交之中、故合爲五運六氣。人身之相火亦遊行于腔子之内、上下肓膜之間、命名三焦、亦合於五藏六府。丹溪曰、天非此火不能生物、

人非此火不能有生。夫内經以心胞絡爲藏配合三焦而爲六藏六府、總爲十二經也。其兩腎本爲一藏、初無左右之分、越人始分之。亦未嘗言其爲相火之藏。王叔和始言、以三焦合命門爲表裏、亦有深意寓焉、蓋命門雖爲水藏、實爲相火所寓之地、其意蓋謂左屬陽、右屬陰、左屬血、右屬氣、左屬水、右屬火、靜守常而主乎水、動處變而化爲火者也。然而相火固無定體、在上則寄于肝膽胞絡之間、發則如龍火飛躍于霄漢而爲雷電也。在

『医学正伝或問』（元禄一三年、芳野屋版）（架蔵）

▼医学書メモ

『医学正伝《いがくせいでん》』

明の正徳十年（一五一五）に虞摶（字・天民、号、恒徳老人）編集。軒岐から秦越人、張仲景、孫思邈、張子和、李東垣、朱丹渓の医学の正道を後世に伝えるという目的で編まれた。早くに日本に入り、曲直瀬道三がいち早く講義した。

学正伝』のうち元禄一三年〈一七〇〇〉に芳野屋が「医家七部集」の一として出版した『正伝或問』の図版を掲げてみる。

西鶴はこの難解な中国医学書を座右に置いたのであろうか。続けて見ていきたい。

五行《ごぎやう》、各《をのをの》、一《いつにす》二其性《そのせいを》一。惟火《たゞくはは》、有《ある》レ二《ふたつ》而已《のみ》。陽常有余《やうつねにゆうよ》、陰常不足之理《ゐんつねにふそくのり》、昭晰也《しやうせいなり》。然者《しかれば》、参芪甘温薬《じんぎかんうんのくすり》、所《ところ》二深禁《しんきんする》一也《なり》。速《すみやかに》、非《あらずんば》レ投《とうずるに》二於滋陰降火之剤《じゐんがうくはのざいを》一

【大系注】水火木金土をいう。「大極動而生レ陽、静而生レ陰。陽動而変、陰静而合。而生二水火木金土一。各一二其性一」（医学正伝・二）

陽が常に余り陰が不足するという理は、きわめて明らかである。

【対訳注】『医学正伝』に、「或問、丹渓先生、格致余論云、陽常有余、陰常不足、気常有余、気常不足」（巻一・或問）。

両者ともに『医学正伝』を引く。正確に注すれば、この「陽有余陰不足説」は、丹渓先生すなわち朱丹渓の説であるので、『格致余論』あたりを引くのが妥当である。しかし、『医学正伝』は朱丹渓をレスペクトしてその正統を後世に伝えることを意識して編纂されたものなので、『医学正伝』の「或問、丹渓先生、格致余論云～」という孫引き箇所を引いても問題はないのかもしれない。ただ、「滋陰降火之剤《じゐんがうくはのざいを》」には注が必要であろう。この「滋陰降火之剤」こそ、朱丹渓が「陽有余陰不足説」で説いた有名な処方なのである。

つまり、玄芳の処方は、タネがわかれば何のことはない、当時広く日本で受け入れられていた朱丹渓の治療法を記しただけなのである。

そもそも、当初からの疑問であることだが、『素問』や『医学正伝』をちりばめた玄芳のこの「種方付」のどこが「愚暗」なのであろうか。文面を見ただけでは決してデタラメとは言えないであろう。むしろ、『素問』や『医学正伝』、さらには朱丹渓の「陽有余陰不足説」と「滋陰降火之剤」を引いた「学問らしさ」さえ漂っているではないか。

この説がデタラメだと主張する論者がもしいるのであれば、まさか、

丹渓「陽有余陰不足論」は何の経に本づけるや、其本拠を見ず。もし丹渓一人の私言ならば、無稽の言信じがたし。（巻二）

丹渓が説うたがふべき事猶多し。才学高博にして、識見、偏僻なりと云べし。（巻四）

丹渓はまことに振《ヨリ》レ古《イニシヘ》の名医なり。医道に功あり。彼補陰に専なるも、定めて其時の気運に宜しかりしならん。然れども医の聖にあらず。偏僻の論、此外にも猶多し。打まかせて悉くには信じがたし。功過相半せり。其才学は貴ぶべし。其偏論は信ずべからず。（巻二）

という貝原益軒『養生訓』（正徳二年。濁点は筆者）なみの見識を西鶴が読者に求めていたということでも主張さ

れるつもりなのであろうか。それは無理な注文であろう。

では、周益の見立ては正しかったのか

玄芳の「種方付」だけをあげつらうのは不平等である。周益の方の「正しさ」も同様の処置によって分析してみる。

此《これ》、金極《かねきはまつて》、似《にたる》レ火之病《ひにのやまひ》、

【大系注】陰陽五行説で、金性の甚だしいものは火性に近いとされた。

【対訳注】陰陽五行説で、金性のはなはだしいものは、火の性に近いといわれた。本条の類似の表現は、「所謂、木極似レ金、金極似レ火、火極似レ水、水極似レ土、土極似レ木者也。故経曰、亢則害、承廼制。謂已亢過極、則友似二勝レ己之化一也。俗未二之知一、認レ似作レ是、以レ陽為レ陰。失二其意一也」（素問玄機病式序）。（岩波文庫本・補注参照）。

非《あらずんば》二参芪甘温之輩《じんぎかんうんのともがら》一難レ治《がたしぢし》。曰《いはく》、陽生《やうしやうじ》、陰長之格言《ゐんちやうずるのかくげん》、今此時也《いまこのときなり》。

【大系注】陽が生ずれば陰もさかんになるという格言。「東垣有レ曰、陽旺則能生二陰血一」（医学正伝・一）。

【対訳注】陽気を生ぜしめて陰血を多くせよという格言。漢方では、人間の健康は陽気と陰血によって保たれるとされた。「東垣有レ曰、陽旺則能生二陰血一。（此陰陽二字、直指二気血一言。）又曰、血脱益レ気、古聖人之法也。血虚者、須下以二参耆一補上レ之。陽生陰長之理也。惟真陰虚者、将レ為二労極一。参芪固不レ可レ用。恐其不レ能二抵当一。而反益二其病一耳」（医学正伝、一・或問）。（岩波文庫本・補注参照）。ことごとく医説が並ぶが、前者の「金極、似レ火之病」は後述するように五行説であって、後者の「陽生、陰長之格言」も『素問』「陰陽応象大論篇」の「陽生陰長、陽殺陰蔵」以来説かれる漢方医学の基本であるので、『医学正伝』を引くまでもない。先の玄芳と比べてみても、どこが優れているのかわからない。

この周益の見立てのポイントは、

夜《よる》、不《ざる》レ寐《いね》者《は》、由《よつ》二子《こ》盗《ぬすむに》レ母気《ぼきを》一、心虚《しんきよして》、而神《しん》不《ず》レ安《やすから》也。胸痛《けうつう》、噯気者《あいきは》、気虚《ききよして》、不《ず》レ能《あたは》二健運《けんうんすること》一。故《かるがゆへに》、欝《うつして》二於中《うちに》一而噯気《あいきし》、或《あるひは》、滞《とゞこほる》二於上《かみに》一則為《ときはなる》二胸痛《けうつうと》一。以上之諸症《いじやう(の)しよしやう》、無《なき》レ疑《うたがひ》、虚也《きよなり》。故《かるがゆへに》、以《もつて》二補気薬《ほきのくすりを》一為《し》レ主《しゆと》、加《かようせば》二用安心滋補消食之剤《あんしんじほせうしよくのざいを》一、則《すなはち》、諸症《しよせう》、自退矣《みづからしりぞかん》。

である。つまり「子盗《こぬすむに》レ母気《ぼきを》（子、母の気を盗む）」が原因とされる気虚なのである。この「子盗母気」については、

【対訳注】未詳。乳児が睡眠中の母の乳房より乳を飲むのをいうか。

【大系注】胎内の子供が母の活力を盗みとっている。姫君が妊娠していることを言う。

という注が付けられている。ところが、この解釈は認められない。なぜなら、この「子盗母気」もまた漢方医学、五行説の基本的な一般名詞であるからである。現代でも用いられ、いくつもの解説書があるが、要は木・火・土・金・水は、この順番で物が生じるというのが、五行の基本であって、「木は火を生じ、火は土を生じ…」という具合で、その関係を相生《そうじょう》関係もしくは母子関係と呼ぶ。つまり、木は「火の母」、火は「木の子」ということになる。これを医学に適応すれば、

木＝肝
火＝心
土＝脾
金＝肺
水＝腎

ということになる。「子盗母気」は、「子の臓」の病が「母の臓」に及ぶというものである。『武道伝来記』に則せば、子臓である「心」の血が虚（不足）なので、それが母臓である「肝」にも及んでいる、肝臓も血虚になっているということである。谷脇理史の言う「妊娠」説はまず成立しないであろう。▼注[17]

再度、両者の処方を整理すれば、

（玄芳）陰虚火動の症なり。ゆえに、朱丹渓の「陽有余陰不足説」に従い、「滋陰降火之剤」を投与せよ。

（周益）火動の症ではない。「子盗㆑母気」が原因である。心の血が虚（不足）であるので、補気薬、安心滋補消食之剤を投与せよ。

ということになろうか。見立てはまったく違うが両者の学識には大差はない。

では何故西鶴は「種方付」の趣向を案出したのか

さて、西鶴の狙いや、『武道伝来記』のこの章の面白さは何であろうか。先にも触れたように、西鶴の狙いが朱丹渓の「陽有余陰不足説」への批判であれば、それはそれでわかりやすい。しかし、浮世草子である『武道伝来記』にその「読み」を求めることには躊躇があるはずである。第一、西鶴は読者にそのような医学知識を求めたのであろうか。言い換えれば、読者にもかかる難解な医学知識があることを前提として、この漢文の「種方付」の趣向が案出されたのであろうか。

この漢文「種方付」は、単に「もっともらしく」見せるための所為であって、読者は医学知識がなくても十分に楽しめたはずで、西鶴自身も正確を期すということではなかった、という見方もあり得るはずである。

では、改めて問いたい。この漢文の長々とした「種方付」の趣向の何が面白いと判断されたのであろうか。その問いを解きほぐすためのヒントは、このやりとりが、

①「書付」＝文書でなされるということ

②　それが「医道のまじはり」＝正々堂々たる医師の道として認定されるあたりに求められそうである。

1　医道のまじはり、医師のドラマ

『武道伝来記』と展開が似ている曲直瀬玄朔《まなせげんさく》（二代目道三）『医学天正記《いがくてんしょうき》』

先の西鶴の『武道伝来記』の顛末に、次の曲直瀬玄朔《まなせげんさく》（二代目道三）『医学天正記《いがくてんしょうき》』（慶長十二年〈一六〇七〉成立、寛永四年〈一六二七〉刊本）の冒頭記事を重ねてみたい（句読点、読み下しは筆者）。

中風
天正十一年正月二日
一　正親町院　御年六十五六才　俄中風全ク不レ識レシラ人ヲ。事痰涎鋸声身温ニシテ御脈浮緩ナリ。竹田定加法印傷寒ト申、半井通仙中風ト申。二医診候相違ナリ。于時ニ予診レテ之而中風ト申。故ニ通仙ノ診候ト合ストル被レ仰。先ッ通仙御薬ヲ進上。一日一夜全ク不スレ知レ人ヲ。通仙御薬ヲ斟酌ス。故ニ予奉レ勅ヲ御薬ヲ進上ス。翌日四日始テ而識ルレ人。事漸漸食進テ而平復ス。先ッ蘇香円ヲ進上。姜汁ニテトキテ其後小続命湯ニ貼シテ安。
一　正親町院　御年六十五もしくは六十六歳。

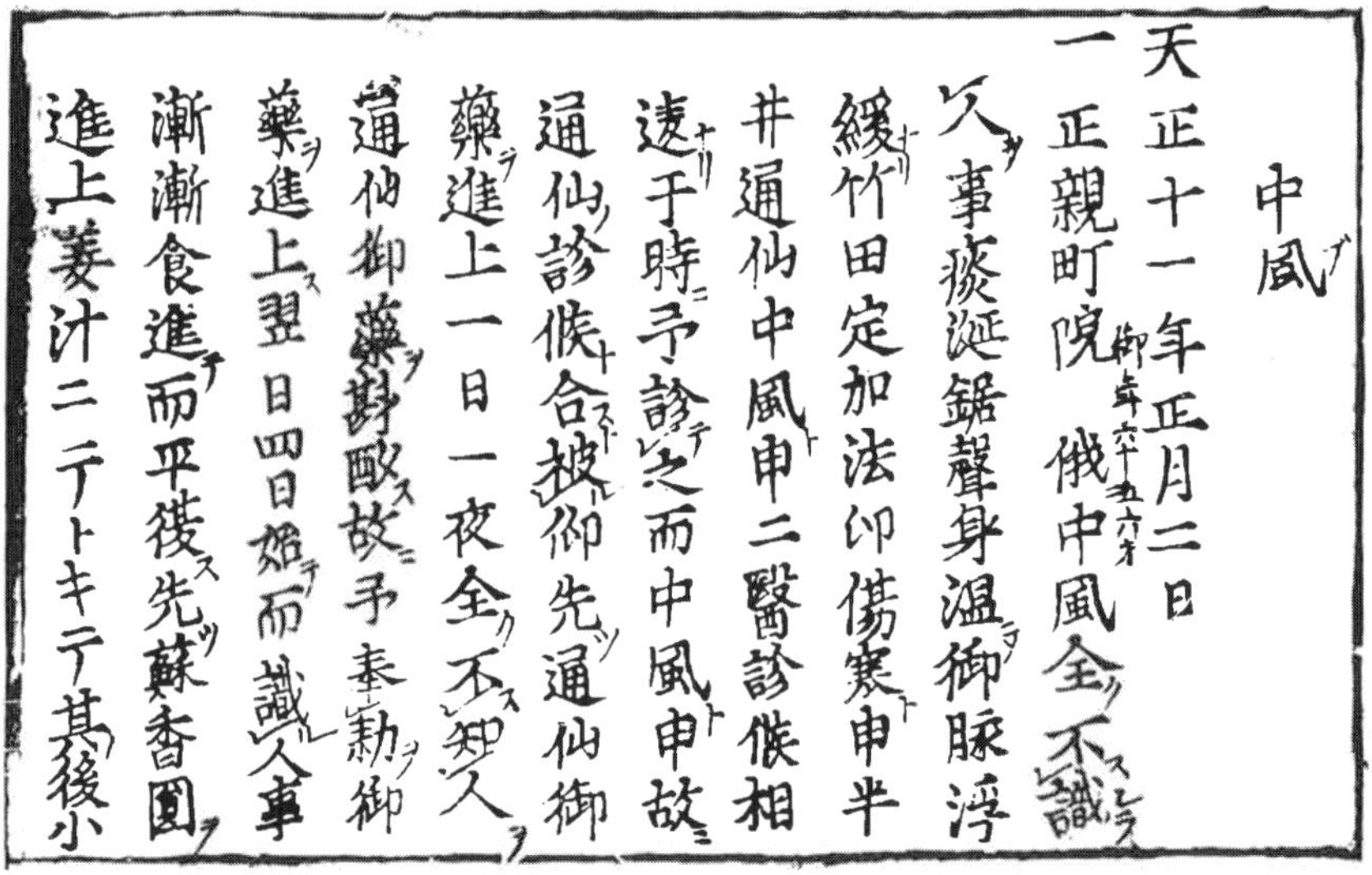
中風
天正十一年正月二日
一正親町院御年六十五六才俄中風全不識
人事痰涎鋸聲身温御脉浮
緩竹田定加法印傷寒申半
井通仙中風申二醫診候相
違于時予診之而中風申故
通仙診候合被御先通仙御
藥進上一日一夜全不知人
「通仙御藥對酸故予奉勅御
藥進上翌日四日始而識人事
漸漸食進而平復先蘇香圓
進上姜汁ニテトキテ其後小

『医学天正記』（『漢方医学書集成６　曲直瀬玄朔』名著出版、昭和54年）より

▼医学書メモ

『医学天正記《いがくてんしょうき》』

小曽戸『辞典』に「曲直瀬玄朔（一五四九〜一六三一）の著になる医案（治験録）集。全二巻。慶長一二（一六〇七）年成。寛永四（一六二七）初版。三四七の治験を収録したカルテ集で、正親町《おおぎまち》天皇・豊臣秀次《とよとみひでつぐ》・毛利輝元《もうりてるもと》をはじめとする当時の政界要人などの症例を実名入りで克明に描写。整った体裁をもつ医案集としては日本で初の出版物で、後の同種の書物の規範となった」とある。

俄《にわか》に中風《ちゅうぶう》、全く人を識らず。事痰涎して鋸声、身温にして、御脈は浮・緩なり。竹田定加法印は、

「傷寒」

と申し、半井通仙は、

「中風」

と申す。

二医の診候、相違なり。時に予、これを診て、

「中風」

と申す。故に、

「通仙の診候と合す」

と仰せらる。先づ、通仙が御薬を進上するも、一日一夜、全く人を知らず。通仙、御薬を斟酌す。故に、予、勅を奉じて御薬を進上す。翌日の（正月）四日、始めて人を識る。事漸漸として食進みて平復す。先づ蘇香円を進上す。姜汁にて溶きて、その後、小続命湯に貼じて安なり。

文中の竹田定加法印や半井通仙《なからいつうせん》は曲直瀬と同時代の医師であって、いわばライバルとみてよい。天正十一年〈一五八三〉の正月に正親町院《おおぎまちいん》が意識をなくし、話すこともままならず、熱が出た。この症状を（愚暗な）竹田法印定加は「傷寒」だと診断し、半井通仙は「中風」だと診断した。両医の診断が違うので予（曲直瀬道三）が診て「中風」だと申し上げた。そこで「通仙の診断と一致した」ということで、（愚暗な）通仙が薬を調合したが全く効かない。そこで予が勅を奉じて薬を進上したところ平復した、というのである。

曲直瀬の栄光を語る象徴的な診断例であるが、この話を堂々と冒頭に据えて出版された『医学天正記』を何と呼べばよいのであろう。そして、先の西鶴の『武道伝来記』の展開となんと似ていることであろうか。

将軍から庶民まで、曝かれたカルテ集『医学天正記』

医学には「医案《いあん》」というものがある。①治療方法についての工夫、②診察カルテ、の二つの意味がある。近松門左衛門の『平家女護嶋』の「和丹両家の典薬、配剤医案をつくせども、更に其のしるしなく」とあるのは①の意味である。『医学天正記』は②の医案に該当しそうである。

そもそも医案は明の『名医類案』に代表されるように正統な医学の営みであるから、江戸時代の医師も医案を作成することは当然のことであった。そして、医案というものは各個人の秘部を記しているので、現代のプライバシー保護の観点から言えば、当然秘して匿されるもののはずである。ところが、あろうことかこの医案が出版されるという一事が起きた。寛永四年〈一六二七〉、時の名医曲直瀬玄朔が天正から慶長にかけての医案を整理したうえで『医学天正記』として刊行したのである。同書を播けば正親町院を筆頭に今上帝を初め、信長、秀吉、秀次という前時代の覇者、家康や秀忠という現将軍家、公家の方では近衛などの歴々から庶民に至るまでの名が堂々と記され、しかも、その症状及び診察年月日まで障ることなく白日のもとに晒されたのである。内容も必ずしもすべてが名誉な疾病というわけではなく、また治療が効を奏せず死亡に至った例も載せられている。このような書物の出版が許されたのである。また写本としてもかなり流通していたようである。幕末に至っても本居大平門の西田直養は寓目した本書を驚きをもって抄書している〈『篠舎漫筆』〉。当然、西鶴も承知していたことであろう。

他の医師の失敗を記すことが、医案の信頼性を担保するという、江戸期のスタイル

それにしても、この医案におけるあからさまなライバル誹《そし》りはどうであろうか。このような記述は引用部一例のみではない（原漢文、書き下しと傍線は筆者）。

一　八條殿　六宮御年八才　民部卿親王　感冒後熱す。初め通仙瑞策・驢庵瑞慶父子療養す。いまだ効かず。竹田定加法印これを治る時、発班出て熱尚を甚だしき時に、盛芳院浄慶・牧庵両人談合して御薬進上して、晡時、悪寒して身冷へ脈絶して鼻気冷ゆる時、諸医の技すでに尽く。民部卿法印、予を召して、

「病症の次第、分別用捨なく申すべし」

と。予いわく、

「傷寒四逆の症と見るなり。但し寒毒甚だしきにあらず。薬毒甚だしき故なり。四逆湯を用ゆべし」

と。諸医「然るべし」と申す。

予、薬箱を携へて、竹田・驢庵・祐乗・上地に見せて、民部法印御検使にて、『医林集要』の四巻を抜きて、

「茯苓・四逆湯を与ふべし」

と申し、

「一人も『無用』と存せられ候はば即ち申さるべく候」

と口を堅めて調合す。

民部法印、自ら煎じてこれを与ふ。一服にして脈全く調ひて、神気も正しく、四肢温まる。翌日、平安す。

その後、御養生薬を進上して十余日にして本復す。

時に、関白公秀吉公御感の余りお馬を下さる。

一体、何人のライバルの名を列ねたらいいのであろうか。秀吉も御感のあまり馬を与えたというこの名治療は確かに曲直瀬にとってみれば快心の誉れであったのだろう。そして、このライバル達の「愚暗」ぶりを記すのは、先の正親町院とこの八條殿だけではない。『医学天正記』にはその例が散見し、一つのスタイルを形成している。

今日的な診断カルテとは様相を異にし、他の医師の失敗を記すことが、江戸期の医案の信頼性を担保するものであって、そこに酷く悪く書かれたライバル医師達も抗弁することができなかった。これが「医道のまじはり」、医師たちのルールであった。

つまり、西鶴の『武道伝来記』はこの医案における「医道のまじはり」を前提に描かれたものと思われるのである。ゆえに、何よりも必要なものは、他医の欠点と、それを記す漢文の「書付」であったのである。

『武道伝来記』の長々とした漢文「種方付」の可笑しさを解く鍵

さて、「書付」という医案のルールについて少し補足しておきたい。安永三年〈一七七四〉に『医案類語《いあんるいご》』〈京都、天王寺屋市郎兵衛版〉という書が刊行された。これは、医案作成のための便利な用語集で、編集の中心人物は碩儒・皆川淇園《みながわきえん》である。一般の医師ではきちんとした医案が書けないのでこの書を著したという。当時の医師の中には技術があっても学のない者がおり、

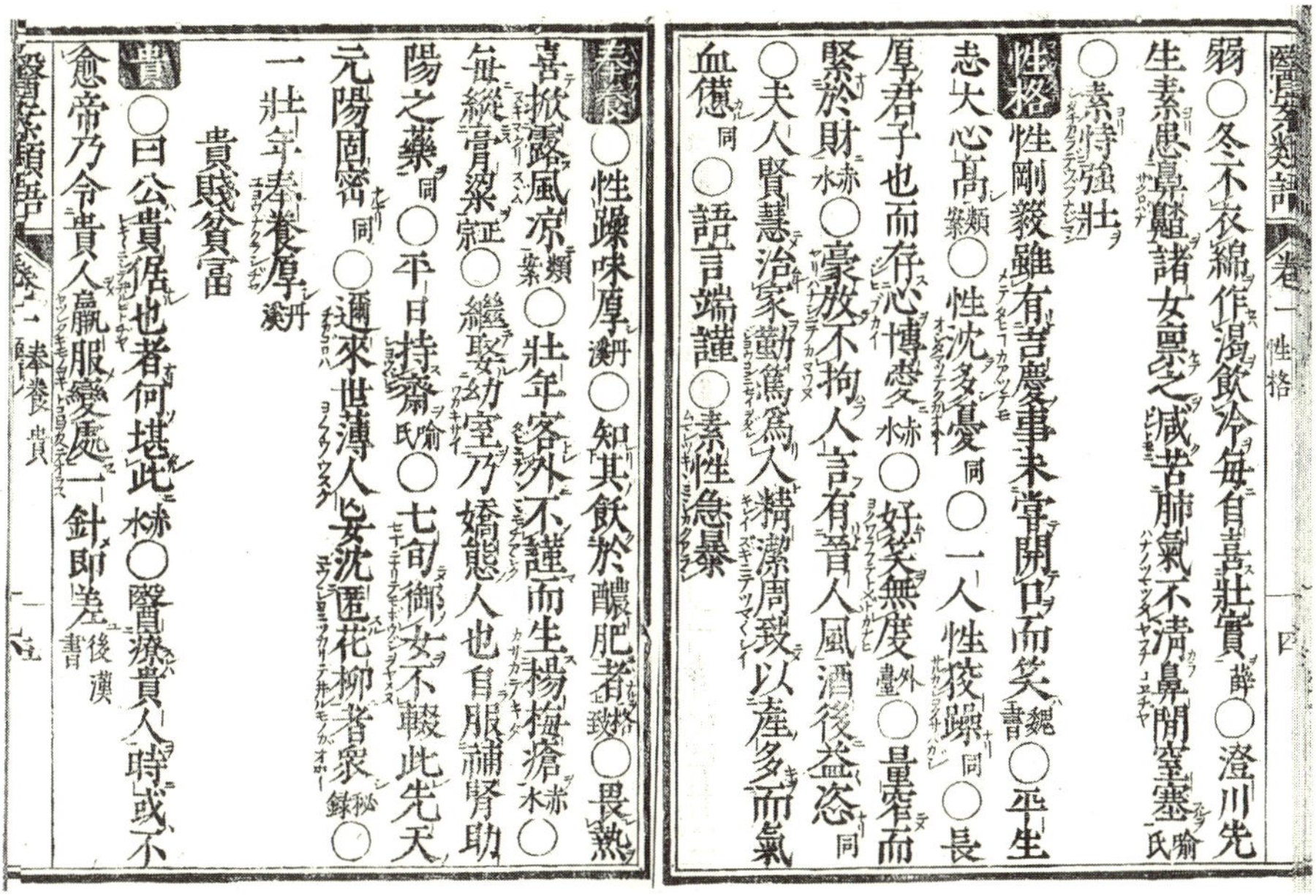
醫案類語　巻一　性格　一四

弱○冬不衣綿作渴飲冷毎自喜壯實 薛 ○澄川先生素患鼻𪖈諸女禀之感若肺氣不清鼻閉窒塞 喩氏 ○素恃強壯

性格 ○性剛毅雖有吉慶事未嘗開口而笑 魏書 ○平生志大心高 類案 ○性沈多憂 同 ○一人性狡躁 同 ○長厚君子也而存心博愛 赤水 ○好笑無度 外臺 ○量寛而緊於財 赤水 ○豪放不拘人言有膏人風酒後益恣 同 ○夫人賢慧治家勤篤爲人精潔周致以產多而氣血憊 同 ○語言端謹 ○素性急暴

奉養 ○性躁味厚 丹溪 ○知其飲於醲肥者 格致 ○長熟喜掀露風凉 類案 ○壯年客外不謹而生楊梅瘡 赤水 ○毎縱膏粱 証正 ○纔娶幼室乃嬌態人也自服補腎助陽之藥 同 ○平日持齋 喩氏 ○七旬御女不輟此先天元陽固密 同 ○邇來世溥人安沈湎花柳者衆 秘録 ○一壯年奉養厚 丹溪

貴賤貧富

貴 ○曰公貴居也者何堪此 赤水 ○醫療貴人時或不愈帝乃令貴人贏服變處一針即差 後漢書

醫案類語　巻一　奉養　貴　一五

『医案類語』（架蔵）

▼医学書メモ

『医案類語《いあんるいご》』

同じく小曽戸『辞典』に「皆川淇園《みながわきえん》（一七三四〜一八〇七）の訳定、吉岡元亮《よしおかげんりょう》らの編になる医語辞典。全一二巻。安永三（一七七四）年刊」「医家の文章読解・創作力を養う目的で、種々の中国医書（一部に医書以外もある）の医語の用例を抜き出し、分類して作ったいわば医語用例集ないしは辞書」「和語の解釈を丹念に付した他に類をみない独創的な書で、今日に有用である」とある。

近日医家ノ著述、名儒ノ手ヲ仮ルモノ多シ。内藤希哲ノ医径解惑論ハ太宰徳夫ノ筆也。賀川玄悦産論ハ皆川淇園ノ筆也。産論翼ハ柴栗山ノ筆也ト、片倉鶴陵ノ書ハ多クハ亀田鵬斎ト錦城先生ノ添削ニ出タル也。（多紀元堅『時還読我書』）

と嘆かれるありさまであった。この場合の「医家ノ著述」は当然漢文を指すものである。ゆえに、皆川淇園をはじめ儒者に代作を頼むのである。『医案類語』はそうした医師に供すべく出版されたのである。

つまり、医学と漢学との関係はこのようなものであった。先の『武道伝来記』の長々とした漢文「種方付」の可笑しさを解く鍵は、この医案の世界にありそうである。

医案の世界では、『医案類語』のような用語集だけではなく、医案そのものの安直な手引き書も出版された。『医学早合点』（安永七年〈一七七八〉刊）の「医案用字格」の項から引用してみる。

某生、年□十□歳。面□ニ体□ナリ。春月因二―一スルニ至レ夏病レ□ムヲ。一医以為二―一スと。（他医の了簡ハ某ノ症そとおもふて）与レ之以二□薬一不レ応。請二余診一焉。余駭《をとろいて》曰ク此を名二□病一と也。不レ可三与レ之以す二□剤一を之証也。何致二放胆殺一レ人耶。（放胆は大胆なり。めつたな了簡で、今すこしで人をころそうとしたといふことなり）。然其脈未二大壊一。若今処二殻剤一則病安者十而八九。親戚昆弟倉皇祈レ余。（倉皇ハうろたゆる也。あわてふためき、薬をくれよといふ）余乃作二□□湯一ヲ。連服三次。為下両二解するの□□法上。以二方中□□一ヲ為二表薬一、□□を為ス二裏薬一ト。再診殊ニ若二相安一。又作二□□湯一ヲ加二□□一を。連進むこと十余剤。神識始テ得。粥飲漸加半月。始起座二於牀一。一月而ニシテ全愈。

如此文字を切り入るれば直に医案になるなり。此外種々潤飾せんことは其人々の才発によるへし。

□の中に適当な「漢字」をはめこめば誰でも医案を作ることが出来るという。注目して頂きたいのは、これがこの当時の一般的な医案のスタイルであるということである。その型式は姓名、年齢から始まって症状、そして他医の治療の失敗を「殺人」とまで記してから、おもむろに自身の功績を記す。自身の驚き、親戚家族の狼狽までもリアルに書き込み、まるでサギの台本のようでさえある。

このスタイルを見て直ちに想い起すものは先の曲直瀬の『医学天正記』、そして西鶴の『武道伝来記』であろう。その他医の力量不足を挙げてから自身の功績を、「漢文」の「書付」で喧伝するという型式が一致するのである。『医案類語』と先の『武道伝来記』の周益（正しい方の種方付）を並べてみよう。

『武道伝来記』

且《かつ》、不《ず》レ知《しら》二亢則害《たかぶるときはがいし》、承廼制之旨《うけてすなはちせいするのむねを》一、誤《あやまつて》、為《なして》二陰虚火動《ゐんきよくはどうと》一、而用《もちゆる》二寒涼降火之薬《かんりやうがうくはのくすりを》一則《ときは》声唖喉痛《せいあこうつうし》、上喘下泄之変症《じやうぜんげせつのへんしやう》、増劇《ぞうげきせば》、扁術亦《へんじゆつもまた》、可《べし》レ難《かたかる》レ起《をこし》乎。

『医案類語』（『名医類案』より引く）

名医盈レ座ニ。最後延二テ御医《ゴテンヤク》呉一ヲ至ル。診レシテ之ヲ曰、非二附子一ニ莫レ救フコト。但忘二携来一ルコトヲ。令三人ヲシテ之レ市揀二極重ナル者三枚一ヲ。生切為二一剤一ト。計ルニ重三両投レス之ヲ。衆医吐レ舌潜《オトロキナイシヤウテ》裁二シテ其ノ半一ヲ為レシテ剤ト進レ之ヲ。

西鶴が描いてみせた「医道のまじはり」の狙い

江戸期の診断カルテは、このように「医師のドラマ」を描く必要が時としてあった。思うに、それなりの信憑性とリアル感を演出するために必要であったのだろう。そして、これらの医学書にはまるで詐欺の台本を「読む」かのような愉悦がある。

重要なことは、その「読む」対象が当の医師ではないことである。自身が後の治療のために手元に診療記録を残しておくためなら、この芝居がかった贅言は無用であろう。この医案のスタイルは、自身以外の「他者」が読むことを意識しているのである。その「他者」は患者の場合が多いであろうから、単刀直入に言えば、「お客さん」である患者を逃さないためにかかる医案スタイルが必要なのである。

戦国期を生きた曲直瀬家は、近世初期には確固たる地位を築き、その門葉を諸国に広げていく。曲直瀬家はまた出版を巧みに利用して自家を喧伝した医家であり、その出版物は諸国に散らばった多くの門人たちによって普及していく。『医学天正記』は医学の普及という役割と同時に、他流に対して曲直瀬流の優位を喧伝するという狙いが確かにあり、そのためには著名な歴々の名を載せること、そして他流を誹ることの二つの要素が不可欠で、それが曲直瀬の医案の基本的原則であった。その意味では武道と医道は通じるところがある。やがて、そのスタイルが江戸時代の医案の一典型となっていく。その時代に西鶴の『武道伝来記』が成ったのである。西鶴が描いてみせたものはそういった「医道のまじはり」であったのである。

この「医道のまじはり」、はっきり言って滑稽ではないだろうか。大まじめに医師達がこのような「蝸牛の争い」をすればするほど、関係のない外野は冷ややかな一瞥をくれるだけであろう。存外、西鶴の冷徹な視線もその闇から照射されたものかもしれない。

『武道伝来記』の医師の「種方付」は、この当代の医師たちの世界を写したものであった。その写しを「浮世の写実」と素直に取るか、「医師への批判」という穿った見方をするかは看官の感性の問題である。ただし、そこに西鶴の医師批判という単純な図式を当て嵌《は》めることは意味をなさないと思われる。『武道伝来記』のテーマはまず敵討ちであって、そのきっかけ、果の生じる因の趣向としてこの「医道のまじはり」を用いたところに西鶴の手柄が認められる。

長々とした漢文の「種方付」を取り入れた西鶴の狙いははっきりしていよう。それは、当時の医師のパターン化した医案と、それに伴う患者争奪のドタバタを作品世界に再現したことの面白さである。この面白さを引き出すためには、その医師の浅ましさが「堅さ」や「学問らしさ」を纏《まと》えば纏うほど効果的であることは言うまでもない。医学知識が散りばめられるほどにその滑稽さは増大する。ゆえに先に見たように「具暗」の玄芳の「書付」はデタラメであってはならないのである。そこには「学問らしさ」がなければならない。その「学問らしさ」とのギャップから生じる面白さが必要なのである。そのためには、朱丹渓の「陽有余陰不足説」などの道具立てやデコレーションは不可欠であろう。

以上、西鶴の『武道伝来記』〈貞享四年〈一六八七〉〉巻五―一「枕《まくら》に残《のこ》る薬違《くすりちが》ひ」を読み解くのに必要な医学解説と医案の世界を用意してみた。それらを踏まえた作品論を期待したい。

第5節◉江戸以前の医学の文芸――御伽草子『不老不死』

医学知識を披瀝しながら神仙の世界を描こうとする

　そもそも、このように医学記事を盛り込んだ「文学」作品はどこまでさかのぼれるのだろうか。本書では冒頭に「江戸期に於いては」という限定をしているが、それは一つには医学書の流布をもって、その現象が見えやすいのが江戸期であることを言うに過ぎない。江戸期以前にこのような現象は認められるのだろうか。

　そこで本節では、いわゆる御伽草子（中世小説）と時には分類される『不老不死』という作品を取り上げたい。この作品は不老不死の薬を服して神仙に遷化《せんげ》する話を列ねた作品で、異郷物、祝言《しゅうげん》物として分類される。伝本は少なく、『室町時代物語大成』十一巻（角川書店、昭和五九年〈一九八四〉）の解題によれば、絵巻一本と奈良絵本二本を知るのみである。

　形式は、「そのかみ天竺には耆婆《ぎば》といひける人こそ、此薬を伝へ知りて」、「又もろこしのいにしへは、三皇五帝のそのかみ、神農と申せし聖人まし〱けり」、「そも〱日本に伝はりて不老不死の薬ありと知ること」、という風に天竺（耆婆）より書き起こし、唐《もろこし》、日本へと及ぶ三国伝の体裁を取る。この体裁は近世以前の論理のパターンで、その意味では中世的な作品と言えよう。しかし、処々に散りばめられた、従来の仏教医学を払拭し、室町末期に明《みん》よりもたらされた最新の医学知識を恣《ほしいまま》に見せる斬新な記述が注目される作品である。神仙譚に交えたこれらの記述が、富士川游《ふじかわゆう》が指摘するような▼注[18]当時の医学界の鳴動と軌を一にして、作品の中で異彩を放ち、他に類を見ない躍動感を醸し出しているのである（以下、引用は『室町時代物語大成』により、適宜、漢字、濁点、句読点を施す）。

又もろこしのいにしへは、三皇五帝のそのかみ、神農と申せし聖人（中略）上中下の薬の品、三百六十日にかたどりて、三百六十種、上中下合せて一千八十種の薬に寒熱補瀉をわかちて「本草経」三巻を作り給ふぞありがたき。さて其後、軒轅氏、黄帝と申す帝の時、天老岐伯と云仙人、臣下と成てまつりごとをつとめしが、これに対して（中略）さま〴〵問答し給ひけり。是を書しるして「素問内経」と名付らる。（中略）秦越人、扁鵲といふもの、薬の道をさとり、人の身のうちをあきらめわかちて「八十一難経」を作りて（傍線筆者、以下同）

この神農《しんのう》より書き始めて黄帝《こうてい》、岐伯《ぎはく》、秦越人《しんえつじん》（扁鵲《へんじゃく》）と記していく医学史の記述型は中国の医学書に先例が見られる。先にも触れた明の『医学正伝』に、

神農、百薬を嘗めて「本草」を製してより、軒岐「素間」を著し、越人「難経」を作る。

とある（原漢文）。『不老不死』はかかる医学書の型を襲っているのである。しかし、この医学書の常套句に比して、傍線部の神農の説明がやや詳しくなっている点に注意したい。この部分は南北朝の梁の陶弘景《とうこうけい》によって校訂され、以後の神仙系の医学の聖典となった『神農本草経《しんのうほんぞうきょう》』の内容を記したもので、この部分を詳しく記すことが、

まさに神仙系の世界を繰り広げる『不老不死』に最もふさわしい序章となっているのである。つまり、『不老不死』の製作者は、ただ漫然と医学史を記すのではなく、医学知識を披瀝《ひれき》しながら神仙の世界を描こうとする姿勢を基本とした態度で、この草子に臨んでいたのである。

1　漢方医学を装わせて描く『不老不死』——耆婆の伝

『不老不死』の典拠と、逸脱している増補

この観点で『不老不死』三国伝の三鼎の一を担う冒頭の天竺の部を見てみる。ここには耆婆の出生とその生母の柰女《なつじょ》の説話が記される。その梗概は、

昔、天竺の耆婆は不老不死の薬を服し仙人となった。その耆婆は天竺の、王舎城主、瓶沙王の妾腹の子で、母の名は柰女。柰女はすももの木より生まれ、ある人が養い育てると美しい姫に成長していった。八か国の大王達が求婚するが、主は困り、柰女を高楼に乗せる。そこで王達は力較べのうえで柰女を奪おうといくさを始める。瓶沙王ははかりごとをめぐらし、夜に密かに女を奪って城に帰る。ほかの王達はあきらめて帰る。柰女は耆婆を生む。耆婆は両手に薬の袋を握ったまま生まれた。彌婁乾陀という仙人のもとで医学修行をするが、九十日で悟る。体内を透かし見ることのできる薬王樹を柴売りから買い、以後薬王樹を使って難病を治す。しかし、阿闍世王が弟ながら東宮に立ち、自身が臣下のままなのを恨んで不老不死の薬を飲んで遷化した。

というものである。この耆婆の説話は何に拠ったのであろうか。中世の耆婆説話については近本謙介に指摘があるが、[注16] この説話とよく似た記事が『下学集《かがくしゅう》』第六に見られる。

耆婆　天竺ノ阿闍《アジャ》世主之ノ時ノ名医《メイイ》ナリ、与ト二釈尊《シャクソン》一同スレ時ヲ。即チ柰女之ノ子也。平生窃《ヒソカニ》持シテ二薬王樹ノ枝ヲ一、照《テラシ》二見《ミ》テ人之ノ五蔵ノ病根ヲ一医スレ之ヲ。詳ニ見二耆婆経ニ一云々。

耆婆の伝の出典として「耆婆経」すなわち仏典『柰女耆婆経』（以下『耆婆経』）の名を記す。そこで、『不老不死』と『柰女耆婆経』及びその異本『捺女祇域因縁経』を対照してみれば、耆婆を遷化《せんげ》させる為に付加した末尾を除き、概ね筋は一致し、時には文辞までも一致している。直接に『耆婆経』に拠ったのではないにしろ、『不老不死』の耆婆説話の原拠は『耆婆経』だと一応認めてよいと思われる。

ところが、この耆婆説話が仏典『耆婆経』に拠るのだとすれば、『不老不死』の次のような原典から逸脱した箇所をどのように考えるべきであろうか（番号は筆者）。

家にかへりてます〳〵工夫をつとめしかば、①七表八裏九道の廿四脈を通達し、②十四経十五絡の人の身の経絡、縦横の血筋をわかち、③四百四種の病のもとを知り、④温涼補瀉の薬をさとり、⑤君臣佐使の方をさとりて、人のやまひを療治するに、さらに癒へずといふことなし。

かかる専門的な記述が仏典にあるはずもなく、製作者が原典から離れてわざわざ増補したのである。わざわざ増補したということは、そこに何らかの意図があるのであろう。ところがこの箇所は筋に何ら関係しない。ただ耆婆が医術を修得した過程を詳しく修飾したのみで、構成に働きかけるといった目的を持つ増補ではないのである。では、この増補はいかなる意味をもってなされたのだろうか。

増補部分に漢方医学と仏教医学が混在する理由――笑いを狙った増補ではないか

この部分を当時の医学知識に照らしてみれば奇妙な点ばかりである。まず、傍線④の「温涼補瀉」という概念は、仏教医学のものではなく、中国の漢方医学の基本用語であることは、明の『万病回春』に「十二経脈歌并補瀉温涼薬」の章があるのを示せば十分だろう。天竺、唐、日本と順に説いているはずのテキストに対してこの記述の存在が全体を破綻させている。また、その直後の薬王樹の奇瑞《きずい》とも齟齬をきたし、明らかにこの増補部分のみが浮き上がってしまう。

さらに、その目で見てみれば、傍線①「七表八裏九道」はやはり晋の王叔和《おうしゅくわ》の『脈経《みゃくきょう》』の概念、傍線②「十四経十五絡」は『霊枢《れいすう》』といった具合に、それぞれ漢方では基本になっている用語であり、明の医学書には散見し、室町末から江戸にかけての本邦の医学書にも頻繁に見られる用語であることに気付く。それでいて傍線③「四百四種の病」は仏教医学の把え方で、耆婆の伝には適う記述である。つまり、この箇所は漢方医学と仏教医学が混在し、一種の異様な緊張感を生み出しているのである。

この混在をどう理解すべきであろうか。その理解がそのままこの増補の意図に通じよう。医学知識の浅い人物が聞きかじりのままに衒学的に記したと簡単に決めつけることもできようが、そう結論づける前に傍線⑤「君臣佐使」の出典を見てみたい。この語も頻繁に使われるが本来は「薬有君臣佐使。以相宣摂合宜用」という『神農本草経』より広まった用語である。先に述べたように、『不老不死』は三国伝の形式を取り、もろこし（中国）の部で『神農本草経』に触れているのである。その神農（もろこし）の世界が、耆婆（天竺）に混在するのはいかなる理由によるのであろうか。まして、その『神農本草経』の説明は正確であり、それが神仙の世界を描く『不老不死』にはふさわしく、製作者が医学知識を披瀝しながら神仙の世界を描こうとする態度が十分に認められたはずなのである。

この混在の理由を『不老不死』製作者の医学知識の浅さに求めるべきではないであろう。むしろ、あえて原典の『耆婆経』を離れ、仏教医学とは別次元の漢方医学の用語を羅列してみせたところに作者の意図を探るべきではないだろうか。それは、中国の部の神農の詳しい描写とも相俟って、室町後期から台頭しつつあった、仏教医学から漢方医学への推移と軌を一にする当代医学の動向を反映するものであろう。すなわち、仏教医学の太祖の耆婆に漢方医学を取り合わせるミスマッチを楽しむという健康的な笑いを狙った増補なのではないだろうか。釈迦をも治癒した伝説の耆婆から仏教色を剥ぎ、現実に通行する漢方医学を装わせた点に斬新な発想が認められよう。

都賀庭鐘の『通俗医王耆婆伝』

話はややそれるが、この『耆婆経』に拠りながら当時の医学上の事件を取り入れた作品に都賀庭鐘《つがていしょう》の『通俗医王耆婆伝』（宝暦十三年〈一七六三〉）がある。▼注[19] また高野山の玄幽は「外に軒轅、岐伯の霊方を模倣するといへども、内は医王善逝耆域氏（注、耆婆）の神功を祖述する者ならんや」（『大成論抄』跋、正保四年〈一六四七〉、原漢文）と、仏教色を脱却して漢方医学を身に付けた耆婆だと称される。『不老不死』の試みの斬新さは近世を先取りしたものであった。

『不老不死』に話を戻せば、仏教色を剥がれた耆婆の説話は次の条りで締め括られる。

まさしき兄ながら、御弟に引たがへられて、位をふまざる事をうらみて、みづから不老不死の薬をなめて、生きながら忉利の雲にわけ登り、天仙と成にけり。

ここには医王の俤《おもかげ》はもはやない。全くの権威を取り去られ、嫉みや瞋恚《しんい》を持った耆婆の姿が描かれるのみである。従来の権威を反転させ、耆婆を浮世であがき続ける一人の人間として、しかも漢方医学を装わせて描いた点に『不老不死』の中世からの乖離と面白さが見られるのである。

2　医学知識は新趣向のスパイス——読者層を考える

『不老不死』の製作・享受の場には医学に通じた人物が必要だった

以上の耆婆の話は作品の冒頭に位置する重要なもの、そして作品論として示唆的な要素を含むものではあるが、若干の医学常識を重ねなければその面白さを読み落としてしまう。とすれば、この『不老不死』の製作や享受の場に医学に通じた人物が必要だということになる。彼はまた文芸にも弁舌にも通じた人物でなければならない。この人物は一体どういった人物なのであろうか。

仍伽《トギ》之者一両人抱《カヽヘ》置度候。謡鼓ノ方存シタル者ノ歟。又者湾医師《ハセ、リクスシ》八卦占仕ノ者ノ歟。或太平記東マ鑑《カヽミ》等仮名交《カナマシリノ》草子読ム者歟。

『貞徳文集《ていとくぶんしゅう》』（慶安三年〈一六五〇〉）に収められる御伽衆《おとぎしゅう》の斡旋に関する消息見本の一節である。謡鼓の達者や太平記読みとともに「医師」が見えることが興味深い。戦国大名の御伽の場に医師が参与していた例は夙《つと》に桑田忠親に指摘がある。▼注[20] 御伽衆に医師が加わる場合が多かったのである。

曲直瀬道三《まなせどうさん》が天文二一年〈一五五二〉に松永弾正忠に与えた『黄素妙論《こうそみょうろん》』という作品がある。▼注[21] この作品は御伽の医師が、御伽の場で供した作品の代表であるが、後に絢爛たる草子に姿を変え、中国風の典雅な絵を伴って上流社会に珍重されていったことが判っている。つまり、伽の場で医師が製作した『黄素妙論』のような作品が、絵を伴う型式、即ち絵巻や絵本に仕立てられる場合が実際にあったのである。

また、丹波忠守《たんばのただもり》という医師が『源氏物語』の秘説を知っていて、足利義詮《あしかがよしあきら》の御伽の場で奏上したという『河海抄《かかいしょう》』の記述もよく知られている。『徒然草』の注釈『徒然草寿命院抄《つれづれぐさじゅみょういんしょう》』、戯作『犬枕《いぬまくら》』を著した秦宗巴《はたそうは》もまた医師である。

ここで忠守や宗巴のような文才をも備える医師が伽の場にいたこと、その伽の場で医師が提供した医学書が華麗な絵本に仕立てられる例があったことを踏まえて、『不老不死』の製作の場を考えてみたい。

確実に読者層の変化と広がりを裏づける『不老不死』

『不老不死』の耆婆説話は、耆婆から仏教色を剥いで漢方医学の衣を着せたものであった。さらに神仙を描く構成を保つ為に処々に『神農本草経』を配している。この所為が可能である人物はやはり医師ではないだろうか。また、既に引用した「薬の品、三百六十日にかたとりて、三百六十種、上中下合せて一千八十種」という条りも『神農本草経』の本来の記述と違う異説なのである。▼注[22] 神農の異伝や耆婆説話を家の学として管理している医師が、この草子製作に加わっていたことを思わせるのである。その目でみれば、

軒轅氏黄帝と申す帝の時、天老岐伯と云仙人、臣下と成て、

という記述も些々たるものながら気になる。岐伯は黄帝が登天した時に出会った人物であるから、平たく言えば「仙人」ではあるのだが、「天老」もしくは「天師」とするのが医学書の一般であるからである。ところが『大成論』の抄物『大成論和抄』（文禄五年〈一五九六〉）に次の同様の記述がある。

△岐伯　黄帝ノ時（中略）岐伯ハ岐陽山ノ仙人也。

この『大成論和抄』は、曲直瀬玄朔が流謫《るたく》の身の時、常州の佐竹家で初心者を前に書籍を参照せずに講じたもので、伽の場の医師の口吻を伝えている。そこで岐伯を「仙人」だと説明しているのである。しかしながら玄朔の説を参照したはずの玄幽の『大成論抄』はこの説を採っておらず、恐らくは伽の場特有の口吻だと思われる。『不老不死』に類似の表現があることは、この草子も伽の場の口吻を残していることを示していよう。また、『不老不死』下巻の孫思邈《そんしばく》の説話の異聞が、黄檗《おうばく》の袾宏《しゅこう》や隠元《いんげん》の法語をまとめた『戒殺放生物語《かいせつほうじょうものがたり》』（浅井了意訳、

寛文四年〈一六六四〉にも見え、『不老不死』と伽の場との関係をも窺うことができる。つまり『不老不死』は、衒学的に医学の記述を散りばめる前半と、単なる神仙譚を並べる後半とでは明らかに調子が違い、その前半は例えば曲直瀬道三『黄素妙論』、秦宗巴『犬枕』と同じく、医師の参加する伽の場で生まれたものであり、それに後半の神仙譚を組み合わせて三国伝の形式に統一させ、『黄素妙論』の場合のように絵を伴って草子化した作品であると考えることができる。

すなわち『不老不死』の初期の読者は、その医師が参加するような伽の場の雰囲気を知る、もしくはその雰囲気を味わうことのできる人たちということになろう。彼らにとって医学記字や知識は、まさに「読み物」に添えられる新趣向のスパイスではなかっただろうか。

やがて、この『不老不死』の読者層に変化が見られるようになる。岡見正雄に、

こういう絵草子（注、御伽草子）は本屋で版本として売られていた以前に、また版本が出た時代にも手書きの写本の絵巻や絵草子として売られてたらしい。

という指摘がある。[注23]『不老不死』は絵巻が寛文から元禄期の製作とされ、奈良絵本も近世期の作とされている。[注24]また寓目し得た絵巻も現在知られているものとほぼ同じ本文を持つ。それはこの作品が近世初期に既製品として管理されていたことを物語っており、岡見の言うような絵草子屋や扇屋などで売られる商品の一つであったことを示していよう。つまり『不老不死』は広汎を対象とはしないけれども、売れる作品だと判断されていたのであろう。そのことは確実に読者層の変化と広がりを裏づけるものである。

近世初頭の草子屋は医学の世界にも食指を動かしていた

『黄素妙論』は光悦本《こうえつぼん》として既に愛玩されていたが、その古活字本を模した整版本が現われる。「洛下二条二王門町長嶋与三休奥開板」という奥付を持ち、明らかに巷間の書肆《しょし》が介在している。医学色の強い『黄素妙論』もまた売れる作品だと判断されていたのである。事実、この作品は文化年間〈一八〇四〜一八一八〉に至って版を変えて出版されており、その際には洒落本と同様の扱いを受け、人気の息の長さと読者層の拡張がうかがえる。

果たして『不老不死』や『黄素妙論』の広がった読者たちは、その医学知識をどのように読んだのであろうか。伽の場の昂奮を知らずに読むそれらの「医学書」もしくは「読み物」は本当に面白かったのだろうか。

江戸初期に出版された純然たる医学書『丹渓心法附余《たんけいしんぽうふよ》』（京都大学附属図書館・富士川文庫本）には次の刊記がある。

寛文十一年辛亥年五月吉日　　繪双紙屋　　喜左衛門板行

この本は和刻本であり、当然のことながら全編漢文でもちろん挿絵などはない。しかも大本二十四冊という大部のものである。その書を古浄瑠璃の版元であった鶴屋という一介の絵草紙屋が、求版《きゅうはん》であろうと上梓したことは、近世初頭の絵草子屋が医学の世界にも食指を動かしていた傍証となろう。「医学書」と「読み物」との溝は存外に狭いのかもしれない。

第6節◉「医学書」と「読み物」の間にある幻想

以上、本章では「医学書」と「読み物」との領域、その線引きや接近、越境について論じた。『医者談義』はまさに医学書とも文学書とも読める「読み物」であった。その淵源は時に御伽草子に分類される『不老不死』にも見えるものであった。

逆に医学書に擬態した作品群、『教訓衆方規矩』『世間万病回春』『加古川本草綱目』と「本草綱目物」、『瓢軽雑病論』『本朝色鑑』『詩本草』はまさに「読み物」である。

また、西鶴の『武道伝来記』巻五―一「枕《まくら》に残《のこ》る薬違《くすりちが》ひ」は、曲直瀬玄朔によって紹介、普及された医案の世界を踏まえなければ理解できない「読み物」であることを指摘した。

これらの共通点は明白である。何らかの医学書（本草書を含む）についての知識が無ければ、まったくその意図や面白さが理解できない、ということである。それは言い換えれば、医療に従事していない人間が、単なる「読み物」として「医学書」を楽しんでいたという前提を認めなければならない、ということができる。

「医学書」と「読み物」との間に明確な線引きが有り、読者もそれを相容れないものと考えるのであれば、本章で取り上げたような作品群小説群は一体どこに位置づければよいのであろうか。江戸時代中期の博物学的な風潮はよく説かれるところであるが、冒頭で触れた香川修庵の医学書の例のように、医学書を娯楽的読み物として扱う時代風潮があったことをまず承認し、ついでその風潮がこれらの作品群を生み出した事実を文学史に組み入れるべきである。

また逆に『医者談義』に見られるように、医学書の側からの文学書への接近も見られる。これも『医者談義』に限られることではなく、医学修業のひとつに薬方を歌にして覚えるという風も古くからあり、曲直瀬流医学や岡本一抱もさかんにその有効性を説いている。

つまり、医学書と読み物がそれぞれの必要性から、接近あるいは越境する現象が近世にはあったのである。というよりは、その当たり前の現象を、現代の学問体系から勝手に理系／文系の対立構造を押しつけて、別の領域として存在しているがごとくの共同幻想を抱く側にそもそもの問題があるのかもしれない。医学書と読み物との間には実は何もなく、ただ現代の学問が作り上げた「異領域」という幻想があるだけなのかもしれない。

第1章◉注

［1］「竹斎と芸能」（『江戸文学』一四号、平成七年五月）。後に詳述する。

［2］談義本については、諸所で説かれるが、古くは三田村鳶魚「教化と江戸文学」（『三田村鳶魚全集』第二三巻、中央公論社、昭和五二年）あたり、近時では中野三敏『戯作研究』（中央公論社、昭和五六年）を参照されたい。

［3］拙稿「医学書と読み物と」（『日本文学』第四五巻一〇号　平成八年一〇月）の後に、それに触れることなく、吉丸雄哉「啓蒙的医学書」（鈴木健一編『浸透する教養　江戸の出版文化という回路』勉誠出版、平成二五年）が出されている。

［4］例えば、「風は為百病の長、（中略）重きときは傷をなし、最も重きときは「中」をなす。然れば「真中」「類中」あり。（中略）風邪経に在れば、口眼喎斜、偏枯疼痛…」（『類証治裁』中風を治す の項）などの用例がある。

［5］中村幸彦「八文字屋本の顛末」「八文字屋本版木行方」など参照（いずれも『中村幸彦著述集』中央公論社、昭和六二年参照）。

［6］長谷川強『浮世草子の研究』（桜楓社、平成三年再版）。

［7］福田安典『平賀源内の研究―大坂篇』（ぺりかん社、平成二五年）。

［8］雲林院一族については水田紀久先生に御教示を受けた。

［9］近衞典子『上田秋成新考　くせ者の文学』（ぺりかん社、平成二八年）。

［10］有働裕『西鶴　闇への凝視　綱吉政権下のリアリティー』（三弥井書店、平成二七年）は西鶴作品を「戯作」と位置づける際、同様の問題があることを論じている。

［11］中村幸彦編『古典文庫134　初期洒落本集』（古典文庫、昭和三三年）。

［12］揖斐高校注『詩本草』（岩波文庫、平成一八年）。

［13］従来、この作品についての論評は多くはないが、例えば新稲法子「『詩本草』考」（『語文』六七輯、平成九年二月）のように、「如亭は特に本草学に造詣が深いというわけではなかった」と断じたうえで、この「松魚」を「詩語としての考証であり詩作にまつわる話題」とするなど、本草書を軽視した作品論がある。

［14］試みに両者の「種方付」を、『対訳西鶴全集　武道傳來記』（昭和五三年、明治書院）から現代語訳を挙げておく。玄芳の誤った見立ては、

「文書で申上げると、脈博の早いのは、これ陰虚火動の症状である。考えてみると、古の聖賢は、火をもって諸病の根源とした。その理由は、火がみだりに動くときは、物を焼き、熱の出る病状が表れるからである。人がよく道を修めて、清順であるときは、病はどうして生じよう、生じるものではない。一体に、道を修めて、清順であるような人は世に少ないものだが、そのような場合、物に交わり事に触れるにつけて、情欲の火が、時には起こらないとは限らない。起こるときは、すなわち病を得る。そのような火をさして、諸病の根源とするのは、なるほどもっとも至極である。ある医書に曰く、一水は二火に勝たずと。一水とは腎臓である。二火とは、君火（心臓）と相火である。ただ火は二つある。五行は、漢方では木（肝）・火（心）・土（脾）・金（肺）・水（腎）の五臓をいうが、各々その性質を一にする。ただ火は二つある。そこで陽は常に余分があるが、陰は常に不足する道理は、明らかである。従って人参・黄耆の甘温の強壮剤などは、厳しく禁じるところなり。速やかに慈陰降火の剤を与えないと、命を救うのはむずかしい。もし治療をなおざりにするときは、ほぞを噛んで悔んでも、なんの益にもたたない。」

と訳されている。一方、正しい側の周益の見立ては、

「同じく文書で申上げると、愚考するところ、―脈博が一定していない。あるいは細く、あるいはゆるやか、あるいは深く沈み、あるいは早くというように、変動して尋常でない。一体に、脈が不定なのは、血気の虚である。これは虚偽をつく人に譬られる。朝に変わり夕べに改まるというように、一定していない。しかも早い脈博のみられるのは、まったく尋常でない。こういうわけで火動の症ではない。しかし脈症から考えると、虚に属し、気力の衰える、気虚の病が重いといえる。これは金（かね）がきわまって火に類似したような病で、人参・黄耆の甘温の強壮剤の類でなければ、療治しにくい。医書にいう、陽気を生ぜしめて、陰血を多くせよという格言に従うべきなのは、今この時である。陰陽のどちらにもかたよらない、中和の特効薬をどうして恐れることがあろう。けだし痰の中に血を帯びるのは、脾臓を傷めたために、よく血を貯えたり調節することができないからである。舌に白皮を生じるのは、胃中に寒あり、丹田に熱があるからである。夜眠れないのは、子が母気を盗むようなやり方で、心臓が虚になって、精神が安らかでないからである。胸痛やおくびは、気力が衰えて、五臓の機能が健全に運動しないからである。そのため、内に鬱しておくびとなり、あるいは、上体にとどこおるときは胸痛となる。以上の諸症は、疑いもない気力の衰えである。こういうわけで、補気の薬を主とし、安心滋補、消化を助ける薬剤を加え用いるならば、すなわち以上の諸症はおのずからなくなるであろう。その上、陰・陽どちらかの度が過ぎると五臓を害し、陰・陽をほどよく迎え取ればよくおさめることができるという旨を知らず、誤って陰虚火動の病と診断して、寒涼降火の薬を用

いるときは、声はつぶれ、咽喉は痛み、咳が出て、下痢をするという変わった症状が益々ひどくなり、もう手遅れで揮うことができないであろう。」

と訳されている。

[15]『定本西鶴全集』第四巻（中央公論社、昭和三九年）、前田金五郎校注『武道伝来記』（岩波文庫、昭和四五年）、冨士昭雄・広嶋進校注『新編日本古典文学全集　井原西鶴集4』（小学館、平成一二年）など。

[16]長濱義夫『東洋医学概説』（創元社、昭和三六年初版）。

[17]谷脇理史は本文にはない妊娠説を補強すべく同書「挿絵解説」で「姫君は「出家姿」のはずだが髪は長く、周益の処方「由二子盗レ母気一」によってか、妊娠中のごとくに描かれている」とする。西鶴の挿絵についての深読みの問題ともからむが、この場合はやや強引な読み方であろう。

[18]富士川游『日本医学史』（裳華房、明治三七年）。

[19]近本謙介「耆婆説話の流伝に関する覚書—『不老不死』成立論のための一視点」（『山辺道』四〇号、平成八年三月）。

[20]桑田忠親『大名と御伽集』（青磁社、昭和一七年）。

[21]『黄素妙論』については、近年、町泉寿郎「曲直瀬道三『黄素妙論』にみる房中養生について」（『ワークショップ　曲直瀬道三—古医書を読む』二松学舎大学21世紀ＣＯＥプログラム、平成二二年）、永塚憲治「新たに発見された『素女妙論』の写本—その翻字と校合」（『大東文化大学中国学論集』二九号、平成二三年一二月）、石上阿希『日本の春画・艶本研究』（平凡社、平成二七年）、『曲直瀬道三と近世日本医療社会』（武田科学振興財団、平成二七年）などのすぐれた論考が出されている。

[22]本来ならたとえば「一年三百六十五日にかたどりて、上薬百二十種、中薬百二十種、下薬百二十五種、合わせて三百六十五種」とあるべき。

[23]岡見正雄「御伽草子絵について」（『日本絵巻物全集』第一八巻、角川書店、昭和四三年）。

[24]『室町時代物語大成』第一一（角川書店、昭和五八年）解説。

第2章◉

江戸期を通じて愛されたヤブ医者、竹斎《ちくさい》

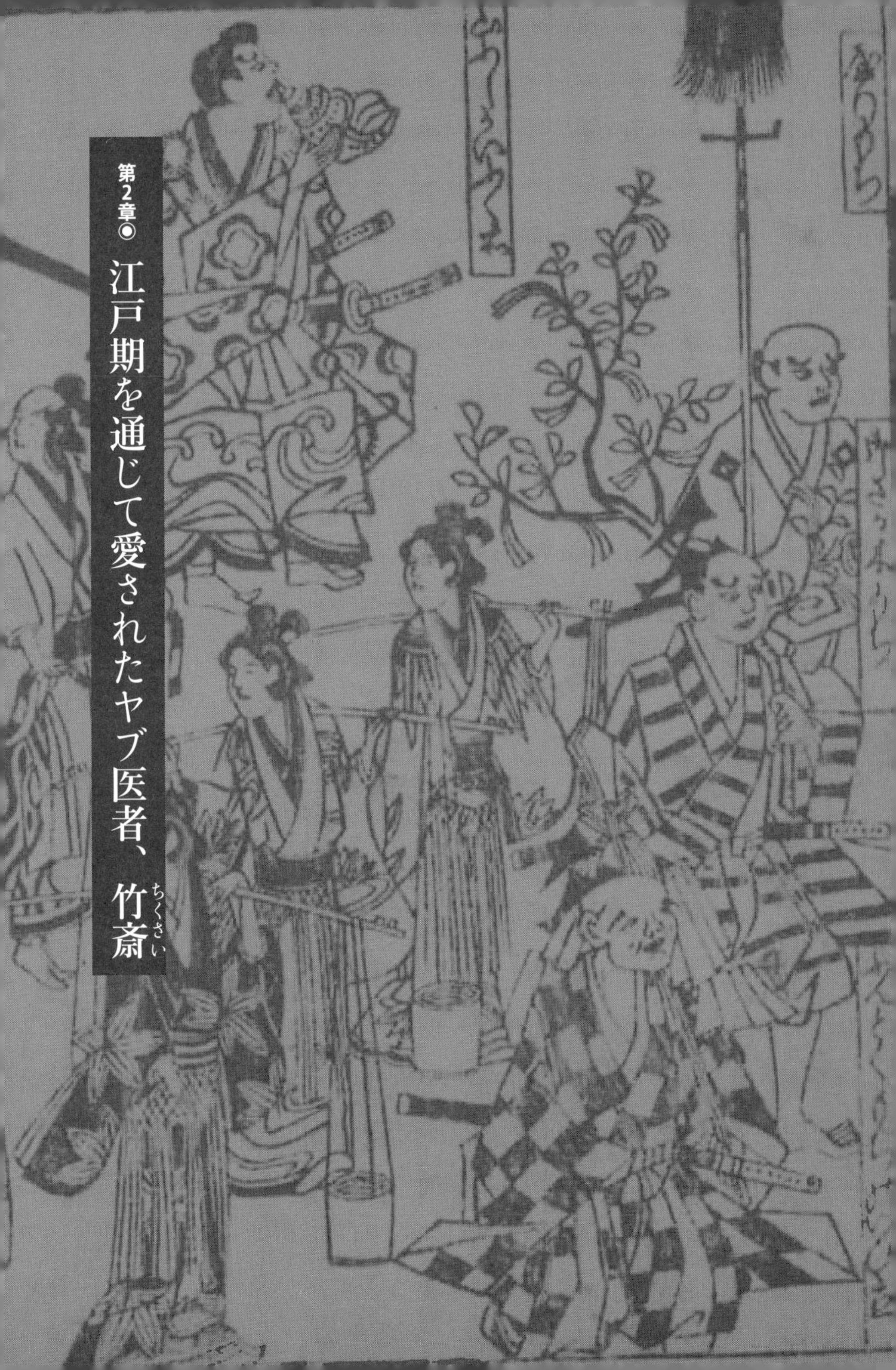

はじめに

近世小説は誕生した時から「医学書」と切っても切れない関係にあった

日本近世小説は、井原西鶴の『好色一代男』（天和二年〈一六八二〉）を以て、それ以前を仮名草子《かなぞうし》、以後を浮世草子《うきよぞうし》以下に分類することが一般的である。すなわち、近世小説の始まりは仮名草子に求めるべきなのであるが、そこにはいくつかの問題がある。

まず、近世とはいつから始まるのか。これは論者によって様々で、徳川幕藩体制の確立をもって近世期とするのがこれまた一般的であるが、そのような政治体制の変化と文学の変化を短絡的に結び付けることに抵抗がある論者も多いであろう。

ついで、近世期の散文を「小説」と呼ぶこともいかがであろうか。これは、近世期に限らず中世にも同様の問題があろう。「草子」「草紙」「物語」…など魅力ある概念用語が多くある中で、「小説」を採択してもよいのであろうか。本書では、一応、関ヶ原の合戦あたりを境に「近世」の始まりを求め、散文を「小説」と呼ぶことをお許しいただきたい。

ところが、そのお許しをいただいた上でもなお残る問題は、仮名草子というべきか近世小説というべきかの第一作をどの作品に定めるかである。

近世期というのが便宜上の定義であるのは述べた通りであって、文学面では中世との明確な線引きはない。奈良絵本や奈良絵巻を作成する草子屋は京都烏丸あたりに健在であって、多くの近世出来の奈良絵本が量産されている。近松門左衛門の『曾根崎心中《そねざきしんじゅう》』の奈良絵巻があることも有名な事実である。そのように、ゆるやかに連続した中世の草子から近世小説への移行があるのである。

一方では、古活字《こかつじ》と呼ばれる木活字《もくかつじ》の流行、整版技術の急速な発達と普及による印刷が発達したのも仮名草子時代の大きな特徴である。その印刷業の発達は、当然ながらジャーナルを育て、市場を開拓する。

この二つの側面を考慮して、本章では、

1 写本で流布していること
2 古活字版のあること
3 整版本のあること
4 近世出来であること

を近世初期小説の代表的条件とする。

この基準で言えば、私見では最初の近世小説は『浄瑠璃御前物語《じょうるりごぜんものがたり》』になるが、[注1]本書では問題としない。本書で問題としたのは、この栄えある近世初期小説に選ばれた主人公「竹斎《ちくさい》」である。

この「竹斎」なる人物は藪《やぶ》医者である。藪医であるのでその縁にちなみ「竹斎」というのか、「竹斎」が有名なので藪医という言葉が生まれたのかは議論の分かれるところではあるが、それでも藪医・竹斎が登場した。この竹斎、狂歌も詠み、やることなすこと失敗するのだが、どこか憎めないので「滑稽文学」の祖として扱われている。また、郎等の「にらみの助」を連れて東海道を下ったので、弥次喜多のような滑稽紀行文学の祖としても知られている。ゆえに、後続作が多い。前田金五郎はそれらを収録して『竹斎物語集』（古典文庫、近世文藝資料11、昭和四五年〈一九七〇〉に集成したが、それに収められた作品は以下の通りである。

『竹斎』　元和中〈一六一五〜二四〉刊
『竹斎』　寛永十二年〈一六三五〉以前刊
『竹斎東下り』　寛永年間〈一六二四〜四四〉写
『竹斎諸国物語』　正徳三年〈一七一三〉求板後印本
『下り竹斎』　天和三年〈一六八三〉刊
『竹斎狂歌物語』　万治〈一六五八〜六一〉頃刊
『竹斎はなし』　寛文年中〈一六六一〜七三〉刊
『竹斎療治之評判』　貞享二年〈一六八五〉刊
『新竹斎』　貞享四年〈一六八七〉刊

これ以外にも、『杉楊枝《すぎようじ》』（延宝八年〈一六八〇〉、江戸・林文蔵刊）、『木斎咄医者評判』（元禄八年〈一六九五〉）、森《もり》島中良《しまちゅうりょう》『竹斎老宝山吹色《ちくさいろうたからのやまぶきいろ》』（寛政六年〈一七九四〉、江戸鶴屋版）や、前章で取り上げた『教訓衆方規矩』『医者談義』のような後続作がある。松尾芭蕉が「狂句　木枯の身は竹斎に似たる哉」（『冬の日』）と詠んだこともよく知られている。近世期を通じて愛された藪医者であった。

近世小説は、その誕生した時から「医学書」と切っても切れない関係にあったのである。にも拘わらず、医学書を無理に視界の外に追いやって論じられてきたのであった。

本書では医学に目配りしながら『竹斎』を再評価したい。

第1節◉『竹斎』のモデルは誰か――曲直瀬《まなせ》流医学と関わって

『竹斎』は近世小説史上、高い評価を与えられている。しかし、そのもともとの着想の源泉たる「竹斎」についての理解は諸説様々である。

そもそも竹斎は、何故に藪医でなければならなかったのか。東下りをする理由は何であろうか。また、その東下りの前に彼をわざわざ傍観者に追いやってまで京見物を描く意味は何であったのだろうか。更に基本的な疑問として、彼の名の「竹斎」に由来はあるのだろうか、それとも当作品で創造されたものなのだろうか。本書では叙上《じょじょう》の問題点を考察する足がかりとして一つのモデル論を提示したい。本文は『竹斎』諸本の中で最も古いと思われる古活字十一行本に拠り、適宜漢字、濁点、句読点を宛てた。

本論に入る前に、作者について基本的な資料を確認しておく（傍点、筆者。以下同）。

御典薬の道三に竹庵にさかひのト養渡辺玄吾にはぎの春庵道永道竹竹斎なんどが

（「医者くどき木やり」、延宝四年〈一六七六〉成立『淋敷座之慰《さびしきざのなぐさみ》』所収）

この歌謡では道三《どうさん》やト養《ぼくよう》などの実在の人物と並んで、架空の竹斎の名が記されている。あたかも実在する医師名のようである。そのため作者の別名が竹斎であって、『竹斎』の藪治療は作者自身の体験を綴ったものと見なされることが多い。それに対して、以下の論であきらかなように、作者と竹斎とは別に分けて考えることを提言したことがある。以後、中島次郎や松本健、下坂憲子などがその提言を評価してくれた。▼注[2] この歌謡で竹斎の名が現実の医師とともに語られるのは、小説『竹斎』の流行ゆえであって、竹斎なる人物は実在しないとみてよいであろう。

傍点部「御典薬の道三」則ち曲直瀬道三《まなせどうさん》が竹斎と並んで記されている点に注意したい。『竹斎』の作者は富山道冶《とみやまどうや》と言い、延寿院こと曲直瀬玄朔《まなせげんさく》（二代目道三）に医学を学んだ人物であることが既に明らかにされている。▼注[3] この歌謡では、竹斎の名と同時にその師の名が唄い込まれているのである。『竹斎』とこの曲直瀬とは存外、深い関わりを持っているのではないだろうか。『竹斎』と曲直瀬がどこまで深く関わるのか、これを本章の出発点としたい。

1　知苦斎と竹斎

竹斎は何かの名を借りて、そのもじりとして「竹の斎」と命名された

従来、「竹斎」という名については次の『書言字考』《しょげんじこう》（享保二年〈一七一七〉）の記載が引かれる。▼注[4]

知苦斎《チクサイ》　本朝医家之謙称。又呼庸医云爾。

この記述を以て、いかにも当時から庸医《ようい》（ヤブ医者）を「竹斎」と呼んでいたかの如く解釈されがちである。

しかし、そう考えるには次の疑問点を解決しなければいけない。

一、『書言字考』は『竹斎』よりはるか後の成立である。以前の辞書類に「知苦斎」の語は見えず、『竹斎』の流行に影響されて逆にこの語が『書言字考』に新たに採録された可能性がある。

二、「ちく」について「知苦」と「竹」とでは表記が異なる。

三、記述から見て、医者の「謙称《けんしょう》」（謙遜して用いる名）が第一義であり、庸医（ヤブ医）は第二義ではないだろうか。

以上の点を考える時、『書言字考』の記載を以てただちに竹斎を庸医の別名だとするにはやはり躊躇せざるを得ないであろう。

ここで当然問題となるのが『竹斎』の冒頭である。

山城の国に藪医師《やぶくすし》の竹斎とてきやうがる痩《や》せ法師一人あり。其身は貧苦《ひんく》にして、何事も心にまかせざれは、おのづから心もまめならず、はだはじやうゐをかざらねば、藪医師とて人もよばず、世中の例として、たつときをうやまひ、いやしきをうやまはざれば、したしき中も遠くなる。然るときんは、都にありてもさらに益《ゑき》なし、かしこき言よりかしこからんはいろにかへよと、論語にも見えたり。

又、にらみの介とて郎等《らうとう》一人あり、かれをよび出し申けるやうは、「なんぢ、存するごとく、我、藪医師の名を得たりとはいへども、其身貧にして、病者《びやうしや》さらに近づかず、しよせん諸国をめぐり、いづくにも心のとゞまらん所に住まばやと思ふはいかに」といひければ、にらみの介申けるは、「仰のごとくかゝるうき住まひをしたまはんより、一先《ひとま》づいなかへも下り給ひて、いづくにも心のとゞまり給ふ所に住ませ給ふべし。此《この》にらみの助も、いづくまでも御ともつかまつらん」とぞ申ける。

「にらみの介」は明らかに先行作『恨《うらみ》の介《すけ》』に名を借りている。又、「藪」からの発想で「竹」と「にらみ」を思い付いたと考えるならば、竹斎も何かの名を借りて、そのもじりとして「竹の斎」と命名したと考えるのが妥当であろう。この「竹斎」名の典拠として、先程の医者の謙称として存在していた「知苦斎」なる語をまず考えてみる必要があろう。

「知苦」を「竹」に転じたうえで道三をもじって、藪医の物語『竹斎』は作られた

『竹斎』以前に、この「知苦斎」を名乗った医師が一人いる（傍線、書き下し、筆者。以下同）。

雖知苦斎《スイチクサイ》　啓迪集以前之斎名也。法華文諸苦所因貪欲云々。本此語者也。天正二甲戌年十一月十七日参内而被拝竜顔。剰以啓迪集備上覧。道三行年六十八歳之時。可救天下万民医書之端。苦字不可然之由有綸言而賜翠竹之二字。（『道三家記』武田科学振興財団杏雨書屋蔵。以下〈杏雨〉と略之）

雖知苦斎《スイチクサイ》　『啓迪集《けいてきしゅう》』以前の斎名なり。『法華』文に「諸の苦は貪欲に因る所云々」。此の語にもとづくものなり。天正二甲戌年十一月十七日、参内して竜顔を拝せらる。剰《あまつ》さへ『啓迪集』を以て上覧

に備ふ。道三行年六十八歳の時なり。「天下万民を救ふべき医書の端に、「苦」の字は然るべからず」の由、綸言ありて「翠竹」の二字を賜る。

作者道治の師が玄朔〈二代目道三〉、その初代道三の昔の斎名が「雖知苦斎《スイチクサイ》」なのである。▼注[5] この斎名は仏典に拠ったもので、この名を付して刊行された医書は多く遺されており、幕末にまで及んでいる。他に「(雖)知苦斎」を名乗る医師も見当らず、『書言字考』もこの道三の斎名を採録したものであろうかと考えられる。

傍線部に注目したい。道三は勅命により「知苦」を「竹」に改めたとある。「恨みの介」を「にらみの介」にもじったのと同様に、竹斎もまた、藪からの発想を利かせて「知苦」を「竹」に転じたうえで道三をもじったのだと考えるのが自然であろう。その「知苦」から「竹」への変換には、当然ながら天正二年〈一五七四〉の曲直瀬の参内、そして改名の綸言《りんげん》が利かされていることは容易に読みとることができよう。畏れ多くも曲直瀬流の大御所の名前をかすめた「竹斎」という「興がる痩せ藪医師」の誕生である。

そして、当時の読者達は「竹斎」という名に即座に曲直瀬道三を思い浮かべたのではないかと思う。作者は曲直瀬の門下生、先の「医者くどき木やり」に道三と竹斎の名が列記されるも偶然ではなく、両者が同時に想起され得るものであったことを示していると見るべきである。なにしろ、道三は単に医師として高名であったばかりではなく、

▼医学書メモ

『啓迪集《けいてきしゅう》』

小曽戸『辞典』に「曲直瀬道三《まなせどうさん》の編著になる医法書。全八巻、天正二年（一五七四）の編著になる医法書。全八巻。天正二（一五七四）年自序、同年策彦周良《さくげんしゅうりょう》題辞。刊行は慶安二（一六四九）年。従来は日本の医書には察証弁治を真髄とした全書がなかったことに思いを致し編纂されたもので、よって『察証弁治啓迪集《さっしょうべんちけいてきしゅう》』とも称する。数ある道三の著述のなかでも最も代表的な医書である」とある。

能楽や連歌などの諸芸に通じ、広い交遊関係を有し、後述するように『醒睡笑《せいすいしょう》』などの咄本《はなしぼん》にもその名が散見するほどの流行の医師であった。寛文元年〈一六六一〉の『小児療治集』には末尾に伝記が添えられ、寛文期に至ってもその行状は衆人の目を引くものであった。道治はその話題の道三、そして自らの師であり、また徳川秀忠の御伽衆《おとぎしゅう》でもあり、▼注[6]やはり咄本にその名が見える玄朔の二人を念頭に置いて、藪医の物語『竹斎』を作りあげたのであろう。そして、そのことは読者も承知のうえでのことであったと思われる。

『竹斎』についての作品論は多くあるが、本書では曲直瀬道三・玄朔の二人の事蹟を重ねて『竹斎』を読んでみたい。▼注[7]

『竹斎』（寛永整版本）挿絵（早稲田大学図書館蔵）

2　東下り、京見物について

東下りプラス藪治療という組み合わせはどう作られたか

『竹斎』は京見物、東下《あずま》り、名古屋での藪治療など個々の咄によって構成され、一見それらの間には何の連関性もないように思われる。その京見物と東下りが世に迎えられて『竹斎諸国物語』や『下り竹斎』などの後続作が生まれたので、滑稽な紀行文学の先蹤《せんしょう》と位置づけられている。後年の『東海道中膝栗毛』の原型をこの『竹斎』に求めることもあながち間違いではない。しかし、その東下りと、滑稽な藪治療とを直接に結び付けるものは見出すことが困難である。結果として、東下りプラス藪治療という組み合わせは独特の風味を醸し出すに至ったが、それは結果論であって、富山道治がどのような発想からその組み合わせを思い付いたのかについては説明が必要であろう。

『竹斎』は、冒頭に「国家慶び長き時とかや」として慶長年間に時代が設定されている。『竹斎』の内容自体は元和七年〈一六二一〉から九年、つまり慶長より後の成立であることが松田修によって明らかにされている。▼注[8]にも拘わらず、作品では慶長年間に設定されているのである。これは単に先行作『恨の介《うらみのすけ》』に倣《なら》ったに過ぎないのだろうか。しかしその『恨の介』自体が実際の慶長年間の事件を下敷きにしていると言われている。▼注[9]その当否は置くとしても、「慶長」という時代設定には注意すべきであろう。

さて、曲直瀬ではこの慶長年間に大きな動きがあった。

慶長十五年、譲家声於嫡元鑑自退居矣。嘗随台徳源君之台駕移于東武帝。得恩喚甚渥。
（『曲直瀬家譜』玄朔（杏雨））

徳川の招聘により玄朔が家を元鑑に譲り、東下りしたのが慶長十五年〈一六一〇〉（一説には十三年）。竹斎の東下りの慶長という年代は、この玄朔の東下りを念頭に設定されたのではないだろうか。そう捉えるならば、次の物語の大団円ともうまく呼応してくる。

治めざるに平かなれば、民の戸鎖《とざ》し鎖《さ》さざりけり。誠に直なる御代のしるしとかや。

この徳川賛美も無意味に付け足されたのではなく、徳川の愛顧を頼む名医玄朔の東下りを藪医竹斎に演じさせたのだと考える方が、滑稽味が濃厚である。竹斎は単に道三の号「雖知苦斎《スイチクサイ》」をかすめるだけではなく、曲直瀬の事蹟をもかすめて造型されたのではないだろうか。その視点で『竹斎』を読み直してみる。まず、東下り前の豊国社参拝を見てみる。

曲直瀬玄朔と豊臣、徳川――裏切りと「おもねり」

それより豊国大明神に参て、さきの関白秀吉公の御霊跡《れいせき》なり、今、時うつり、世変じて、社頭《しやたう》大破に及べり。
いく世ともさかへもやらで豊国のふるき宮居《みやゐ》はかみさびにけり

竹斎は荒れ果てた豊国社を前にどこか感傷的である。この背景に次の玄朔の事蹟を重ねてみよう。

初随織田信長及豊臣秀吉而仕東照神君台徳源君。皆得眷顧。嘗随台徳大君之台駕来于東武。金城前即賜大第居之。（『曲直瀬家譜』）

初め織田信長および豊臣秀吉に随い、東照神君台徳源君（徳川家康）に仕ふ。皆、眷顧を得る。かつて台徳大君の台駕に随い東武に来たる。金城（江戸城）の前にて即ち大第居を賜る。

かつて玄朔は秀吉に仕えていた。しかも豊臣秀次《ひでつぐ》の反乱の煽りを受けて、説経節の登場人物、小栗のように常州の寒郷に流されるほど豊臣に近かったと伝えられる（『曲直瀬家譜』）。

その玄朔が時勢の然らしむるところとはいえ、豊臣を滅ぼした徳川の招聘により江戸へと赴く。しかも破格の待遇で、である。徳川賛美の前に荒廃した豊国社の前で「今、時うつり、世変じて」と感慨に耽《ふけ》る竹斎、その姿に東下り前の複雑な玄朔を読み取ることはさほど難しくはない。先ほども述べたように、この作品世界は慶長年間であって、大坂夏の陣（元和元年〈一六一五〉）はまだ起こっていない。豊国社の荒廃はどの程度であったのだろうか。しかし、現実の成立は元和に入ってからなので、豊臣は滅び、豊国社も荒廃していただろう。その少しひねった書きようが『竹斎』の魅力でもある。懐古や嘆き、昇進への喜びが入り混じった姿は、まさに激動の期に諸権力におもねり、変わり身と裏切りの早さをもって生き抜いた「戦国医師」、曲直瀬玄朔の偽らざる「写し」であろう。

『竹斎』（寛永整版本）挿絵（竹斎、江戸城を見る）
（早稲田大学図書館蔵）

このように、この東下りの一連はいみじくも玄朔の東下りと照応する。そして時代も同じく慶長である。竹斎は玄朔という作者の師の行動をパロディというか、滑稽に演じてみせる人物として描かれたのだと見てよいであろう。この視点に拠って立てば、これまで連関性がなく思われてきたこの作品の構成に、一つの連関性を与えることができるように思われる。特に竹斎を傍観者に追いやってまで記される上巻の京見物を、その断絶が甚しく思われる下巻の藪治療との連関性という視点で考察したい。

玄朔の東下り前の知己との惜別のパロディ

ある時、天下の碁打本因坊《ごうちほんいん》と参会ありし時、紹巴《じやうは》口中にて連歌を吟ずる。本因坊申されけるは、

「紹巴はその年月まで歌道《かだう》をまなびても、いまだえ心底に足らざるや」

といひければ、紹巴はこたへて云、

「三日書を誦《しゆ》せざれば口に荊棘《けいきよく》を含むといへば、連歌を吟ずるなり。其方は一尺あまりの碁盤のうちを、其年月まで案じらるゝ也。我は三界の事を案ずる」

といはれけり。

まず本因坊《ほんいんぼう》と紹巴《じょうは》の逸話が記されるが、この逸話を載せる意味や、「ある時」や「参会」がどのような場なのかよく分からない。碁打の本因坊と連歌師の紹巴と医師竹斎とでは全く接点がないように思われる。そこで竹斎を玄朔に置き換えてみる。

玄朔と紹巴は度々連歌の座に同座していた。国会図書館蔵『連歌合集』所収の慶長六年〈一六〇一〉正月二十六日の「何船連歌」では紹巴が発句、挙句が玄朔であり、玄朔は紹巴、昌叱の十二句に次ぐ九句をも採られている。続く二十九日の「何路連歌」は発句が昌叱、脇が玄朔、第三が紹巴である。紹巴が玄朔の連歌を評価し、同座し始めたのはこの慶長五、六年頃であろう。この紹巴との連歌について、曲直瀬家に伝わった家書の目録『今大路家書目録《いまおおじけしょもくろく》』を播くと次の記述がある。

連歌無言抄　三冊。書本。本因坊献上。跋此無言抄之外題ハ被染勅筆トアリ。慶長四年也。

この『連歌無言抄』は、多くが次の奥書を持ち、紹巴の関係する連歌書である。

此無言抄之外題者被染勅筆并大覚寺殿二品親王御奥書也。一読之次上人依所望記之而巳。慶長四年神無月上旬　法眼紹巴印判

その紹巴の関与した連歌書を曲直瀬にもたらしたのが、傍点部「本因坊」なのである。時に慶長四年、玄朔と紹巴が懇意になる直前である。両者の連歌の同座にあたり、本因坊が何らかの働きをしていたのであろう。とにかく慶長年間の曲直瀬では、連歌といえば紹巴と本因坊の二者の名や噂話の出るのが自然な雰囲気であったと思われる。『竹斎』の挿話の背景理解にはやはり玄朔の事蹟を照らし合わせる必要があろうと思われる。

同様に上巻に見える能や蹴鞠等の諸文化人達も、金春《こんぱる》や飛鳥井《あすかい》などその数人は曲直瀬の診察カルテ『医学天

正記』にその名が見え、また道三が御伽衆であったことを考え合わせると、全て道三と交流があってもおかしくない人物達である。この京見物は例えば『鹿苑日録《ろくおんにちろく》』に「次到道三宅、銭東国行。不面而帰矣。踏篭二足為餞別」と記されるような、玄朔の東下り前の知己との惜別のパロディだと考えたい。

そう考えると、冒頭の時代設定、豊国社参詣、末尾の徳川賛美とも連関性を見ることができ、筋としても不自然さはない。そして竹斎がかかる曲直瀬の交遊の場、及びそこで交わされる教養ある逸話を、単に眺めるのみの形で描かれる意図が読み取れる。竹斎を名医曲直瀬に対峙させ、その栄耀を冷ややかに嫉《ねた》む貧苦の藪医として印象づけるためには、この上巻の各局面はいずれも不可欠なものである。竹斎に曲直瀬のパロディを演じさせるには、いきなり藪治療から始まったのでは芸がない。竹斎の「藪」はあくまでも名医曲直瀬に対しての「藪」であり、初代道三の斎名を持つ竹斎が曲直瀬の栄耀や華やかな社交を嫉む「にらみの介」を連れる人物であることを初めに描かなければ、「藪」治療の咄は描けなかったのであろう。この観点から引き続き後半の藪治療を見てみたい。

3　曲直瀬の落ちこぼれとしての竹斎

曲直瀬流の医学に従った描写

まず瘧《おこり》の治療では、

竹斎、脈をかんがへて、

「熱気はなきか」

と問いければ、

「熱気少しあり」

といふ。

「さてこそ申さぬ事か」

とて、手くすみしてぞ飛びしさる。

「頭痛はせぬか」

と問いければ、

「小鬢《こびん》のあたり痛む」

といふ。

「さてこそ申さぬ事か」

とて、手くすみしてぞ飛びしさる。

「虫はなきか」

と問いければ、

「つねぐ\むね虫のあり」

といふ。

「さてこそ申さぬ事か」

とて、手くすみしてぞ立ちしさる。さて薬を与へける。まことに時のしあはせにや、瘧《おこり》は其まゝおちにけり。

初めに脈を取り、次いで症状を問う問診を滑稽に描くが、これが意外にも次の曲直瀬の家訓（『切紙』冒頭・五十七ケ条）に従っているのである。

一 察《シテ》レ脉証而可レ定レ病名《ヲ》事。

一 可レ殫《ス》二四知之術《ヲ》一事

四知は、「色を望んで病を知る神、声を聞いて病を知る聖、証を問うて病を知る功、脈を診て病を知る巧」のことである。一応、竹斎は曲直瀬の教えの通りに診察している。ただ、この診察法は一般的であったので、特にここだけを取り上げて曲直瀬流医学と結び付けるのは早計であろう。続いて竹斎のヤブ治療と曲直瀬流とを対比させてみる。

あまりの事の不思議さに、「薬種《やくしゅ》は何ぞ」と問いければ、「三年になる古畳《ふるたゝみ》の黒焼き、四五年ほどになる古《ふる》紙子《かみこ》の黒焼きなり」とぞ言ひにける。「かやうの薬種はめづらしゝ、しさいはいかに」と問いければ、「われらが坊主《ばうず》にかゝりし時、此病《やまひ》をやみければ、わなゝきふるいにてあるぞとて、古きふすまを四五帖《でう》かぶせ、其うへに、古きたゝみを四五帖かぶせられければ、やまひ其まゝなをりけり。さて其ゆへにかくのごとく仕たる」といひければ、みな人々は、どつと笑ひける。

瘧《おこり》の具体的治療として、古畳をかぶせるなどの『醒睡笑《せいすいしょう》』にも載る藪治療を記すが、曲直瀬流医学の瘧の治療法が「飲食を節し、風寒を避け、房労を遠ざければ、愈へざる者なし」（『啓廸集』瘧疾門・原漢文）であるので、あながち荒唐無稽とは言えない。一応は曲直瀬流に適っているのである。

眼に鉄屑が入った鍛冶を磁石で治すトンデモ治療——落ちこぼれとして竹斎を上手に描く

似た例を重ねてみよう。眼に鉄屑が入った鍛冶を磁石で治すというトンデモ治療である。

> 又、さる方の事なるに、鍛冶《かぢ》が一人ありけるが、眼《まなこ》に銑屑《せんくづ》入たりとて、眼おほきに腫れにけり。高田《たかた》、馬島《ましま》がかゝりけれ共、さらに験《げん》こそなかりける。竹斎、まなこを見るよりも、「心得たり」といふまゝに、何かはしらず黒焼《くろや》きを、巾着《きんちやく》よりも取出し、続飯《そくい》におしまぜ、紙にぬり、眼にへたと貼りつけて、「三日すぎて取りたまへ。まなこに子細《しさい》はあらじ」といふ。さて三日過てとりぬれば、まなこはきらりと明きにけり。
>
> あまりの不思議さに、「薬種は何ぞ」と問いければ、
>
> 「此くすりと申は、唐《とう》と日本の境《さかい》なる、磁石山《ぢしやくさん》の石なり。むかし、ある人、つるぎを差して通《とを》りしに、つるぎを差しながら、かの人を磁石山へ吸《す》い入《いれ》たり。道をへだてゝ往く人さへ、吸い入たりし石なれば、まなこに入し金の粉《ふん》、などか験《しるし》のなかるべし」
>
> といひければ、扨も上手《じやうず》の竹斎かなとて、ほめぬ人こそなかりける。

文中の高田や馬島は実在の眼科の家（流）である。曲直瀬のライバルとみてよい。ライバル達が手に負えな

いことをまずは記すのが曲直瀬の診断カルテのお定まりであったことは前章で見た通りである。『竹斎』のこの書き方が曲直瀬流診断カルテの型を踏襲していることをまずは押さえておく。そのうえで、この鉄屑が入った眼を「磁石の黒焼き＋続飯《そくい》」で治療するヤブ治療を考察してみたい。

一見、これは狂言『磁石』を使ったとされる荒唐無稽な治療のように思われる。▼注[10] しかし、狂言との関連は「唐と日本の堺に、磁石山といふ山がある」という箇所の一致のみであって、当然ながら狂言にはこのヤブ治療は出てこない。そこで、このヤブ治療を次の『金創《きんそう》秘伝』（浅見《あさみ》惆斎《けいさい》、天正六年〈一五七八〉）の記述と照らしてみれば、曲直瀬よりやや古い時代に実在した金瘡《きんそう》の治療法の一つであったことが判明する（傍線部筆者）。

> 右等分ニ細末シテ。ソク飯ヲ押合テ疵ノ口ニ付テ。上ニハ青木葉ヲ敷テ其上ニ置テ黒焼ニシテ米酢ニテネリテ疵ノ口ヱ可入。ネフリ〳〵入タラハ。ウスソクイ、瓜実ニ丸メ可指。鉄ノ矢ノ根ナラハ。磁石ヲコソケテ付薬ニ加ヘシ。

この一派では、矢の根を体内から取り出すために「磁石」を「ソク飯」に混ぜるという治療を施していたらしい。この他流の金瘡の治療法を眼病に転じさせたのが『竹斎』作者の狙いではなかっただろうか。竹斎の治療は荒唐無稽な根も葉もないものではなく、正当な治療を踏まえたものなのである。その正統をわざと誤まらせた所に「藪」の意味や滑稽味を持たせたのであろう。そして、このケースでは、曲直瀬流は「如鏃不出、鼠肝塗之（鼠脳亦佳）即出」（『啓廸集』損傷門）とあって磁石を用いない。誤りながらも先の瘧の治療では曲直瀬流、ここでは他流に従うといった形で、結果的に曲直瀬の落ちこぼれとして竹斎を上手に描き、先の東下りと同想の滑稽味を醸し出している。しかも『醒睡笑』にも取られた笑話や狂言『磁石』等をうまく填《は》め込んだ点に、曲直瀬流医学を学んだ作者富山道治の功があるのである。

揃えられた医書からわかること

次に『竹斎』では医書揃えが記される。

其時、竹斎、調《てう》にのり、ゐんげんこそは言ひにける。
「此の竹斎わかき時、かたのごとく学問をぞいたしける。読みおく医書《いしよ》はどれ〳〵ぞ。先《まづ》一番に大成論《たいせいろん》
脉経《みやくきやう》　能毒《のうどく》　運気論《うんきろん》　序例《ぢよれい》　難経《なんきやう》　回春《くわいしゆん》や、医学正伝《いがくしやうでん》　或問《わくぶん》に、素問霊枢《そもんれいすう》　諸本草《しよほんざう》　医林集要《いりんしうよう》　源流《げんりう》まで、
風のふく夜もふかぬ夜も、雨のふる夜もふらぬ夜も、ともし火のもとにて眼をさらし、かたのごとく学問
をつとめたり」
とは申せ共、破れ紙子《かみこ》のていなれば、たゞおのづから腐《くさ》れ縄《なわ》の、いひかひなくぞなりにけり。

この医書揃えは、当時の当り前の医書の羅列とみなされがちである。しかし、この医書揃えは立派すぎる。後に記される好物揃えの「川獺の丸焼き」などとは同列に論じられないほど立派すぎるのである。竹斎を滑稽に描くのであれば、この医書揃えのどこかに、ありえない荒唐無稽な書名を織り込むことができたはずであり、しかもそれは容易であったはずである。逆に竹斎を藪医として描くのであれば、この立派すぎる医書揃えはその目的と乖離していよう。この医書揃えには、次の二点がまず気にかかるところである。

一、中国の医書が並ぶ中に、唯一日本の医書『能毒』がある。著者はもちろん曲直瀬道三である。

二、竹斎は「かた（型）のごとく」と記す。これはこの時代の常套句ではあるが、やはりこの医書揃えには「型」と認識されるものがあるのではないか。

以上の二点を考えると、その「型」はやはり曲直瀬の中に求めるべきであろう。幸いにして曲直瀬道三が京都で講釈した次の記録が残されている（傍線筆者）。

道三在洛之講釈之記

難経　全九集眞仮　本草序例　大成論　十五巻　切紙四十通　察病指南　和剤指南　医学源流　運気論

新本草古文序　丑時　明堂灸通　日用薬性能毒　明医雑著　正伝或問　崔真人脈訣十巻　（以下略）

（『当流宜学之目録』（杏雨））

この道三の講釈した医書と、『啓廸集』末尾の引用書目を合わせるとほぼ『竹斎』の医書揃えと重なる。恐らくは富山道治は自身の受講体験を活かしてこの医書揃えを記したのであろうが、とにかく滑稽性を二の次にしてまでも、竹斎を道三の講釈を受けた人物として描きたかったのである。それを気付かせる為に、「型の如く」や『能毒』などとことさらに記したのであろう。

曲直瀬の講釈は医学を超えて文化人の関心を集めていた

では、竹斎を道三の講釈を受けたことにしなければならない必要性は何であったのだろうか。曲直瀬の講釈を「かたのごとく」受けたはずの竹斎は、次の落馬の治療では『宇治頼政《うじよりまさ》』の謡本を医書だと偽るトンデモ治療をする。

竹斎これを見るよりも「落馬《らくば》はいくたびしたる」と問ひければ、「昨日《きのふ》の昼《ひる》の事なるに、里通《かよ》ひをいたすとて、五六度らくはをいたしけり」。竹斎申けるやうは、「薬も鍼《はり》もむやくなり。思ひ出したる事あり」とて、衾《ふすま》、布子《ぬのこ》を取かけて、枕たかくいたさせて、「たゞ寝よ〳〵」とてせめかゝる。痛《いた》さは痛《いた》し寝《ね》いられず、「これはいかに」と問ひければ、「かゝるごとくの煩《わづら》ひは、むかしもありし煩ひ」とて、ふところよりも、『宇治頼政』の謡《うた》ひの本をとり出し、「あれ見給へや〳〵よ。宮《みや》は六度まで御落馬にて、わづらはせ給ひける。それはさきの夜に、御寝《ぎよしん》ならざるゆる《ママ》と有。此医書《いしよ》の講釈《かうしやく》は、一とせ治承《ちしやう》四年の夏の頃、源三位の中将頼正、よしなき御謀反《むほん》をすゝめ奉り、宮いくさのありし時、高倉《たかくら》の院《ゐん》打負けさせ給ひつゝ、三井寺さしておち給ふ。寺と宇治との間にて、高倉の院六度まで御落馬ありしなり。

『竹斎』(寛永整版本)挿絵(竹斎、謡本で治療)
(早稲田大学図書館蔵)

これはさきの夜御寝ならざるゆへ也。此心持《こゝろもち》をもつて、寝さするなり。医書に外《はづ》るゝ療治《りやうち》をば、此竹斎はせぬ」といふ。あたりの人々よこ手をへたと打、「あれ程、物しりの竹斎なれば、療治におろかはあらじ」といふ。

まさしく道三を気取って医書（謡本）を「講釈」する道化の姿である。医書の代わりに謡本を持たせたことがその滑稽さを強調する。この猿まね講釈は曲直瀬門人の富山道治をして描くことができたのだが、肝腎なはその滑稽さへの理解を初期仮名草子読者も共有していたことである。

実は曲直瀬道三の講釈は医学のみならずよく知られており、後代には伝説化していた。近松門左衛門の弟、岡本一抱《おかもといっぽう》は次のように記している。

本朝ニ於テ、其ノ医書大全ノ病論ノミヲ抜集テ一書トシ、医方大成論ト名ケテ講舌スルナリ。（中略）本朝ニ於テ、医書大全ノ病論ヲノミ抜集テ如レ此講舌スルコトハ、何ノ代ヨリシテ、何レノ人ノ致シ初タルコト難レ知レ。或人曰フ、故道三ノ作ナリト。

（岡本一抱『医学講談発端弁《いがくこうだんほったんべん》』元禄十三年〈一七〇〇〉刊）

また後世に於いても、

此重刊證類本草ノ序ヲ、本朝ノ天正十年ニ、道三先生始テ講セリ。

（同右）

本邦迄二于永正天文之際一。能レ之者殆罕也。一盍静翁。始提二於聖経之意義一。遠立二書生于舘下一。教二導之一矣。正純筆二其耕舌三十余言一。号二聖意無尽蔵一。（中略）自二天文一臻レ今。二百有余年。曲直瀬之分二派于海内一。燃レ犀照二水族一者。然則以レ翁。曰二渉観人一。亦不レ宜哉。（『聖意無尽蔵』元文二年〈一七三七〉刊）

古道三といひし人関東に下りて此流をつたへて上洛しけるか、其筋ハ三帰にうけ聞けれとも物をひろく知りたるにより、都にてさま〳〵の医書をつくり、日々談義講釈をして、医道始てひらきたるやうになる。是か当流也

（那須恒徳『本朝医談』二編　天保元年〈一八三〇〉）

と語られる。道三の講釈は先駆者として評価され、後々まで人口に膾炙するほど著名なものであった。また医人のみに語られるものではなく、咄本『戯《ぎ》言養《げんよう》気《き》集《しゅう》』（元和頃〈一六一五～二四〉刊）上に次の紹巴との逸話が載る（底本は『噺本大系』第一巻（東京堂出版、昭和五十年〈一九七五〉）。適宜漢字、句読点を宛てた、以下同じ）。

古道三一渓、医書講釈《いしよかうしやく》、聴聞の人、毎朝百人計有。其中に年頃十五六七八なる人おほかりしを、紹巴《せうは》法橋見給ひて、涙ぐませ給ふ事しばしありてやみぬ。その後道三にあひ給ふて、「扨々そなたの門弟衆《しう》の内、二十にも足らざる衆多く、文匣《ふんかう》をひつさけ〳〵出入し侍るを見れば、なみだ計ぢや」と申され候へば、「さればその事にて侍る。今のわかき衆は、利根才覚《りこんさいかく》に御座ある」と答へられし時、「いやさうではなく候。あのおさなきものどもが、いくらの人をくすし殺《ころ》さうと痛入啼るゝ」と也。翠竹院、興《けう》をさまひて、「其方の芸をうら山しく存ずる。なぜなれば、そもじ程の連歌《れんが》にてさへ、人をし殺ひたと云さたはないほどに」。

道三の講釈は大変好評で、毎朝百人の聴聞者がおり、しかもそれが弟子とするにはちょうどの若年層が多いということについて、これまた当時勢力を持っていた連歌師の里村紹巴が涙を流したという説話である。その涙のわけは、後日の道三と紹巴の会話によって明らかになる。「今の若者は勉強好きだ」という道三に対して、紹巴は「あのような幼い者たちが、あなたの講釈の聞きかじりだけの藪治療で多くの人を殺すであろうと思えば泣けてくるのだ」と答えた。道三はすっかり興ざめして「確かにあなたの芸（連歌）では人を殺さないですね」と皮肉ったというものである。

『戯言養気集』という資料の性格上、この説話はただちに真実だと受け止めることはできない。特に、後半の紹巴の涙については巷雀たちの邪推や風評であろう。ただ、それでも曲直瀬の講釈が当時から医学を超えて文化人の関心を集めていたことは事実であろう。竹斎の藪治療が曲直瀬を踏まえたものである為には、この猿まね藪講釈は必ず描かねばならないし、逆に読者からも求められていたとさえ考えられるのである。

大慌てで逃げ去る竹斎——『竹斎』は間に曲直瀬を置けば読み解ける

次の竹斎の「かさけ（瘡気・梅毒）」についてのヤブ治療も同様である。まずこの瘡《かさ》（唐瘡《とうがさ》とも）が日本に伝来した時期は不明ながら、近世期に流行したことは事実であって、医療をよくした山科言経《やましなときつね》の『言経卿記《ときつねきょうき》』にその記事が散見することをアンドリュー・ゴーブルが指摘している。▼注[11] 治療法が確立する前は曲直瀬も相当苦労したであろうし、人々にとっては恐怖と関心の集まる病症でもあった。藪医師竹斎は、次のように処方した。

竹斎くすりをあたへける。まず好《かう》物をかいてやる。

一、鳶《とひ》のやきもの　雀《すゝめ》のすし　烏《からす》の味噌漬《みそつ》け　牛蒡《ごぼう》の丸焼《まるや》き　鷹《たか》の塩漬《しほつ》け　もずの焼き鳥　ふくろうの焼き鳥　鯨《くじら》の煮物《にもの》　夜鷹《よたか》の油揚《あぶらあ》げ　鷲《わし》の酢入《すい》り　川獺《うそ》の丸焼き　きじの鮓《すし》　おほかたこのぶん参るべし

何をか薬にあたへけん、次第《しだひ》したひに病《やま》ひかなしくなりて、瘡《かさ》のやまひのくせとして、鼻《はな》は腐《くさ》りて落ちければ、すねは折《お》れてぞ退《の》きにけり。

好禁物を記すのは医書の常套ではあるが、竹斎の言う好物はデタラメで結局は治療に失敗する。この好物の殆どが肉類であることに留意して、次の曲直瀬の治療法と照らしてみる。

○瘡瘍〈飲食　居處〉之忌戒
湿麪、炙煿、煎炒、醃蔵、法酒、肥牛、羊雞鵞虫魚之類、宜レ禁レ之。
（『啓廸集』瘡瘍門）

曲直瀬流では肉類の塩漬け等全て禁じている。竹斎は全くその逆を処方したのである。これまたその藪加減を強調するために、ことさら肉類を列記したのであろう。その大げさな描き方及び引用文の後に記される謡本を用いての藪講釈も、前の医書揃え、落馬の治療の延長線にあり、全く同想である。

このように曲直瀬の落ちこぼれとしての姿が強調された結果が必然的に次の局面を導き出す。

又、さる人の煩《わづら》ひに、竹斎くすりをあたへける。少し験《しるし》も見えければ、みな〳〵申けるやうは、「あの竹斎づれにかゝりつゝ、後のわずらひいかゞせん。よき医師《くすし》にかゝれ」とて、法印《ほうゐん》、法眼《ほうげん》呼び集め、脈《みやく》をこ

そはとられける。

はじめより竹斎は、病者のそばにおりけるが、法印見舞ひと聞くよりも、貧《ひん》なる医師《くすし》のあさましさは、成《なり》は見苦しゝ、急ぎ立ち退かんとや思ひけん、あたりに置きける薬の道具《だうぐ》、ふところにいれ袖に入、粉薬《こくすり》、丸薬《ぐわんやく》取あつめ、頭巾《づきん》の中へおし入て、そばなる皮足袋《かわたび》、頭巾にかぶり、戸板、障子《しやうじ》にけつまづき、前後不覚《ぜんごふかく》にあはてつゝ大庭さして逃げにける。

傍線部のように効験があったにも拘わらず、法印法眼《ほういんほうがん》に鞍替えされる。本来なら怒って然るべき竹斎がなぜか大慌てで逃げ帰る。その様は滑稽というよりどこか悲哀が漂っている。竹斎は何故に法印法眼と対面するわけにはいかなかったのだろうか。ここで思い当たるのが先の「御典薬の道三に……竹斎なんどが」という当時の認識である。当時の曲直瀬の官職は次の通りである。

道三　天正十一年十一月十一日法眼宣旨
　　　慶長十三年　四月　四日法印宣旨
玄朔　天正　十年　三月十三日法眼宣旨
　　　天正十四年十二月　二日法印宣旨
親純　天正　廿年　二月廿八日典薬助宣旨
（『今大路家記』勅賜目録（杏雨））

つまり竹斎はここで師の曲直瀬の面々と遭遇したのである。落ちこぼれとして描かれた竹斎が大慌てで逃げ去るのは当然であった。

以上の藪治療、医書揃え、藪講釈、法印法眼との遭遇は、いずれも竹斎が曲直瀬の落ちこぼれであることを前提としている。曲直瀬流の誤用、猿まねの講釈、曲直瀬との遭遇に際しての周章狼狽、この何の脈絡もなく思われた各場面は、間に曲直瀬を置いてみれば、一つの物語性を有して、先章の東下りとも連関し、滑稽味が活かされていくようである。結論を急ぐ前に、同じ観点で竹斎の最大の見せ場にして奥の手、「吸い膏薬」(万物を吸い付ける力を持つ膏薬)について考えてみたい。

曲直瀬秘伝の膏薬と竹斎

まず第一例として、懐妊した女性が青梅を飲み込み咽につまってしまった、その治療である。

巾着《きんちやく》よりも磁石《ちしやく》を取出し、ひたまはしにまはしけれども、出ざれば、「心得たり」と云まゝに、吸《す》い膏薬《かうやく》をとり出し、口《くち》へへたと貼《は》りにけり。梅はさうなく出たりけり。良《よ》き膏薬《かうやく》の手がらには、目とはな一所へ吸い寄せ、目の玉二三寸吸い上ぐる。「こはいかに」といひければ、竹斎申けるやうは、「梅の療治は心得たり。目鼻の事はしらぬ」と云。あたりの女房是を聞き、「あら面憎《つらにく》の声音《こわね》かな。打てや叩《たゝ》け」とて叱《しか》りければ、竹斎、宿へ逃げにけり。其ころ何ものかしたりけん、落首《らくしゆ》をぞ立てにける。

目の玉の抜け上がるほど叱られてこの梅法師《うめほうし》すこ〳〵とゆく

梅こそは吸い上げたが、目鼻も同時に吸い上げるという大失敗をする。そして逃げ帰った竹斎はこの失敗に懲りずに、またこの吸い膏薬で手痛いヤブ治療をする。

又、さるうとき人の幼《おさな》きもの、井のもとに遊《あそ》びしが、井筒《つゝ》の端《はた》に寄《よ》り添《そ》ひて、井のもとへこそ落ちにける。「とやせん、かくやあらまし」とて、ひしめきあへる折節に、竹斎が外《と》を通《とを》るとて、ことの子細《しさい》を尋るに、かくのごとくぞいひにける。竹斎申けるやうは、「梯子《はしご》も縄《なわ》も無益《むやく》なり。安《やす》くあげん」といふまゝに、かの吸《す》い膏薬《かうやく》を、戸板《といた》にへたと塗《ぬ》りつけて、井戸の蓋《ふた》にこそはいたしける。吸い上ぐるかと待ければ、なにかはもつて上がるべき。とかく時刻移《じこくうつ》る間《ま》に、幼き者ははてにけり。

二人の親は絶《た》え入て、さらに子細はなかりけり。乳母《めのと》、郎党集《らうとうあつ》まりて、「天魔《てんま》鬼神の仕業《しわざ》かや。この子かへせ」といふまゝに、竹斎を中に押取《おつと》り込《こ》め、火水になれとせめにけり。竹斎あまりの悲《かな》しさに、吸い膏薬をばうち捨《す》てゝ、「此の事夢《ゆめ》になれ〳〵」とぞ云ければ、「何かはもつてたまるべき、打《う》てや叩《たゝ》け」とひしめきけり。竹斎あまりの悲しさに、胸《むな》ぐらを取られながら、懐《ふところ》よりも医書《いしよ》を一巻《くわん》取出し、「なに〳〵、医書《いしよ》の事、井のもとへ落ちたる幼き人をば、吸い膏薬にて吸《す》い上《あ》ぐべし。是見給へや。人々」とて、かたつゐにいひけれ共、大声《おほごゑ》あげて張《は》りかゝる。

この二回続く失敗談はややくどい感じも否めない。それでも後の『竹斎』ものでも踏襲されるほど、竹斎の藪医師たる治療の象徴でもある。

では、作者が二回も登場させ、竹斎も傍線部「医書を一巻」取り出して強弁するほどの吸い膏薬とは何であろうか。また、この修羅場を収めるほど彼が頼りとした「医書」とはどのようなものなのだろうか。その答えはやはり曲直瀬に求められそうである。

まず、後者の井戸に落ちた子どもを膏薬で吸い上げようとして溺死させる咄は、荒唐無稽に見えるが、道三の膏薬秘伝書『瑠璃宝蔵記』（杏雨）に次の興味深い膏薬の記述がある。

膏薬秘方　阿蘭陀流無双之妙膏ナリ。
柳河内ノ守正成卿累代之秘伝千金巣伝之良薬也。
膏薬　此膏ハ天下ノ妙膏大秘方也。楠従三位河内守橘正成卿累代相伝ノ秘剤也。於和州十津川、柳正統次郎左衛門尉、正盛（注、初代道三）ニ授伝。正成朝臣銘ヲ瑪瑙膏瑠璃膏ト称シ給。以是膏令療三切ノ腫物悪瘡金瘡悉無不愈也。
瑪瑙膏　膿ヲスイ、シシヲ上、能愈ス也。

阿蘭陀流《オランダりゅう》、楠正成《くすのきまさしげ》伝来と怪しげに権威づけられ、初代道三に直伝された大秘方であった。一切の腫物悉《ことごと》く癒《い》えないものはないとされる、万能の妙膏で、よく「シシヲ上」（傍点は筆者）と記される。作者富山道治はこの秘方の噂を聞き知り、「シシ（肉）ヲ上」をオーバーに取りなした万能の膏薬を竹斎に与えたのであろう。そう考えると、子供の肉体を吸い上げんがために膏薬の万能性を頼む竹斎の滑稽さが理解されよう。竹斎の頼りにした「医書」は曲直瀬の秘方を記した医書であった。

ひるがえって、前者の妊婦の咄に戻ろう。竹斎は最初は鍛冶の眼病で功を奏した磁石を使うがうまくいかない。そこで、奥の手として曲直瀬秘伝の膏薬を取り出し治療に成功する。しかし、このままでは彼が曲直瀬流の名手、正統な秘伝の後継者となってしまう。これまでの竹斎像に反してしまうのである。というわけで、作者は「良《よ》き膏薬《かうやく》の手がらには、目とはな一所へ吸い寄せ、目の玉二三寸吸い上ぐる」という失敗譚を付与しなければならなかった。竹斎の失敗を描かなければこの作品の完成はないが、それでも直前の青梅の治療とこの局面とでは微妙な断絶があろう。強引に失敗させようとする不自然さはぬぐいきれない。竹斎が「梅の療治は心得たり。目鼻の事はしらぬ」と嘯《うそぶ》くのも当然である。この言い掛かりに近い不自然な付会は、やはり、素人同然の初期仮名草子作者が、不慣れさの馬脚を見せてしまったのだろうか。それとも、これまた曲直瀬を踏まえた一流の滑稽なのであろうか。曲直瀬『啓廸集』整容篇に次の処方が載る。

大眞紅玉膏
杏仁去皮　滑石　軽粉　各等分
右為二細末一蒸過シ入二脳麝少許一ヲ。以二雞子清一調匀。早起キ洗イレ面畢テ傅ルレ之。旬日ノ後色如二紅玉一。

孫仙少女膏　黄栢皮三寸　土瓜根三寸　大棗七ケ
右同研細ニシテ為レ膏。常ニ早起キ化シレ湯ニ洗ヘレ面ヲ。用コト旬日容如二少女一ノ。以テ治浴シテ尤為二神妙一。

曲直瀬の整容法はやはり膏を使う。竹斎の女の顔を変形させる失敗は、この治療法の誇張であろう。すなわち曲直瀬の種々の膏を混同させて、結局ここでも竹斎を曲直瀬の落ちこぼれとして描き、滑稽性を持たせている。「良《よ》き膏薬《こうやく》の手がらには」の一語が痛快なまでに利いている。

仮名草子の読者の姿——近世小説はスタートから医学書に通じていればなお面白いという要素を胚胎していた

となると、このヤブ治療の舞台が名古屋に設定されていることにも、いろいろな読みを試みることができそうである。例えば尾張「名古屋」と同じ読みをする肥前「名護屋」が想起されるのだとすれば、ただちに次の曲直瀬の事蹟との関連が指摘できる。

文禄元年壬辰。倍侍秀吉于高麗陣中。而先登之士自朝鮮掴載之秘籍萬巻。其間得一渓手書之啓廸集并拙庵壷印。秀吉奇之。乃賜之玄朔。（『曲直瀬家譜』玄朔）

玄朔は秀吉に従い九州の名護屋に赴き、その折に初代道三の自筆『啓廸集』と拙庵の印を入手したという。この話が曲直瀬では伝説として語り継がれていく。「家什目録」（『今大路家記』（杏雨））にも、

拙庵印　一箇　文禄元年陪従秀吉公子肥之名護屋之時、賜正紹曰、自今以是欲調薬護封之印。正紹謝命之辱退。

いみじくも「名古屋」は玄朔の名誉の地の「名護屋」と対照することができる。曲直瀬の伝説の地を藪治療の地にとりなしたところが、作者富山道治のもう一つの狙いでなかったのだろうか。

つまり、竹斎の療治は、まずその地の名古屋が曲直瀬で語り継がれる名護屋を利かせたもの、藪講釈も当時評判の道三の講釈の猿まねであり、藪治療もその大半が門人なら誰もが知る『啓廸集』等の曲直瀬流にその原型を求めることができ、時にはその秘方をかすめたものと「読む」ことができる。いずれもその誤用や誇張によって滑稽味を生じさせている。やはり曲直瀬流を修学した作者をして、初めて描くことを可能にさせたものである。その滑稽性は医学に通じていなくても、特に曲直瀬流を知らなくとも感得はできようが、曲直瀬を知っていればその読書の愉悦は倍増するであろう。これが近世初期の小説である仮名草子の読者の姿の一端であった。近世小説はその最初より、医学書に通じていればなお面白いという要素を胚胎していたのである。

結論を急ぐ前に、『竹斎』読者の姿や志向をもう少し追ってみよう。

4　「道三ばなし」の流行

真偽を問わず人気を博していた「道三ばなし」

竹斎が曲直瀬のパロディを滑稽に演じるヤブ医だと理解できる読者はいかなる人達であったのだろうか。あるいは同業の曲直瀬を知る医師達に限られるのであろうか。この読者の問題について本書では、近世初期の咄本に散見する初代、二代の道三の咄（本節では、「道三ばなし」と呼ぶ）の流行について述べることで一つの解答にしたい。

医師《いし》道三一渓へ、顔《がん》色衰《をとろ》へたる人来て、「御無心の事に候へども、気根《きこん》の落《お》つる薬をたんと下され候やうに」と申ける時、道三聞給ふて、「これはさて珍《めつら》しき所望でおりやる。見かけとははらりと違《ちが》ふた義を承る」

と仰られしかば、「いや我等の用にては御座なひ。女どもに食《た》べさせたく存候」と申たれば、「何方も左様《さやう》にあるや」と大笑《わら》ひになつた。

（『戯言養気集』下）

この咄は『醒睡笑《せいすいしょう》』巻六や『きのふはけふの物語』下巻にも見られる。そして、道三ばなしの特徴はその錯綜性にある。この咄は『醒睡笑』では無名の医師、『きのふはけふの物語』に至っては曲直瀬道三と覇を争った竹田法印の咄となっている。先の紹巴と道三との講釈をめぐる咄も『きのふはけふの物語』では無名の医師の咄となっている。[▼注12] 道三ばなしは咄本等に散見するが、どれとして確立したものがないのである。例えば、信長が天下をとった祝いに紹巴が二本の扇を献上した咄（甫庵《ほあん》本『信長記』三）が、『醒睡笑』巻八では道三のことと記されるなどはその錯綜性の顕著な現象であろう。つまり、道三ばなしが持て囃《はや》される勢いに乗じ、ある咄は道三に仮託され、ある咄は逆に道三の名を外して一箇の笑話として独立するといった現象が生じたのであろう。それはもはや真偽を問わずに道三ばなしが人気を博していた証とも言える。その盛行の様子は、次の甫庵本『信長記』巻十四の記事がよく伝えている。[▼注13]

又渋屋万左衛門尉申しけるは、「この頃、洛中に翠竹院《すいちくゐん》道三、福《ふく》の神十子に、仮名《けみやう》、実名《じつみやう》など付け侍《はんべ》りしかば、京童《きやうわらんべ》、屏風《びやうぶ》あるひは扇《あふぎ》、畳紙《たとふかみ》などに書き記し、口すさみ候」と語り申しつるに、「それはいかやうなる事ぞ」と問ひ給ひし時、「吝《しは》太郎為持《ためもち》、内寝《うちね》次郎中良《なかよし》、斟酌《しんしやく》三郎末安《すへやす》」などいまだ語りも果てざるに、信長公御気色かはり、居丈高《ゐたけたか》に成り給ひて、「いやとよ。それは工商等には福の神ならんが、武家の為には貧《ひん》神なり。吾《わ》が党《たう》の福神は、知人《しりうと》太郎、国清才二郎、国綱剛三郎勝光《かつみつ》等なり。（中略）かの吝太郎為持にして、天下国

家をうしなはざるはまれ成べし」と高声《かうしやう》にのたまひしは、

小瀬《おせ》甫庵《ほあん》は道三と同時代の医師であるだけにその記事の信憑性は高い。道三は「福の神」「貧乏神」の名付け親として悪口好きの京童の時好に適い、扇や屏風のデザインとして流行したという。その話は信長の耳にも入るほどであった。改めて道三の人気を思い知らされる。この咄は『戯言養気集』にも記され、また「吝太郎」の語は『醒睡笑』の部立ての一つとなっている。道三ばなしは当時の咄の場を席巻していたのである。

この道三ばなしが談笑された場は、先述したように道三自身が御伽衆であり、当然、貴人伺候の場であっただろう。事実、先の『信長記』や、『信長記』の異文を伝える武辺咄を書き留めた『白石秘書《はくせきひしょ》』にも道三ばなしが記される。又、当時の社交場を記した『鹿苑日録《ろくおんにちろく》』にもその名が見える。その他、五山の僧にして狂歌の第一人者の雄長老《ゆうちょうろう》との交遊も指摘されており、▼注[14] 実際に『後撰夷曲集《ごせんいきょくしゅう》』（寛文二年〈一六六二〉）にも道三の狂歌が採られている。曲直瀬の診断カルテ『医学天正記』には灰屋紹由《はいやじょうゆう》、飛鳥井、近衛、金春などの文化人の名が散見し、貴人や文化人、流行の狂歌を興じる人達の談笑の場で道三ばなしがもてはやされていた。都《みやこ》の錦《にしき》が「昔より今に至りて見ざめせずして面白き物」（『元禄太平記』巻六）と評した『為愚痴物語《いぐちものがたり》』（寛文二年〈一六六二〉）巻三に利口咄の野間藤六と道三との逸話が記されていることも、この道三ばなしの流行をよく示していよう。▼注[15]

竹斎伝説の母胎となったものは何か――曲直瀬流を標榜する医者たちの失敗談が原動力になる

後世になっても道三ばなしには事欠かないが、一例として根岸鎮衛《ねぎしずもり》の『耳嚢《みみぶくろ》』（文化六年〈一八〇九〉跋、引用は岩波文庫より）を挙げておく。

或る医の語りけるは、道三諸国遍歴の時、或る浦方を廻りて、壱人の漁家の男其の血色甚だ衰へたるある故、其家に立ち寄り家内の者をみるにいづれも血色枯衰せし故、脈をとり見るにいづれも死脈なれば、其脈を取て見るに是も又死脈也。大に驚き、「斯く数人死脈のあるべきやうなし。浦方なれば津波などの愁ひあらん。早々此所を立去りて山方え成り共引越べし」と、右漁夫が家内を進めて連れ退きしが、果して其夜津波にて右浦の家々は流れ失せ、多くの溺死せるもありしとや。病ひだに知れがたきに、かかる神脈は誠に神仙ともいふべきやと語りぬ。

この説話は津波が山崩れになったり、道三一行だけが生き延びるなどのバリエーションがある。この咄については、三田村鳶魚《みたむらえんぎょ》が『明良帯録《めいりょうたいろく》』を引いて遠州今切での咄として記し（「お医者様の話」、昭和七〜八年〈一九三二〜三三〉『医文学』）、橘南谿《たちばななんけい》の『西遊記』（寛政七年〈一七九五〉）には「道三が荒井の海のためしもあれば、医者とても海上に益なしとはいふべからず」とあって後世まで語り継がれたものである。

この道三ばなしの流行、及びその語られる場を考慮すれば、竹斎を道三のパロディとして看取できた読者は、独り医人のみではなく、当時の仮名草子の読者一般だと思われる。彼らの中には実際に治療を受け、身をもって曲直瀬流を知る人物も多かったのである。むしろ、道三ばなしの盛行に乗じて『竹斎』が生まれたともいえる。当時、曲直瀬流を標榜した藪医は身辺に幾人もいたわけであり、彼らの中には竹斎ほどではないにしても、曲直瀬流医学の生合点によって不興と失笑を買った藪医がいたのは当然である。竹斎はかかる藪医の存在を背景としているのであろう。『竹斎』の後半は個々の藪治療の羅列であり、いわば竹斎の名のもとに統一された笑話集の趣がある。中村幸彦は「竹斎伝説なるものが古くからあり、それを素材として、磯田道治（富山道治）

がたまたまある時期に本にした」と指摘するが、[注16] 実際の彼の藪治療は曲直瀬流治療を踏まえており、しかも竹斎の名が初代道三の斎名をかすめたものであれば、氏の言われる竹斎伝説の母胎となったものは、現実のあちらこちらで耳にしそうな曲直瀬流を標榜する庸医達の失敗談であったのではないだろうか。その失敗談を一つにまとめる原動力となったものが道三ばなしの流行とみたいのである。

古今を問わず、藪医師の咄は滑稽味と話題性を生み出しやすい。道三ばなしがいくら流行しようとも、名医の道三の「おはなし」では滑稽味に限界があろう。そこでその道三ばなしの変型として、道三門下の落第者の「はなし」として生まれたのが竹斎の原型であろうと思う。談笑の場で道三の咄が盛んに取り沙汰されているのであれば、その興味が道三の弟子、とりわけ曲直瀬流を標榜するのみの庸医の失敗に及ぶのは極めて自然であろう。そういった咄を、流行に敏く、又曲直瀬家に通じる道治が、謡、狂言、既成の笑話、はやりの狂歌や書簡体、『伊勢物語』等の諸文芸を、これでもかと動員して、曲直瀬の事蹟をからめて一篇にまとめたのが古活字版『竹斎』であった。

この諸文芸を巧みにからめた点に作者の功を見たい。単に下巻のヤブ治療だけでまとめてしまえば、それは二流の笑話にしかならない。曲直瀬道三というきらびやかな医人の事蹟を利かせて、都の文雅を華奢に描き、藪治療の前後を風変わりで旅心をそそる滑稽紀行で飾り、処々に狂歌を配し、古典の文辞をちりばめて、「竹斎」を単なる庸医の笑話から、幽かな雅趣を漂わせる物語に仕立てたところに作者の筆の冴えが感じられる。

文化を愛し、そして曲直瀬を知り、道三ばなしに興じていた読者達にとってみれば、これほど滑稽で気の利いた作品はなかったであろう。

[付記] 曲直瀬の資料については武田科学振興財団杏雨書屋に便宜をはかっていただいた。茲に、深く感謝の辞を申し上げたい。

第2節◉『竹斎』作者・富山道冶《とみやまどうや》の家――仮名草子のふるさと

仮名草子『竹斎』の作者が伊勢射和《いざわ》出身の富山道冶《とみやまどうや》であることは、

栄重六男、生国勢州射和住人、延寿院弟子也、医道名誉之学者、竹斎之双紙作者也。五十一歳ニシテ卒。

寛永十一戌四月十一日

と明記された「富山家系図」が現存し、特にそれを疑う必要もないことにより今や常識となっている。そして第一級資料と目される、過去帖や系図をも含んだ富山家文書が夙に国立史料館（現国文学研究資料館）に収められ、容易に閲覧できることから、比較的早くから研究が進められてきた。就中《なかんずく》、その史料を紹介された野間光辰（昭和四十年〈一九六五〉近世文学会春季大会、但し筆者不聴聞）、前田金五郎、吉永昭などの論考は、富山道冶の基礎的研究となっている。▼注[17] その他にも富山家が一世を風靡した伊勢商人の先駆けであったこともあって、富山家に関する言説が散見している。

しかし、いざ富山家とはどういった家であったのか、なぜその富山家から仮名草子の作者が生まれたのか、その後富山家は文芸にどのように関わったのか、と問われれば基本的な問題は追究されていないのである。その追究は仮名草子もしくは『竹斎』の本質についての議論につながるであろう。仮名草子作者を生み出した家とはいかなる「家」であったのかを改めて問い直してみたい。

1　富山家について

射和の風景　伊福寺（伊馥寺）

文化繁栄の地、伊勢射和

富山家は室町幕府の重臣畠山義就《はたけやまよしなり》の次子義持を祖とする。つまり本来は弓馬の家であったのである。ところが、信長・秀吉の天下統一の動乱のさなかに衰微、地元の伝承では家財をすべて持ち込んだまま伊勢射和に流れついたという。射和は対岸の相可《おうか》とともに、伊勢本街道と熊野道が交差し、背後をゆったりと流れる櫛田川の豊かな水運の恩恵を受け、伊勢棉や近くの丹生《にう》から産する良質の水銀を使った「伊勢白粉《おしろい》」・軽粉の生産地として古くから栄えた町であった。相可には宿屋が軒を競い、伊勢御師《いせおし》・高野聖《こうやひじり》・熊野阿闍梨《くまのあじゃり》とともに諸国からの旅人や商人、芸能者が集まり、彼らによってもたらされる文化がこの裕福な地で融合し、文化繁栄の地を築いた。そのため、重文級の文化財が所々に残されている。その例として、射和寺仏像の胎内より近世初期の上方子供絵本が見つ

かった画期的な発見は有名である。▼注[18]

また、この地は進取の気性に富み、俗に言う「伊勢商人」のはしりがこの射和・相可の商人であって、富山・家城・辻・竹川・中村・札野・中島などがここから三都に進出したのである。富山家も近世極初期の天正十三年〈一五八五〉、すなわち道治二歳の時までは武家として再び立つことを考えていたが、時の流れに抗しきれず、武家を捨てて商人として新時代を生きることを決めた。以下、先学の指摘を参考に富山家の概要について述べておく。

西鶴にも描かれた豪奢な富山家

初代　　二代　　三代　　四代
義持 — 親栄 — 栄定 — 栄重 — 道治

初代の義持の父畠山右衛門佐義就は将軍足利義政《よしまさ》に仕え、河内国を領していたが、将軍の勘気に触れ、所領を失い退転する。その折に二男の義持に富山を名乗らせたという。その富山義持が文安四年〈一四四七〉に射和に土着する。その後に応仁の乱で畠山一族は滅亡する。二代目親栄は伊馥寺《いふくじ》（伊福寺）を建立して一族の菩提を弔う。三代栄定の時に織田信長の進出により、富山は住居も失う寸前まで困窮する。そのために四代栄重は二人の子供を伴い天正十三年〈一五八五〉に小田原に移って呉服商を営むのである。そして小田原にいること六年余、文禄元年〈一五九二〉江戸本町壱丁目に呉服商を開業した。伊勢商人の江戸進出の早い成功例である。

一方、射和にも栄重の弟がいて富山家は残り続けた。ちなみに日本最古の帳簿がこの富山家の元和頃の『大福帳』『足利帳』であることも知られている。

以後、富山家は大黒屋の屋号を以て、順調に成長を続け、寛永元年〈一六二四〉には、射和羽書《はがき》〈丁銀預札〉を発行、寛文三年〈一六六三〉に江戸本町弐丁目に呉服店開業、同四年京室町に呉服店、元禄二年〈一六八九〉上州藤岡支店開業、元禄十二年〈一六九九〉大坂高麗橋壱丁目に呉服店開業、元禄十七年〈一七〇四〉にその大坂店で両替店兼業といった具合に、松坂の三井と同様伊勢商人の心意気を実践し、一時は三都をはじめとして諸国にその勢いを誇った一族であった。

その豪奢は浮世草子の湯漬翫水《ゆずけがんすい》『御入部伽羅女《ごにゆうぶきやらおんな》』〈宝永七年〈一七一〇〉刊〉の題材となったことを前田金五郎が指摘している。序文は次の通りである。

爰《こゝ》に洛陽《らくよう》長者町に大黒《だいこく》屋宗善《そうぜん》とて代《よ》々繁栄《はんゑい》の人あり。慈心《じしん》ふかく仏神《ぶつしん》を敬《うやま》ふ事、前代未聞《ぜんだいみもん》なり。且《か》つ其の一生を爰に記、これを見ん人琥珀《こはく》の朽《く》ちたる塵《ちり》をそむき、磁石《じしやく》の曲《まが》れる針《はり》を吸《すは》ざる心底《しんてい》ともなりなんと。

この大黒屋宗善を前田は京都大黒屋三世富山左衛門としている。

また、西鶴の『日本永代蔵』〈貞享五年〈一六八八〉刊〉巻二の三「才覚を笠に着る大黒」に見える、

一に俵《たはら》、二階造《かいづく》り、三階蔵《かいぐら》を見わたせば、都《みやこ》に大黒《だいこく》屋といへる分限者《ぶんげんしや》有ける。富貴《ふうき》に世をわたる事を祈《いの》り、五條《でう》の橋切石《はしきりいし》に掛《かけ》かはる時、西《にし》づめより三枚目《まいめ》の板《いた》をもとめ、是を大黒《だいこく》に刻《きざ》ませ、信心《しんじん》に徳《とく》あり。次第《しだい》に

栄《さか》へ、家名《いへな》を大黒《だいこく》屋新兵衛と、しらぬ人はなかりき。

とある大黒屋もこの富山家であることが指摘されている。▼注[19] 野間光辰によれば、

本文に大黒屋新兵衛とあるが、これは京都室町の呉服屋大黒屋善兵衛のことであろう。このことは、すでに遠藤佐々喜氏が輪講追記にも言及していられるが、宮本又次博士の大阪商人をも参考にして記せば、本姓富山氏、伊勢国飯野郡射和村の豪家で、四代栄重の時、天正十三年に子栄弘を伴って関東に下り、北条氏の城下小田原で商売に従事した。天（元ノ誤）和頃には金融業者として大をなし、射和（いざわ）羽書と称する紙幣を自己名義で発行している。紀州家その他へ大名貸しをし、寛文三年、江戸本町二丁目に大黒屋長左衛門の見世名前で呉服屋を開き、翌四年には大黒屋善兵衛の名で京都室町に見世を出した外、元禄十二年には大阪高麗橋一丁目にも出見世を設け、京阪の両地では吉右衛門名前で別に両替屋も営んでいたが、享保期を全盛の頂上として、漸く不振沈滞に陥り、文化五年ついに分散整理のやむなきに至ったという。

という。経営の実態は三都や出羽酒田との遠隔地商取り引きを中心に、両替商、酒造、周辺農村に対しての高利貸であった。絢爛たる射和の伊馥寺（伊福寺、道治の子も一時この寺に住居した）は文明十五年〈一四八三〉に富山氏が建立したものであり、同寺には富山氏が寄贈したと伝えられる狩野派絵師鶴沢探山《つるさわたんざん》の風俗画屏風一幅や俊乗の襖絵が残されている。近年まで残っていた富山家の大邸宅には射和名物のひとつ「富の松」が威容を誇り、いまだに地元には次の唱歌が歌い継がれている。

伊勢の射和の富山様は
四方白壁八ツ棟つくり
外は切り石切り戸の御門
裏は大川船がつく

また、同地に残る祇園会やその際に用いられる神輿《みこし》も富山家が京の文化を同地にもたらしたものだと言われている。しかし、その富山家は享保期を境に次第に衰微していく。先の『日本永代蔵』に見える京の大黒屋善兵衛は、三井《みつい》高房《たかふさ》の『町人考見録《ちょうにんこうけんろく》』（享保十三年〈一七二八〉）には、[注20]

室町通大門町に大黒屋善兵衛といふもの、浄瑠璃を好て家をつぶし、果ては浄瑠璃大夫と成りて、今市町にて芝居いたし候。

と書かれる有り様である。ただ、この富山家が身代を潰すほどの浄瑠璃好き、むしろ浄瑠璃狂いである点は記憶しておいていただきたい。また、素人同然ではあろうが、それなりに「芝居」にも出座する家であったことも追記しておく。ただ、三井も三井高房の厳格な教えにも拘わらず、後に大坂の南三井家から紀上太郎《きのじょうたろう》が出た。現代にも上演される浄瑠璃『碁太平記白石噺《ごたいへいきしろいしばなし》』の作者で、狂歌作者仙果亭嘉栗《せんかていかりつ》として知られる三井高業《たかなり》である。平賀源内を世に出したとの説もある人物である。伊勢商人と浄瑠璃との関係は案外深いものがある。

身代を潰してまで芸能に狂うＤＮＡがあった

富山に話を戻せば、本家の江戸店も三井高房に言わせれば、

一名は富山と申し、祖父は浄円といふ。勢州伊沢の住人也。江戸本町壱丁目に呉服店在レ之、凡七八百貫目の身上也。然るに三代目九左衛門、并弟助右衛門、伯父六郎右衛門など、若年の者ども打寄、あと先なしの大掛りを仕出し、ごふく物の直段を引下げ売出し申ゆへ、一花《イックハ》店も賑《ニギハ》ひ申候故、弐丁目へ屋敷を求め、大普請を致し、めつた無上《むしやう》に売るを勝《カチ》と心得、さん用なしの商、それゆへ表向は商も賑《にぎわい》候やうに相見へ候へども、元小体成身体、右のごとく取ひろげ候故、京にて大分の借金請込《うけこみ》、月々のなしかへ（筆者注、借金の振り替え）にもとしん（筆者注、元と新の貸し主）の群集《クンジュ》し、利足の高下は不レ構、時の問にさへ合ば調《ととのう》を幸と、大取引の下り坂にて、段々借銀は次第にかさみ、商さへあれは合《あう》と心得、江戸にては京の内証ひどき事はしらず、新参の寄会手代血気《ケツキ》さかむに、〆くゝりなしに売出し、当なしの注文、江戸も京も後は暗打《ヤミウチ》のめつた商、如レ斯七八年も取ひろげて、とかく勘定なしのからさはぎに、五六千貫目借銀を引請、九左衛門は御十判を請、江戸へ下り、御代官がたの上納金どもをうけ込候故、久々手錠《テジヤウ》に成、他人はいふに不レ及、在所の一家知音《チイン》の銀迄取込て、果は九左衛門・六郎右衛門も居所もなく成果、せんかたなく出家いたし、今はあともなく成行申候。

とさんざんの落ちぶれ方で、三井高房は最後に、

世話にいふ、きいたか〳〵拍子《ヒヤウシ》にて、後は悪風《アクフウ》に帆《ホ》を揚《アゲ》、どこへ行やら其身もしらず、血気《ケツキ》にまかせて、京にても薬師町に大家をもとめ、主人は奢《ヲゴ》り、家来は元来寄会勢《ヨリアヒぜい》、内証はしまらず、後きけば勘定も初発《ショホツ》より仕廻まで終《ツイ》に無レ之よし。備《ソナヘ》なしのめつた軍《イクサ》、行つきばつたりのつぶれものとは、此大黒屋が事也と知るべし。

と言い捨てている。三井と富山とは縁戚関係もあり、その際には地元射和では「提灯に釣鐘」とからかわれたという。当然、提灯が三井、釣鐘が富山であった（浦田忠加寿「回顧・伊勢おしろい」平成三年〈一九九一〉六月二三日『三重』）。その三井にかくまで切り捨てられているのである。

そして、文化五年〈一八〇八〉には一族離散、文化末年には本家断絶、傍流富山家が今に続くのみ、唱歌に歌い継がれた豪邸もいまは『射和文化史』の口絵写真に往時の姿を偲ぶばかりである。▼注[21]

三井高房の証言を信じるなら、富山は大名貸しや商売の失敗で落魄したわけではないことになる。ただ、主人は奢り、大家を次々と都に求め、勘定を度外視した無鉄砲なまでの拡大路線、勢いに乗じての「めつた」商いで「行つきばつたり」であるがゆえに身上を潰したという、ある意味で豪快な商家であった。これは経済学や経営学の面からは誉められたものではないが、「文学」党からすれば大いに賞美されよう。特に、身代を潰してまで芸能に狂う、そのＤＮＡが『竹斎』作者・富山道治にあったことは文学史上の僥倖であると称してよいであろう。

2　『竹斎』と富山道治

道治が富山一族であったことを踏まえた『竹斎』論のために

道治はこの富山家四代栄重の六男として生まれ、商家草創期に『竹斎』を著したのである。このことは仮名草子『竹斎』を考える際に留意しておく必要がある。従来、道治が曲直瀬玄朔という名医の弟子であったことと、『竹斎』が藪医の物語であることを短絡的に結び付ける余り、道治の医師としての側面ばかりに重きが置かれてきたような向きがある。竹斎が道治の分身であるとか、この作品は道治が自身の藪治療の体験を活かしたものだとする評価がその代表である。確かに本書で指摘したように、『竹斎』には曲直瀬流医学の影響が濃厚で、医学とは切っても切れない関係にある。しかし、今一度、道治がこの富山一族であったことを踏まえた『竹斎』論を考えるべきではないだろうか。医師という側面から切り離された道治像を捉えることが、そのまま『竹斎』の文芸性の再評価につながることと思う。すなわち、

一、道治の生家が中世の武家であったこと。当然、道治も当時の武家の素養、謡曲や連歌などに嗜みをもっていた。

二、射和が伊勢・熊野・高野との関わりが深く、また旅人によってもたらされる文化によって、かなりの水準をもつ文化圏であったこと。

三、富山家の菩提寺・伊馥寺は一時、道治の子が住持するが、同寺に所蔵されていたはずの近世初期風俗画や美術品、書籍などは道治が幼時より身近に接していたものである。

といった、医師以外の顔を持つ道冶の一面を勘案した『竹斎』論が待たれている。その『竹斎』論によって、『竹斎』が単なる藪医の物語ではない、当時の文芸の中で幅広く読者を獲得するに至った魅力を解明できよう。以下に、若干の試みを示してみたい。

生育環境・連歌との関わり・富山家の蔵書

『竹斎』上巻、竹斎東下り前の洛中名所見物の段は、あたかも近世初期風俗画や「洛中洛外図」のような趣を持っている。これは、『根の介』や『露殿物語《つゆどのものがたり》』にも看て取ることができる、初期の仮名草子の魅力であったと考えられるが、当然そういった作品を制作するためには作者の側にもある程度の絵画に対する造詣がなくてはならない。富山家の菩提寺伊馥寺には現在、狩野派の鶴沢探山の筆になる風俗画が所蔵されている。富山家と狩野派のつながりを示す貴重な資料である。また、同寺には享禄年間〈一五二八〜一五三二〉作の風俗画が存在していたことを思わせる付箋も現存している。更に『射和文化史』には富山家の什物《じゅうもつ》が記されるが、その中には、桃山文化の粋を極めた風流な美術作品群が認められる。また同家が伊馥寺へ寄贈した際の記録である『什物之目録』（国文学研究資料館所蔵）には、「唐絵掛物　一幅」「宗旦竹掛花生　一ツ」をはじめとする美術品が記され、富山家がかなり美術に精通していた家であることを知る。道冶がこれらの中のいかほどを知り得ていたかは確証を欠くが、幼少の時よりそれなりに美術品に接していると見てよいであろう。『竹斎』上巻の情景を描くには十分な生育環境であった。

また、『竹斎』には紹巴の逸話を始めとする説話が少なからず記されている。当時、かかる豊富な説話を自在に操り、しかも軽妙な筆致で描くことができる技術を持っていたものの一人は連歌師であろう。しかも、『竹斎』は「狂歌物語」とも称されるほど連歌俳諧の気分が漂っている作品である。当然、作者の道治にしても連歌俳諧の素養がなければならない。富山家は本来武家であって、その関係で道治に連歌の素養があったことは十分に認めてよい。しかし、それ以外に、道治の育った射和の地が連歌俳諧の盛んな地であったことも考慮に入れておく必要がある。

そもそも、同地は古く伊勢神宮の神領地でもあり、同地が名産としていた「伊勢白粉」は伊勢御師の活動とつながりが深い。伊勢神官の荒木田守武《あらきだもりたけ》の連歌俳諧の影響が同地に強かったこと、想像に難くない。先に述べた如く三代栄定が織田信長の進出により窮地に陥った際に、救いの手を差し伸べたのはほかならぬ荒木田家であった。伊勢街道と熊野道が交差するという好立地条件のもと、同地には都鄙よりの連歌師をはじめとする文人たちが頻繁に往来していたことも容易に推測できる。例えば、連歌師宗碩《そうせき》の紀行文『佐野のわたり』に同地のことが記されていることなどはその裏付けとなる一事である。果たして、海住春弥『櫛田川と多気町文芸史』（平成五年〈一九九三〉）を繙いてみれば、慶長五年〈一六〇〇〉の連歌懐紙をはじめとして、同地に集う種々の文人墨客による連俳文芸が同地に現存していることを知る。加えて、談林俳諧師大淀三千風《おおよどみちかぜ》を生み出したのもこの射和であり、そのパトロンを務めたのがほかならぬ富山家であった。近村の長谷にある近長谷寺《きんちょうこくじ》には時代が下るが、江戸中期の俳諧歌仙額が奉納されており、同地における俳諧嗜好の遺風を残している。三千風のような俳諧師が射和から唐突に生まれるはずはなく、その基盤に連歌の盛行があったと考えたい。そしてこのことは道治と連歌の関わりについても一つの示唆を与えてくれる。道治の連歌の素養は武家の家柄と、射和の風土の両面から養われたのだと考えられる。実際、三千風の『倭漢田鳥集《わかんでんちょうしゅう》』には富山氏を含む同地の句や和歌が収められている。『竹斎』に紹巴の話が記されるのは前述の通り曲直瀬との関係からであろうが、そのような連歌師の話を編集できるのは道治の連歌における素養があってこそであろう。

加えて『竹斎』には豊富な説話だけでなく、くどいまでに様々な故事が記されているが、道治がその知識を蓄えるためには、その一つ一つの知識に対応する量の書籍や什物が想定されなければならない。道治はその膨大な書籍をいかなる形で閲覧することが可能であったのだろうか。富山家文書『伊馥寺江寄付書籍目録』『地蔵堂寄付帳』『什物之目録』は、いずれも正徳から享保にかけての書写ながら、富山家が自身所蔵の書物を菩提寺・伊馥寺へ寄付したものを記したものであって、富山家の蔵書の一端が伺える貴重な資料である。これらを繙いてみれば、『塵添壒嚢抄《じんてんあいのうしょう》』『太子伝鼓吹《たいしでんくすい》』『法苑珠林《ほうおんじゅりん》』『撰集抄《せんじゅうしょう》』といった説話や故事の知識源を見ることができる。その他にも、『本草綱目』、御伽草子『不老不死』や都賀庭鐘『通俗医王耆婆伝《つうぞくいおうぎばでん》』（宝暦十三年〈一七六三〉）のタネとなった仏典『耆婆経』の書名が見えることも興味深い。什物では運慶作阿弥陀坐像や唐絵、宗旦竹掛花生などが記されている。もちろん、これらは道治没後に集められたものも当然含まれており、道治の知識に直接結び付けることは避けるべきであるが、道治が富山家の蔵書や絵画工芸品を利用して知識を蓄えていたことの一端を推測させるには十分であろう。

富山家の財力と文化的豊饒が生んだ『竹斎』

ついで、『竹斎』出版と富山家のかかわりについて考察してみたい。『竹斎』は古活字版、しかも最低二種類の古活字版で出版されていることが既に報告されているが、当時古活字開版にはかなりの費用がかかるはずである。その費用は誰が捻出したのだろうか。典薬としての地位を固めていた曲直瀬家や道治知己の歴々の補助はあったにしろ、元武家の矜持《きょうじ》を抱いた新興町人として、虎視眈眈と高家貴人とのつながりを求めていた富山家自らがその費用を負担していた可能性は高い。なぜならば、初期の富山家は呉服商を営むが、呉服の大きなターゲットは高家貴人であるからである。また、後述するように江戸期の豪商のいわば旦那芸として文芸に散財することをよしとする気風があり、自家の「変り種」が草子などをひねり出し出版などを企てれば、一族挙げて賞揚するような家でもあったと思われる。そのいずれにしても『竹斎』出版に際する富山家の存在は注意しておくべきであろう。

以上、進取の気性と武士の矜持と知識を持った富山家に生まれ育った道冶の著した『竹斎』は、まさに同家の財力と文化的豊饒が結実した作品と称すべきであろう。漂う連俳気分、医学知識をふんだんに使った新趣向、それらに書籍什物から身に付けた説話や故事の知識、芸能要素と絵画的色調を盛り付けて、高らかに新時代の到来を謳った佳品、それが『竹斎』であろう。その作品を生み出した富山という家を改めて評価したいと思う。

3　富山家とその後の文芸

大淀三千風・西鶴・香川景樹

三井高房は富山家の衰亡について、血気盛んな奢りと勢いにその理由を見たが、その奢りこそ文芸にとって必要な肥やしであることは間違いない。ゆえに、富山家は『竹斎』を世に送り出し、以後も文芸の出資者となり得たのである。富山家と文芸との関わりについてあらあら概説しておく。

まず、富山家は同地出身の談林俳諧師大淀三千風の庇護者であった。射和名物の一つ富山家の富の松を題材に十代当主富山定富が編集し、三千風が序文を草した『富の松八千代集』が、『日本行脚文集』に採られていることは早くから指摘がある。▼注[22] さらに岡本勝は三千風がしばしば大黒屋に出入りし、元禄十三年〈一七〇〇〉には鴫立沢《しぎたつさわ》碑を富山家が建立、三千風が富山家の築山を褒める一文を製するなど、三千風の庇護者であった具体例を指摘している。▼注[23]

さて、三千風と言えばすぐに想い起こされるのは西鶴であろう。矢数俳諧《やかずはいかい》をめぐる西鶴と三千風との関係は有名である。また西鶴の高弟北条団水《ほうじょうだんすい》は三千風の追悼文を草しており、西鶴一派と三千風との交流はまず認めてよい。先に引用したとおり、奇しくもその西鶴が富山家を『日本永代蔵』で扱っている。西鶴はこの富山家が三千風のパトロンであることを承知した上での所業であるのだろうか。また、富山家が一昔前の名作『竹斎』を生み出した家であることを知っていたのだろうか。さらに、西鶴がこの一章を記す際に、どこから富山家の話を仕入れたのであろうか。想像を逞《たくま》しくすればいかようにも言えるけれども、この一章からでは断じようがない。ただ、この『永代蔵』の一章を敢えてモデルとの関わりに引き付けて考えるならば、叙上の富山家と三千風のことが改めて問題となると思われる。なぜならば、この章は総領息子が色狂いの末、勘当され京を追い出され、ほうほうの態で江戸に着き、一念発起して商いに精を出して成功するという話であるが、この話が解釈によっては富山家の内情を写しているとも解釈できるのである。

まず、彼が江戸に下る途中の身過ぎとして、死んだ大犬を手に入れ「つき付商い」（詐欺商い）をするが、その口上が「これは疳の妙薬になる犬なり。三年あまり種々の薬をあたへ、今黒焼になす」としている。とっさの機転で藪治療や怪しげな薬方を製するあたり、特にそれが東下りの滑稽な貧の極みの描写に使われるところ、まことに『竹斎』に似ている。富山家は、道治だけが突然変異として医師になったのではない。富山家自体がかなり医学に明るい家であったのである。『富山家系図』には、道治以外にも「先祖代々医術を得て世上に聞へ有人也」と記される正重という人物もいて、医学に明るい家であったと思われる。富山家の人間であれば、かかる怪しげなヤブ治療はいともたやすい。西鶴描く富山家の一章にヤブ治療のつきまとうこと、これは偶然のなすところであろうか。

ついで、江戸に着いた総領息子は「それより、伝馬町《てんまてう》の太物棚《ふとものだな》にしるべ有て尋行《たづねゆき》」、「思ひ入の木綿《もめん》を調《とゝの》へ」、「十ケ年立たぬ内に五千両の分限《ぶんげん》」になり「所の人の宝」と言われるようになったという。この江戸日本橋伝馬町こそ伊勢商人の木綿店が立ち並ぶ地であり、富山の知己が多く住んでいる場所で、いかにも富山の総領息子が起死回生を目指して赴くに相応しい地である。そして、この章の終わりは、

八つ屋敷《やしき》がたに出入《いでいり》
九つ小判《ばん》の買置《かいをき》
十《とを》で丁《てう》ど治《をさま》りたる
御代《みよ》に住《すめ》る事の目出《めで》たし

という大黒舞をもじった祝言で終るが、富山の屋敷を「八つ」と形容する例は他に、先に引用した射和地方の唱歌がある。射和の唱歌は成立不詳であるので、これもいかようにも解釈できるが、先のヤブ治療、伝馬町の木綿商いと並べて、どこまでが偶然の一致、どこまでが西鶴の調査の結果と取るのかは議論があってほしいところである。仮に西鶴の調査を認めるのであれば、そのネタ元に大淀三千風を想定してもよいはずである。

また、富山家文書には歌人・香川景樹《かがわかげき》からの書簡も収められているが、その一節に「尚々先頃御延滞たんさ

くさし届け候」とある。富山家は景樹とも交流があって、というよりも恐らくは景樹が和歌短冊などを売りつけることの出来るパトロンの一人であったと思われる。

『万葉集』の善本、富山家にあり

和歌という面で言えば、有名な『元暦《げんりゃく》校本萬葉集』が本来は富山家の所蔵であった。『元暦校本萬葉集』は、『万葉集』諸本のうちでも「元暦元年六月九日以或人校合了／右近権少将（花押）」の奥書を有する重要な写本である。この本と富山家との関係については佐佐木信綱が次のようにまとめている[注24]（句読点は筆者、漢字は通行字体に改めた）。

伊勢松阪なる中川常宇のもとに蔵せられ、常宇の歌の師清水谷実業を経て、元禄十一年より宝永六年の間に霊元上皇の叡覧に供せしに、希有の筆跡なりと叡覧あり。後同国射和なる富山与惣兵衛の家に蔵せられ、明和二年の頃、縣門の学者荒木田久老は大体の校合を為せり。かくて久老が富山家に就きてこの本を見し漸く学界の注意を惹くところとなり、翌明和三年には賀茂真淵は江戸より伊勢なる本居宣長に書を送りて、貴兄も御手伝ひ候て何卒早く下り候やうにと頼み入候と云へり。後この校合せし本、江戸に下りしをもて寛政三年には橘千蔭その所蔵本と比較し、その著萬葉集略解の校文のもとを為せり。萬葉集古義等の註釋書に元暦本として用ゐたる校異は略解の校文にもとつけるもの多し。
明和三年、富山氏は家政整理の為この本を京都におくりしか後親戚なる摂津神戸の俵屋久左衛門の蔵となれり。俵屋は姓を田中といひて北国廻しの廻船問屋なり。寛政十一年の春荒木田久老は橋本経亮と共に同家を訪ひて校合を遂げたり。

万葉集研究の大家たる荒木田久老《あらきだひさおゆ》、賀茂真淵《かものまぶち》、本居宣長《もとおりのりなが》、橘千蔭《たちばなのちかげ》、さらには霊元《れいげん》上皇まで垂涎した本が射和に、しかも富山家にあったのである。当然彼らおよびその周辺には「富山」の名は広がっていたはずである。

以上、見てきたように富山家と文学との縁は単に『竹斎』のみにとどまらない。富山家は、ある時には時事小説の題材となり、ある時には歌人、俳諧師の庇護者を務め、またある時には耳目を驚かすほどの古書籍の所有者でもあったのである。加えて、医学や芸能によく通じ、特に浄瑠璃への嗜好が深い。そういった文芸の家でもあったのである。

富山家屋敷（提供・山崎須美子氏）

4　現存する富山家屋敷

ところで、この富山家の家（屋敷）と伝えられる家がいまだに伊勢の地に残されている。残念ながら、本宅の方ではなく、別宅と伝えられ、本来は隠居所であったのかもしれないが、その屋敷は当時の結構と面影をたたえ、寛永文化の名残りを今に伝えている。現在は射和から少し離れた神坂《こうさか》に移築され現存している。

現所有者は浦田昌彦氏。そして、浦田氏の御厚意により、本書に紹介できたことをまず謝しておきたい。本書掲載の写真と『射和文化史』の本宅の口絵写真を合わせ見れば、往時の富山家が姿を現わすはずである。外観は写真からでも判明する通り瓦葺きであるが、本来は茅葺きであったとのことである。しかし、屋敷内部は近世初期のたたずまいが残されている。日常業務とは離れた別宅であるだけに、文藝サロンの余薫《よくん》が漂い、それなりの雰囲気がある。とりわけ、広くゆとりのある書院造りが印象的で、やわらかく日の光を包み込む脇書院に目が惹かれる。また、釘隠し、欄間や天井にもそれぞれの意匠があり、さすがは「住家位だかく美をつくせしありさま、公家にもあらず武家にもあらず」（『御入部伽羅女』）、「大家をもとめ、主人は奢り」（『町人考見録』）と評される富山家の別宅に相応しい格を持っている。道冶もこの座敷に立ち居していたのかと思えば、非常に懐かしく感傷的になる。

さて、同宅が富山家の別宅であったことを少しく考証しておく。まず、そのことを記す古文書自体は現存しておらず、その意味ではあくまでも伝承にすぎない。しかし、同宅の書院造が、富山家が建立した伊馥寺のそれと類似しており、両者のつながりは極めて深いと認めざるを得ない。同系統の工匠の手になると見てよいものである。また、浦田家には最近の修復の際に発見された過去の大普請を示す木片が現存するが、その年号が文化十一年〈一八一四〉である。富山家が一族離散したのが文化五年であり、当然家屋敷を手放すのはそれ以後まもなくであろうから、これも辻褄が合う。浦田家が富山家の別宅を入手したことを特に疑う資料も必要性もなく、逆にそれを徴する証拠が二、三ある以上、浦田邸がかつての富山家の別宅を移築したものとする伝承は一応信じてもよいと思われる。そして、近代期の建造物でさえ次々と姿を消していく時勢にあって、特別な指定も受けず仮名草子時代の建物を、当時の清洒さそのままに伝えてこられた浦田家の御尽力は讃えられるべきであろうと思う。

さて、先の『元暦校本萬葉集』は、かつて富山家に蔵されていた。その『萬葉集』を荒木田久老ら六名が、宝暦一三年〈一七六三〉十月四日に見に行った折の記録『元暦萬葉集拝見書留』が『射和文化史』に載せられている。その一部を掲げるので、現浦田屋敷の書院造りの写真を横にして、是非その折の昂奮を追体験してい

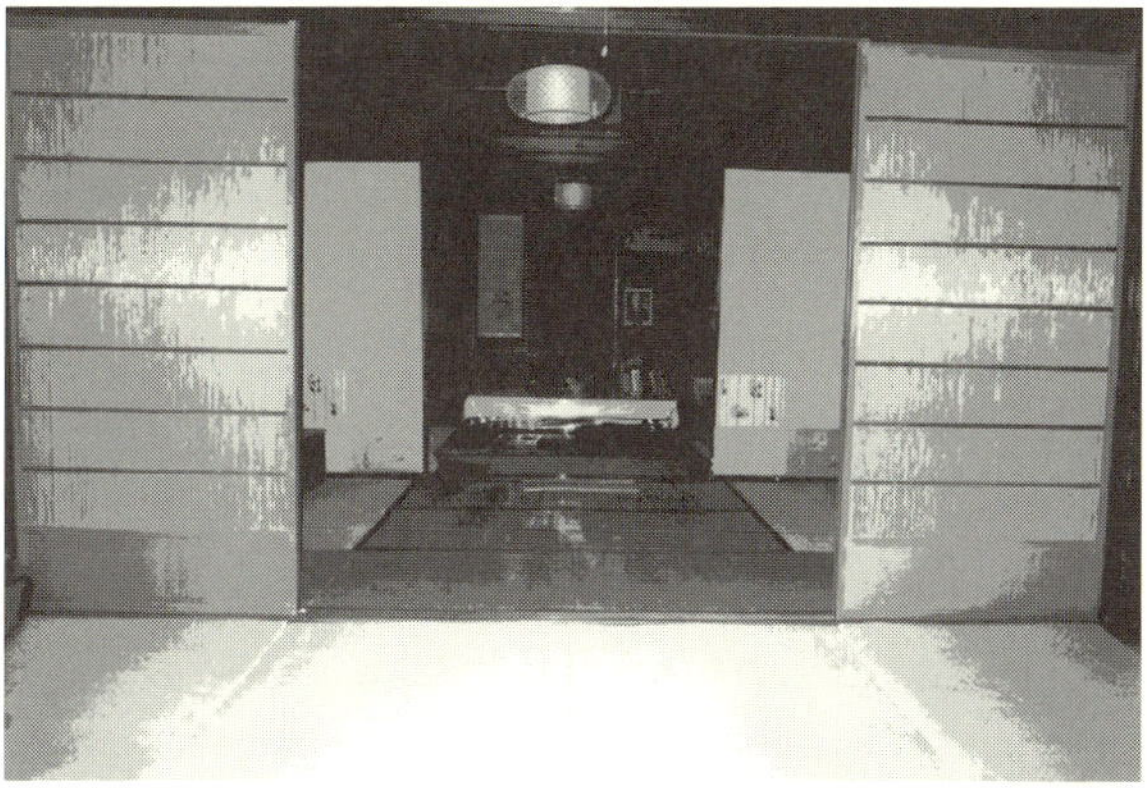

浦田家の床の間（提供・山崎須美子氏）

ただきたい（『元暦萬葉集拝見書留』は適宜本文を整理し、漢字濁点などを施した）。

まず書院造りには、

上座八畳　雪舟　龍虎画二幅対、中茶地金蘭一文字風帯《フウタイ》紫地　古金扇上下緞子《どんす》
冠台に青磁香爐銀火舎《ホヤ》
違ヒ棚　上棚ニ短冊箱　百枝松木地内梨地《ナシジ》松模様
　　万葉集記
　并に清水谷殿御文　霊元院叡覧其他書付
亭主右ノ『万葉集』持ち出さる。
万葉集　行成卿　公任卿　俊成卿　寂蓮法師　光俊卿　宗尊親王筆なり。
右以上十四冊、六巻不足、伝来日録別に有之。代金千両。

千両役者ならぬ千両の『万葉集』が雪舟の絵画とともに陳列してあったのである。その他、この「違ひ棚」には「中院《なかのいん》通茂《みちしげ》卿御歌金蒔絵」があった。三ノ開八畳間には、

床　蘇東坡真跡　大横物「酔翁亭記ノ跋」大字中小字　緞子一文字　風帯印金
二枚屏風　惣金墨絵　獅子　探山筆（スミニ飾ル）
菓子壷　交趾一斤半入程の格合

勝手口　金屏彩色絵二双重立《かさねたて》ル
縁側歩障　金地阿蘭画猟師　犬。井水鉢　大ハントウ。金燈龍　大サ直径《さしわたし》二尺許
菓子鉢のし添　高坏《タカツキ》。多葉粉盆四ツ　蒔絵みだれ箱。火人　南京、交址、安南、丹波焼

という豪勢なしつらえである。その閲覧会では「茶会席」「初座」「会席」があった。その献立や飾りは、

会席、椀　松赤絵、角折敷、汁（まつ菜・松露・独活）、南京皿（鯉イリ、酒、ワサビ、めし）、朱菓子椀（キンコ、花鰹）、酒一献出ル。
引重箱（松ノ絵、ウルメ干魚、芋魁の田楽）、梅酒、徳利阿蘭陀焼、壷吸物、焼クワヰ、ウシホ煮
後座、水指（信楽《しがらき》）、茶入（古備前コシ土火ダスキ大海、袋安楽庵高カイキ）、茶椀（二ッ重《かさ》ネ唐津）、茶杓（江岑共筒銘紅葉）、こぼし

というものである。

『竹斎』を誕生させるに相応しい、仮名草子のふるさと

以上、本節では『竹斎』作者、富山道治の生家・富山家についてその家系、地勢的立地条件、生活活動、文芸との関わり、そしてその屋敷について概観してみた。この試みによって、浅井了意などが出てくる整版期の仮名草子とは違う、古活字時代の仮名草子作者について一つの知見が得られるであろう。その出身の射和や相《おう》

可《か》が、伊勢街道と熊野通が交差し、高野信仰に厚く、経済的には水運と水銀に恵まれた地であったこと、そこから本来は武家であった家が続々と伊勢商人へ転身するという、いかにも近世的な新しい型の文化人を生み出した地であることは注意したい。同地は、中世連歌俳諧を中心とした絵画・芸術・芸能などの文芸的基盤があり、中世には求められない新興町人の勢いがあり、まさに中世小説と微妙に繋がりながらも、それと袂を分かつ近世小説『竹斎』を誕生させるに相応しい、いわば仮名草子の故郷と称してもよい地である。とりわけ、富山家はその伊勢商人たちの中でも医学と文芸に深い理解を持っていた家であった。『元暦校本萬葉集』の所持はその豪気を推し量ってあまりある一事であろう。三千風は同家の助力を得て世に飛び出し、西鶴は同家を『永代蔵』に描き、また『御入部伽羅女』という浮世草子も生まれた。近長谷寺には安永二年〈一七七三〉の狩野派絵師による景清《かげきよ》牢破りの額が奉納されているが、その破天荒な勢いは、伊勢商人として進取の気性に富んだままに三千風や『竹斎』を世に送り込んでいった富山家そのものが持っている勢いに通じるものであろう。『竹斎』はこの地の文化と富山家の気風、さらには戦国の余燼くすぶる中、新形態の文芸を求める時代の空気が融合し、実を結んだ作品といってもよいであろう。

［付記］本稿を為すにあたり、現浦田家当主浦田昌彦氏、山崎須美子氏、堀木正路氏、三井征一氏、西田稔秋氏には格別の御懇情と御協力を賜った。茲に改めて謝辞を申し上げておきたい。

第３節◉「芸能者」としてのヤブ医者――唄われた竹斎

なぜ『竹斎』は「舞丼草紙」に分類されたのか――「舞の本に近い要素」とは何か

今日的な評価とは異なり、近世期はある時まで医師は「方技《ほうぎ》」、特殊な技能の所有者であった。ゆえに「芸能者」とは近い存在であったのかもしれない。

『竹斎』は、出版されてより好評を博し、以後『竹斎』物と呼んでもよい後続作品群が生まれていく。その傾向は、

○滑稽な藪医師とデタラメな治療を描くもの
○滑稽紀行文学
○滑稽な竹斎を利用して「教訓」を説くもの

などに系統立てられる。しかし、子細に見ていけば、このヤブ医者の描き方には共通するものが見えそうである。その一つがヤブ医が「芸能者」とつながることである。ここで言うところの「芸能者」とは滑稽や才、芸の何らかの能力を有し、その「芸」「能」を持って世を渡った者を、漠然とそう呼んでおきたい。

『竹斎』に限らず仮名草子を説く時にしばしば問題にされるのが、寛文年間〈一六六一～一六七三〉刊『和漢書籍目録』の部類である。当時の書籍分類では仮名草子（小説）は「和書丼《ならび》仮名類」と「舞丼《ならび》草紙」の二つの部

に分けて記されている。前者には実用書・教訓書とともに『清水物語』『祇園物語』等の三教一致を説く書、『京童《きょうわらんべ》』『可笑記《かしょうき》』『醒睡笑』『催情記《さいせいき》』等の地誌から色道に及ぶ広範の書が収められている。後者には舞の本三十六番とともに、お伽草子・中世小説や『竹斎』『恨の介』『是楽物語《ぜらくものがたり》』等の近古の小説が収められている。もちろん、その分類態度の曖昧さは従来説かれているが、信多純一が「通俗教訓的なものが「仮名類」、小説的なものが「草紙」類といった程度の区分けが出来るかと思う」と述べるような、▼注[25]当時の仮名草子に対するなにがしかの意識が反映されていることも認めてよいであろう。繰り返し述べるけれども、『竹斎』と後章で扱う『恨の介』はともにこの「舞并草紙」に分類されているのである。改めてこの二つの草子が舞の本と統合された当時の意識・読まれ方について探ってみる必要があろう。

近世初期には、出版ジャーナルの台頭により「語り物」は読み物となっていく。舞の本や説経の本が当時はやりの絵を伴って、読む草子として小説とともに草子屋の店先を飾っていたであろうことは従来指摘されている通りである。「舞并草紙」という分類はまずこの舞の本の「草子化」を間におけば一応の理解が可能になる。すなわち、当時、舞の本と草子との間柄は極めて近しく、草子屋にしてみれば両者を一括して扱い、棚先の同じ場所に陳列していたのでこの分類意識が生じたと見るものである。しかし、その理解では、「舞」が「草紙」と併称されたことだけは解釈できるけれども、仮名草子が「和書并仮名類」と「舞并草紙」に分かれることの説明には不十分である。なぜ『竹斎』や『恨の介』は「和書并仮名類」ではなく、「舞并草紙」に分類されるのであろうか。

そこで改めて「舞并草紙」に所載される草子群を検討してみたい。まず『大織冠《だいしょくかん》』から『こしこえ』までの三十六番舞本が記されている。この舞の本を考える際に重要なことは、同じ語り物といっても謡の本は「和書并仮名類」の方に入れられていることである。しかも実用書と並んで「仕舞付」や嵯峨本も含めて謡の本が記されている。当時、謡の本と舞の本との間には明確な断絶があり、舞の本はむしろ草子に近いとみなされていたのであろうか。そのことは逆に言えば「舞并草紙」に収められる草子群の方にも「舞の本に近い要素」があるといえる。では、その「舞の本に近い要素」とは何であったのか。試みにこれらの草子群の各作品の末尾に注目してみたい。作品の末尾こそ語り物の口調が顕著に現れ、これらの草子群と舞の本との近似性あるいは異質性を見るに有効だと思われるからである。

草子群の末尾――「草子読みの功徳」型

これらの草子群が持つ末尾には大まかに言って次の二つの型が目につく。

第一にいわゆる「草子読みの功徳」を末尾に持つものである。そのいくつかを示してみる（尚、引用は適宜漢字に改め、傍点を施した。以下の引用文も同様）。

この物語りを聞く人は、常に観音の名号を十遍づゝ御唱へあるべきものなり。

（寛永頃〈一六二四～四四〉整版『はちかつき』）

これを聞き見ん人々は、心をいましめ、何事に付てもなさけ探うして、

（寛永頃整版『さころも』）

此草子を聞く人は、富士の権現に一度参りたるにあたるなり。

（寛永四年〈一六二七〉刊『富士の人穴《ひとあな》草子』）

毎日一度此草子を読みて人に聞かせん人は

（渋川版『ものくさ太郎』）

此物語を聞く人、まして読まん人はすなはち観音の三十三体を作り供養したるにも等しきなり。

（寛永頃整版『小町の草子』）

これらの末尾は「聞く」が常套句のように用いられるが、これらは例えば、

かやうの物語を見聞かん人々は狂言綺語の縁により

（『曾我物語』）

されは日々夜々に本地を読み聴聞せは、神は加護し給て請願成就申へし。

（慶応義塾大学本『貴船の物語』）

三度読み三度聞く人は、一度参るにむかふなり。

（古活字版『善光寺如来の本地』）

といった中世の語り、すなわち本地物や絵解・唱導などの「聞く」テキストが、そのまま読み物化されたものと考えられる。また、実際に草子を読み聞かせていたという風景を想定してもよいであろう。

草子群の末尾——「語りものの常套表現」型

第二の型は次のようなものである。

かゝる目出度物語りかなとかんせぬ人はなかりけり。

（古活字版『からいと』）

かの義家の御威勢のほと、貴賤上下をしなへてかんせぬものこそなかりけれ。

（寛文十三年〈一六七三〉刊『まんしゆのまへ』）

かたじけなしともなかなか申すはかりもなかりけり。

（渋川版『梵天国《ぼんてんこく》』）

まことにたつとき御こと〳〵て、上下万民おしなへて参らぬものこそなかりけり。

（承応三年〈一六五四〉刊『毘沙門本地』）

この型もいうまでもなく、次のように幸若舞《こうわかまい》や説経《せっきょう》・古浄瑠璃によく見られる語りものの常套表現である。

金王か心中をは貴賤上下をしなへかんせぬ人はなかりけり。

（毛利家本『鎌田』）

ためし少なき次第とて感ぜぬ者はなかりけり。

（正保五年〈一六四八〉刊　説経『しんとく丸』）

共通するのは舞・語りものに近似する末尾を持ち、芸能気分に溢れていること

この二つの型に共通して言えることは、「舞并草紙」に入れられる草子群は舞・語りものに近似する末尾を備えるものが少なからずあるということである。その近似する末尾からは、「黙読」ではなく、「音読」される草子という要素が抽出できそうである。もちろんすべての草子がこの二つの型を持つわけではないし、この型を持つ草子全てが当時においても音読されていたというのではない。ただ祖型の残滓をひきずっていただけにせよ、このような語り物に共通する要素が抽出される草子がこの「舞并草紙」に多く分類されていることに注意したいのである。加えて『あかし』『十二段草子』など古浄瑠璃とも共通する作品や、遊女評判記『そぞろ物語』冒頭話が歌舞伎であることなど、「舞并草紙」に掲載される草子群は芸能気分に溢れている。その意味で「舞并草紙」という分類にはある種の妥当性があるといえる。そして、このことを踏まえた上で『竹斎』がこの「舞并草紙」に分類されていることの意味を改めて問いたい。

1　唄われた『竹斎』

黙読して楽しむものだと断ずるのは早計な『恨の介』

そもくころはいつぞのことなるに、慶長九年の末《すゑ》の夏、上の十日のことなれば、清水の万燈《まんたう》とて、袖《そで》を連《つら》ねて都人《みやこ》、四条五条の橋《はし》の上《うへ》、老若《らうにやく》男女貴賤都鄙《きせんとひ》、色《いろ》めく花衣《ころも》、げにをもしろきありさまなり。

退廃的な妖艶さを醸し出す古活字本『恨の介』の語り起こしである（適宜漢字、濁点を施した）。『恨の介』自体は後節で詳しく触れる。この語り起こしが当時の語りものの口吻であること、また末尾の

いやありがたしとも中々に、申ばかりもなかりけり。これを見る人きく人の、上古《しやうこ》も今も末代も、ためしすくなき事ぞとて、感《かん》ぜぬ人はなかりけり。

という結び方も、先述したように語りものの常套句であり、文中にも随所に幸若や謡曲、隆達《りゆうたつ》節などの先行芸能を取り入れていることは早くから指摘されている。▼注[26] つまり『恨の介』には芸能気分が濃厚に漂っているのである。加えて『恨の介』の享受の一側面を見るに、医師であった紀州石橋家の『家乗《かじよう》』には延宝七年〈一六七九〉江戸の中屋敷で間《あい》狂言として『恨の介』なる演目が演じられたことが記され、伊原俊郎『歌舞伎年表』元禄六年〈一六九三〉項に「今年か、村山座に「恨の介」といふ狂言。不入」という記事がある。これらの『恨の介』が仮名草子のそれと同じだとは断じ得ないが、伊原の引く「諸国落首咄」に「はやらぬ筈ぢや、くずの葉役者」

の一文があり、仮名草子『恨の介』の主人公名と通じている。このことは『恨の介』の芸能性を考える上で示唆的である。『恨の介』を今の小説と同じくあくまでも黙読して楽しむものだと断ずるのは早計で、語り物として音読されるもの、時にはそのまま芸能作品となり得たことも考えておく必要がある。『恨の介』は「舞丼草紙」に分類されてしかるべき作品であった。

では『竹斎』はどうなのか――声を出し拍子や節をつけて読まれ、時には歌謡に仕立てられたのではないか

では、ひるがえって『竹斎』はどうなのであろうか。『竹斎』の場合は狂言との類似性が問題にされたことはあったが、語りものという意味では『恨の介』の例ほど顕著なものはない。わずかに道行文を持つこと、随所に謡曲を引いていること、登場人物の設定に能狂言のシテ・アドとの類似性が見られることなどがわずかに指摘できるのみである。狂歌集・道中記・地誌そして『竹斎』の影響を受けている『浮世物語』などがすべて「和書丼仮名類」に分類されているにも拘わらず、なぜそれらの要素を併せ持つ『竹斎』のみが「舞丼草紙」に分類されたのであろうか。

そこで先の草子群を見たのと同様に、『竹斎』（古活字版）末尾に注目してみたい。『竹斎』の末尾は、

音《おと》に聞えし日本橋《はし》、と〵ろ〳〵とうち渡り、こ〵はいづくぞ十八里《り》、神田《かんた》の台《たい》、南にあたりてなかむれば、天下のあるじおはします、重《かさ》ねあげたる城郭《しやうくわく》は、雲《くも》につらなるばかりなり。

から始まる「お江戸到着」で始まり、

から櫓《ろ》の音《おと》はひまもなし、いさごにねむる水鳥《みつとり》の、人《ひと》をもさらに憚《はゞ》からず、翼《つはさ》をならべて飛《と》び遊《あそ》ぶ、諫鼓《かんこ》苔深《こけふか》ふして、鳥驚《とりをどろ》かずともいつつべし。尭舜《きやうしゆん》の御代にも優《まさ》るとかや、治《おさ》めざるに平《たいら》かなれは、民《たみ》の戸鎖《とさ》しとさゝざりけり。まことに直《すく》なる御代のしるしとかや。

くれたけのすぐなる代々にあひぬれば藪医師《やふくすし》までたのもしきかな

で終わる、古活字版で五丁あまりの分量のある「お江戸めぐり」と徳川礼讃である。この箇所は、整版では「音に聞こえし日のもとの、橋を皆人渡りかね、夜もたたずみかねたりし事の例もおほかりし」といった具合に、改変が加えられている。

そして、この改変については、この部分が「お江戸くどき船唄」（『淋敷座之慰』所収、以下「船唄」と略之）と重なることが前田金五郎によって指摘されて以来、大きな問題を孕《はら》むに至る。

一般に散文に謡曲や歌謡の詞章《ししょう》が見られる場合、その歌謡の詞章取り、すなわち歌謡が先に存在していて散文が後であるとする考え方が一定の説得力を有している。すなわち、『竹斎』の整版作者が歌謡「船唄」を利用したと考えるものである。前田も「「お江戸口説船唄」（淋敷座之慰所収）の文句取り。或は『竹斎』の方が先行作とも考えられる」と、疑問を残しながらも一応は「船唄」が先にあったとの見解を示している。

しかし、『竹斎』と「船唄」との前後関係は微妙な問題を持っている。なぜなら同じく『淋敷座之慰《さびしきざのなぐさみ》』に所収され、同じく「くどき」という歌謡名を持つ「医者くどき木やり」に、先掲の「御典薬の道三に、竹庵に、さかひのト養、渡辺玄吾に、はぎの春庵、道永、道竹、竹斎なんどが」の一節がある。このくどき唄に「竹斎なんどが」

と明記されることから、この歌謡は明らかに『竹斎』よりも後に作られたものと判明する。この点に関して小島瓔禮が次の興味深い見解を示している。▼注[27]

私は口説舟歌より『竹斎』の方が先であると思っている。『竹斎』には整版本のほかに古活字本があって、かなり本文に違いがある。口説船唄と共通する部分においてもそうである。（中略）共通部分の中に、整版本だけにある文章が相当の長さに及んでいるが、これは、整版本のかなりの長さの本文の中から、歌の文句になりそうな部分を歌の文句にまとめた型である。古活字本から整版本に改作される時に本文の改作が行われ、その草子を利用して、口説船唄が作られたと考えるのである。

小島は古活字版と整版との本文の違いに着目し、「船唄」が古活字版ではなく、整版と重なることから、

原船唄→古活字版→整版→「船唄」

という図式を想定しているのである。原船唄を認めるかどうかは意見が分かれるところではあろうが、整版から歌謡への流れは、

一、一見しただけで、『竹斎』の方が圧倒的に量が多く、「船唄」はその簡略である。
二、細かく見ていけば、狂歌の一部までが歌謡の草子地に取り込まれている。

三、古活字版『竹斎』の「なみの船うた、うたひつれ」以下の原歌謡が、整版では変えられているが、その改変を「船唄」も踏襲している。

といったあたりからも見ることができる。以上を突き合わせてみれば、やはり小島が説いたように、整版『竹斎』が先にあってそれを歌謡化したのが『淋敷座之慰』所収の「船唄」だとするのが自然であろうと思われる。▼注[28]

さて、それではこの現象は何を物語るのであろうか。本来は歌謡とは関係のない草子地や狂歌までもが「唄われた」ことは何を意味するのであろうか。それはとりもなおさず『竹斎』もただ黙読されるにとどまらず、『恨の介』同様、声を出しおもしろおかしく拍子や節をつけて読まれ、時にはそのまま歌謡に仕立てられたことを示しているのではないだろうか。もしそうであるならば、『竹斎』も「舞并草紙」に分類されてしかるべき資格があったということになる。

結論を急ぐ前に、『竹斎』の亜流作品を検討することにより、この唄われた『竹斎』を追跡してみたい。

2　『竹斎』亜流作品と芸能

指摘されていた、竹斎亜流物への新視点

『竹斎』の亜流たる資格は、「藪医が主人公であること」と「登場人物名が「～斎」であること」の二つの条件を満たさなければならない。その二条件を満たす主な作品とその主人公名を記してみる。

［作品名］	【主人公名】
『薬師通夜物語』（寛永二十年〈一六四三〉）	福斎
『竹斎諸国物語』	竹斎
『下り竹斎』（天和三年〈一六八三〉）	竹斎
『竹斎狂歌物語』（万治〈一六五八〜六一〉頃）	竹斎
『竹斎はなし』（寛文〈一六六一〜七三〉頃）	竹斎
『けんさい物語』（延宝〈一六七三〜八一〉頃）	けん斎
『杉楊枝』（延宝八年〈一六八〇〉）	竹斎・一休
『竹斎療治之評判』（貞享二年〈一六八五〉）	竹斎
『新竹斎』（貞享四年〈一六八七〉）	筍斎
『木斎咄医者評判』（元禄八年〈一六九五〉）	木斎
『医者談義』（宝暦八年〈一七五八〉）	糞得斎
『竹斎老宝山吹色』（寛政八年〈一七九六〉）	竹斎

時代、ジャンルを超えた盛行が確認できる。これ以外にも一枚摺りなどを加えればかなりの数の『竹斎』亜流があるだろうが、取りあえずはこれらを俎上にあげて唄われた『竹斎』を追っていきたい。

従来、これら亜流作品については次のように説明されている。▼注[29]

『竹斎』の流行に伴って、竹斎もしくはその世継ぎと称する筍斎、木斎、あるいは竹斎と同じく医を業とする賢斎等を主人公とする模倣作が続出した。

この『竹斎』の人気に引きずられて後続作が生まれたとする説明に異論はないが、あまりに簡単な解説だけでは捉え切れない複雑な点もある。たとえば『竹斎』の人気にあやかるのならば、筍斎・木斎などのように草木名を持つ主人公名にすればよい。にも拘わらず、福斎や賢斎、はては糞得斎《ふんとくさい》などおよそ草木とは無関係な命名がなされるのはなぜだろうか。かかることはすべての亜流作品一般にあり得るのかもしれないが、この木に竹を接《つ》ぐかのような奇妙な現象にもなんらかの説明が欲しいところであろう。

この問題を考えるに当たって、まことに示唆に富む指摘を提示したのが信多純一である。▼注[30] すなわち、草木の名を持たない主人公のうち「けんさい」は近世に人気のあった道化人形《どうけにんぎょう》の「けんさい」と関わりがあることを指摘されたのである。さらに『新竹斎』の主人公、筍斎にも道化人形との関連が考え得ることをあわせて指摘された。この竹斎亜流物への新視点が早くから信多によって提示されていたにも拘わらず、道化人形と竹斎亜流との関連に積極的に取り組んだ論考はないようである。

本書では信多の指摘に導かれ、竹斎物と道化人形との関連、さらには唄われた『竹斎』の痕跡を追ってみたいと思う。

『医者談義』の「糞得斎」と道化人形「ふんとく人形」――道化の面影

種々様々な竹斎物の中で『けんさい物語』と『新竹斎』の二作品のみが道化人形と関連を持つというのはや

や奇異な感じがする。竹斎が道化の面影を持っていたとはいえ、唐突に藪医が道化「人形」へと変身するからである。しかも『新竹斎』は俗に言う西村本であり、『けんさい物語』とは直接の関係は薄いようである。流行に敏い書肆作家・西村市郎《にしむらいちろう》兵衛《べえ》が『竹斎』人気に乗じてその世継ぎ・筍斎を主人公に描いた作品である。この全く異趣の作品でありながらも「藪医―道化人形」の発想が貫かれているのはなぜであろうか。

　今一度先の竹斎亜流リストを眺めてみると、『医者談義』の主人公名「糞得斎」がやはり草木名を持っていないことに気付く。先章で述べたように、この作品は『下手談義』の影響を受けたいわゆる談義本であって、ある藪医が当世の医者の穴を穿つというものである。『本朝医談』『歴代名医伝略』をタネとした医師の筆のすさびであろう。文中に『竹斎』作者富山道治の師の家系今大路家の逸話を記すことから、彼も今大路家の末席を汚し、『竹斎』の顰《ひそ》みに倣ってこの滑稽な作品を書いたのだと思われる。それにしてもこの主人公名「糞得斎」は極めて異様であろう。いくらヤブ医の名にしても「糞得」は汚穢に過ぎ、滑稽という点からもさしたる効果があるとは思われない。もちろん、江戸期一般の医師名に照らしてもこれに類する名は見つけられず、また『医者談義』の筋立てとの必然性もない。この「糞得斎」は一体どこからやってきた名前なのであろうか。

　さて、「糞得」という名を考える時、奇しくも同音をもつ「ふんとく人形」なる道化人形の存在と出会う。▼注[31]これは単なる偶然の一致なのであろうか。それとも『医者談義』も『けんさい物語』『新竹斎』同様、道化人形との関わりを認めてよい作品なのであろうか。『医者談義』序は次の通りである。

如何《いかゞ》ともせん方尽たる所へ、頭《あたま》を丸めて長い羽織に竹篦《ちつへい》前さがりにさして、何の御存知もない医者坊《ぼん》一人引摺来て、左右の手を握《つかむ》や握《つかま》ぬに、巾着より胡椒《こせう》の丸粒やら出して吹入ければ、ほつと息出て「水一つ」

といふより家内さざめき出、「御影様」「御手柄様」と八百もいはするは、神農の流れをくむ験なるべし。

医師の講釈がひとつのリズムを持つ芸能性を持っていたことは容易に想像がつくが、この演劇の出端《では》を思わせる臨場感は注目されてよい。いかにも幕開きを見る思いがするからである。さらに「糞得斎」の描写を見てみる。

時節到来《じせつとうらい》のはやりうた。去年《こぞ》の哥《うた》をことしうたへば聞人《きゝて》がない。人の用ひぬことを息筋張《いきすじは》つてわなるは暗《やみ》の夜《よ》の鬼面《べしめん》。

女房が糞得斎を叱る場面であるが、作品中彼の容貌に触れる唯一の箇所でもある。ここで映えないことの警句で『漢書』に典拠を持つ「闇の夜の錦」（『毛吹草《けふきぐさ》』）をもじって、女房が「暗の夜の鬼面」と言っている点に注意したい。「誰にも聞いて貰えない説教を息筋張って唸るのは闇の夜の錦ならぬべしみ面で、面白くもなんともない」というのだが、そもそも「闇の夜のべしめん」という警句は正しい使われ方であろうか。この警句は本来、闇と錦のごとく正反対のものを対比するからこそ意味があるので、わざわざ能面の「べしみ」を持ち出す必然性はない。ここで「べしみ」が出てくるのは、様々な解釈が可能であろうが、やはり「糞得斎」の容貌がこの滑稽に顔を歪めた能面に酷似する所以だと考えたいと思う。

そこでこの予想をもとに、糞得斎と他の竹斎物の挿絵、及び道化人形「ふんとく」を比較してみたい。

まず、竹斎物の挿絵は大きく二つに区別することが出来る。すなわち、一つにはやや端正でいかにも頓知が利きそうな竹斎像。図①から図⑥にかけての竹斎像がそれである。もう一つは、信多純一によって道化人形と

図① 『竹斎』整版

図② 『竹斎諸国物語』

図③ 『下り竹斎』

図④ 『竹斎狂歌物語』

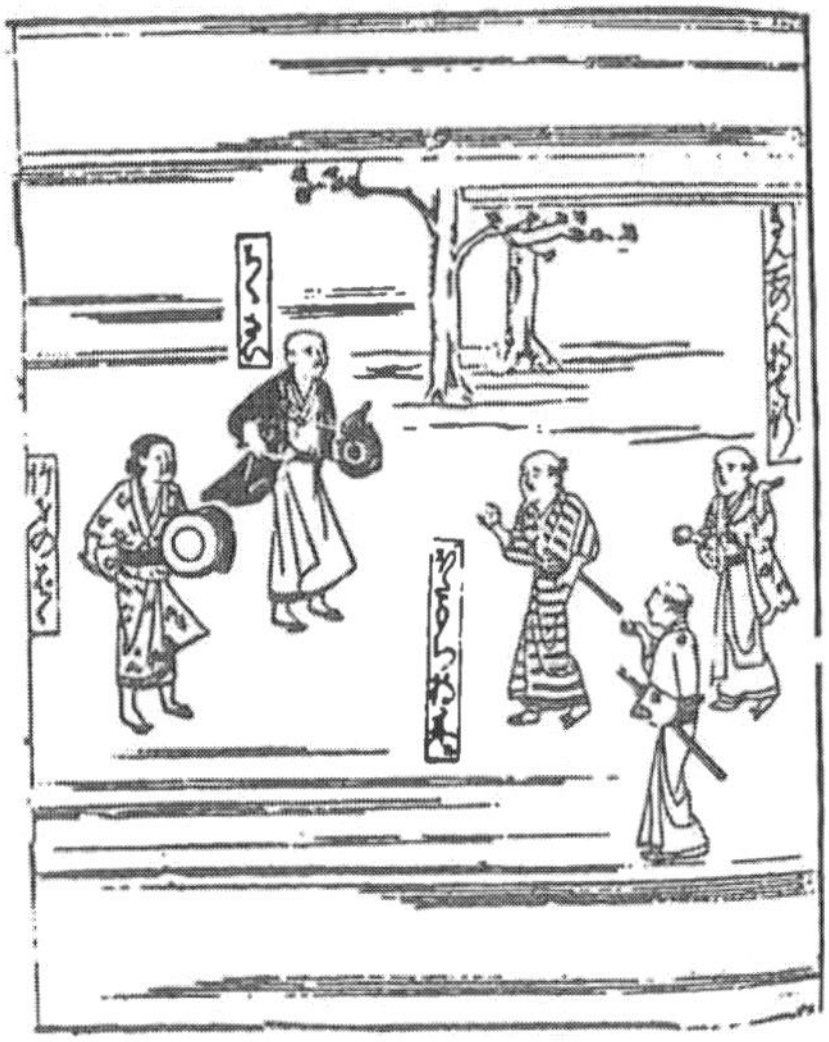

図⑤ 『竹斎はなし』

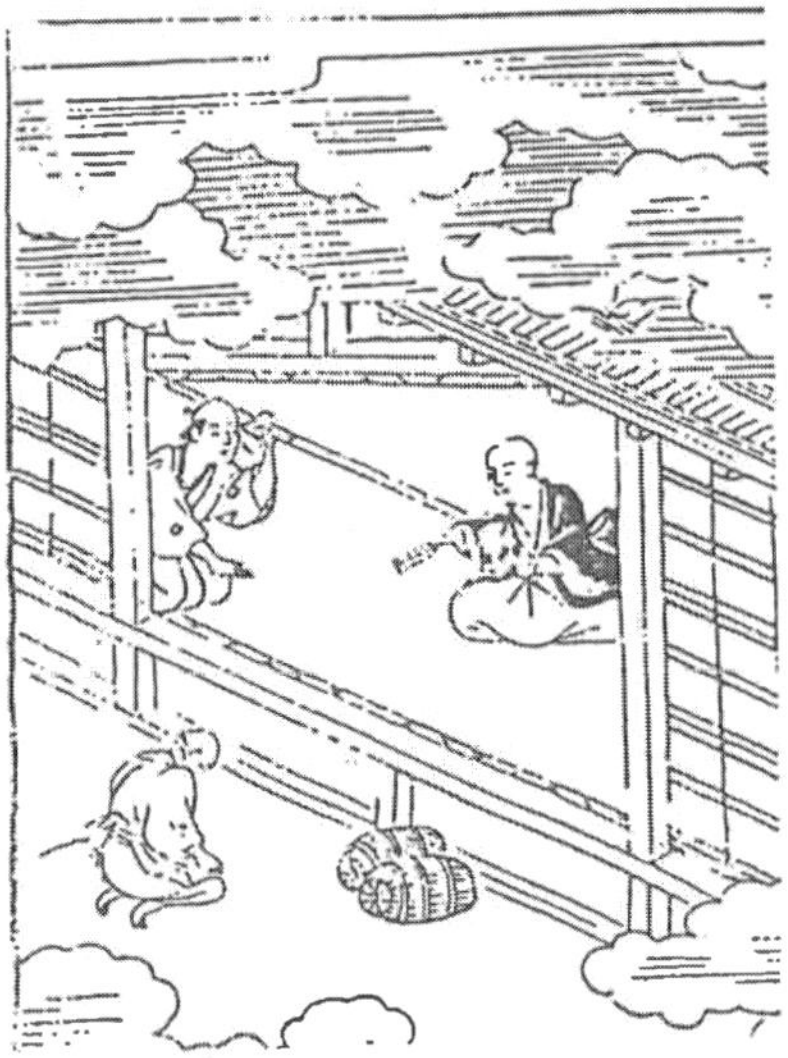

図⑥ 『杉楊子』

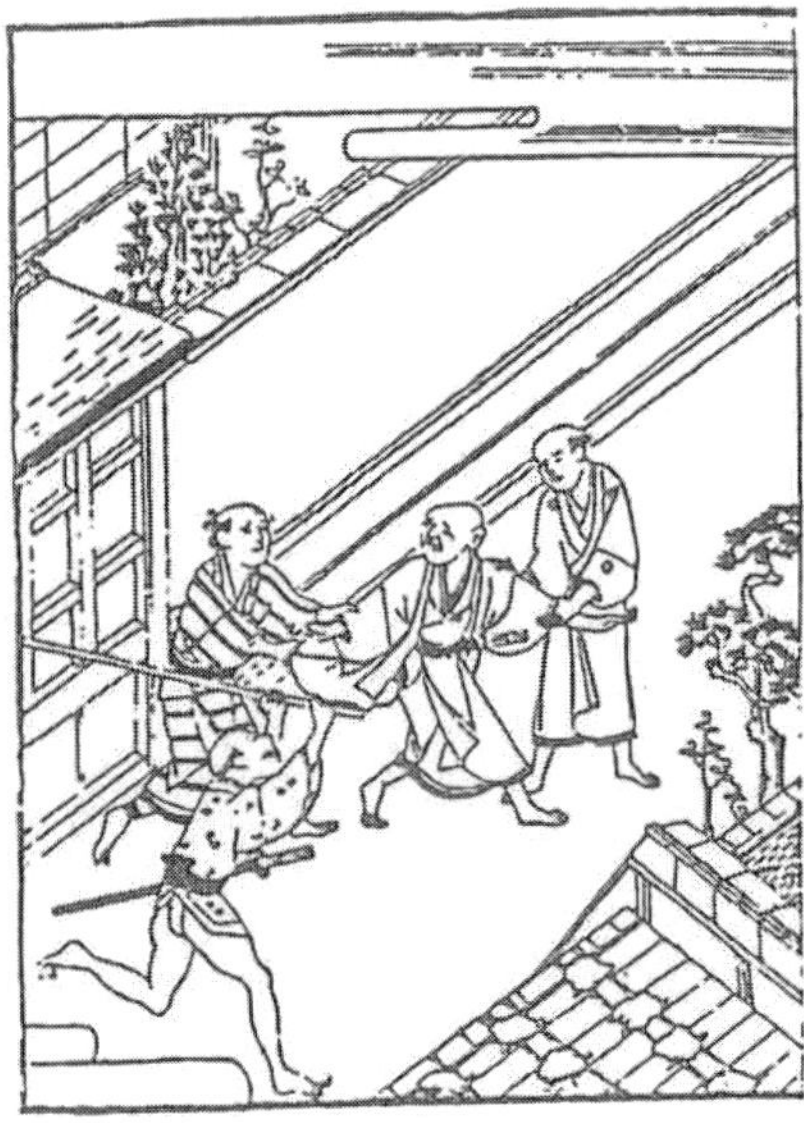

図⑦ 『けんさい物語』

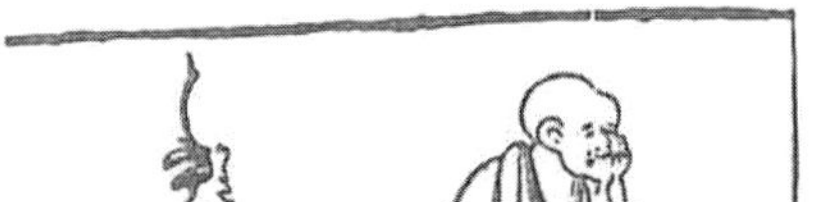

図⑧ 『新竹斎』

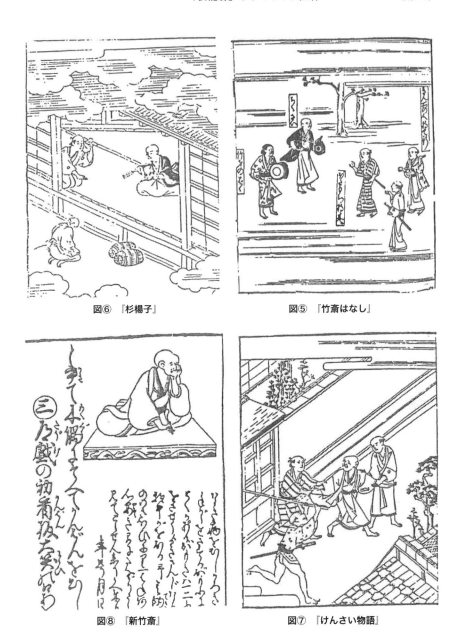

図⑩　『医者談議』（架蔵）

図⑨　道化人形・ふんとく
（『粟嶋大明神縁起』国立国会図書館蔵）

の関連が指摘された『けんさい物語』『新竹斎』の像（図⑦・⑧）。並べただけで先の竹斎像との違いは歴然としている。この特徴は『新竹斎』では、

扨人形作《ぎやうつく》りを呼《よん》で、自《みづから》のざうを誂《あつら》ふ。工人《かうじん》、笥斎が皃《かほ》かたち取《とり》なりを図《づ》するに、吹《ふ》き出す計《ばかり》おかしけれど、笑《わら》われもせずうけ取ぬ。手を尽《つ》くし刻《きざ》むほどに日を経《へ》てもて来りけり。其ざうといつぱ、天性《むまれつき》なれば口狼《おほかみ》のごとく、鼻《はな》のひくさは、額《ひたい》より遙《はる》かふもとにたれ、まじりきがり黒痘跡《くろみつちや》の引つりに、痣黒子《あざほくろ》ざへおほく、頷《をとがひ》なく頬《ほう》たれて、頸《くび》の大さ胴《どう》にひとしく

とあり、『けんさい物語』には、

横《よこ》へ太《ふと》りて顔赤《つらあか》く、目尻《めじり》は垂《た》れてがきまなこ、おとがい細《ほそ》くはいのしり、海老《ゑび》のうをかや、天井鼻《てんぢやうばな》、額《ひたい》は出《いで》てせんべい耳《みゝ》、頭《あたま》はすみ取ふ

くべにて、ふつゝかなりし坊主《ぼうず》ぶり、見るといなやにおかしさよ。

とある。その特徴は、口が大きく、小太り、垂れ目、鼻が低く、頬や額が出てふくべ形、せんべい耳であるという。先の二図はともにこの特徴をよく示している。そして、この特徴は図⑨に掲げた道化人形「ふんとく」(『粟嶋大明神縁起』国会図書館蔵)にも近く、道化人形の描写に当てはまるものであろう。そこで改めて「糞得斎」の容貌を閲するに、やや稚拙な図で明瞭さに欠けるけれども、小太り・垂れ目・頬が膨れる・天井鼻など先の道化人形の特徴を併せ持っている。「糞得斎」にも道化人形の面影があるといっても特に差し支えがないのである。「ふんとく」との語の響きの不思議な一致、「べしみ」にたとえられる容貌、道化人形に似通う挿絵、また談義本自体と芸能との結び付きを考える時、「糞得斎」は『新竹斎』『けんさい物語』同様、あからさまではないけれども道化の面影を宿して造形されたと見做してよいのではないだろうか。

ヤブ医の物語に見るべき、滑稽を演じる芸能者の要素

さて、それではこの現象、すなわち『竹斎』の亜流作品のうち少なくとも三作品までもが道化人形と関連することをいかに考えるべきであろうか。加えて、『竹斎』作者富山道冶の末裔自身が浄瑠璃狂いで放逐されたことが京童の知るところであり(前章『町人考見録』)、また『竹斎』に刺激されて造形されたと目される『東海道名所記』の主人公「楽阿弥」も語り芸の集積所・誓願寺と関連を持ち、「阿弥」号を有する芸能と関連する諸国遍歴者である。これらの現象はすべて偶然の産物なのであろうか。むしろ、これらから『竹斎』享受と芸能との関係を積極的に考えるべきではなかろうか。

例えば『竹斎はなし』は笑話集でありながら、竹斎の「早物語」で終っている。早物語は、座頭や芸人によって語られる滑稽かつ即興の語り物で、近世期になってからは座頭の手を離れて一般に広がっていた。『男女色競馬』（『野傾友三味線《やけいともじゃみせん》』宝永五年〈一七〇八〉）には医師の語る早物語の実例が見え、医師の語りとこの芸能との密接さを知ることが出来る。また『竹斎はなし』上巻には掲鼓《かっこ》を持つ下賤芸能者としての竹斎の挿絵（図⑤）を掲げ、『竹斎はなし』もまた「はなし」というより「語り」の芸能者としての『竹斎』の姿を映している。

以上のように、『竹斎』亜流作品には、芸能・語り物の要素が少なからず指摘できる。今後の丹念な考究でさらにその例は増えていくであろう。そしてこれらの要素は亜流が生まれていく段階で突如として加わったものではなく、やはり唄われた『竹斎』の痕跡に由来し、その芸能的気分に触発されて生じた要素だと思われる。ヤブ医をテーマとした物語は、その初期から芸能性が強く、それがそのまま享受されていたことを確認しておきたい。『竹斎』が「舞并草紙」に分類される資格は十分あったのである。ヤブ医の物語は、単にヤブ治療を記して面白みを狙う、という単純なものではなかった。そこに連歌、古典という当代文化が輻輳することに魅力があったことは前章で指摘したが、そこに滑稽を演じる芸能者の要素を加える必要があるのである。

加えて曲直瀬周辺の医師から謡曲『仲遠《ちゅうおん》』という作品が生まれているが、その問題は改めて論じることとする。▼注[32]

第4節◉『竹斎』と文化圏が重なる『恨《うらみ》の介《すけ》』――戦国期の医師について

女性殉死というはかなく美しい物語――これを書き得たのはどのような人物か

本書で何度も触れた『恨の介』は以下のような作品である。

慶長九年〈一六〇四〉六月十日の清水寺の万灯会で、好色で有名な主人公恨の介（関東の侍）が、近衛殿の養女（実は前関白豊臣秀次《とよとみひでつぐ》の重臣木村常陸介《きむらひたちのすけ》の遺児）であるヒロイン雪の前を見初める。観音の力で、雪の前の乳母を知り、雪の前と懇意のあやめの前（菊亭殿の女）を通じて、恨の介は恋文を雪の前に送る。彼女の返事に古歌が引かれていたが、細川玄旨《ほそかわげんし》（幽斎《ゆうさい》）の家来に尋ねて、忍び来たれという謎だと知る。そして、その夜契りを結ぶ。再びの逢瀬を期す恨の介に対して、彼女は「後生にて」と答えた。この答を拒絶と取った恨の介は病となり、一通の文を残して死んでしまう。雪の前はその文を手にしてなぜか息絶える。不思議なことに、乳母とその妹のくれない、そしてあやめの前の三人も、後を追って自害して果てるという女性殉死で幕を閉じる。

このどこか美しくはかない物語は、写本、古活字、整版と版を重ね、広く世に迎えられたらしい。『竹斎』と言い『恨の介』と言い、近世初期小説の不思議な世界である。

この女性殉死で幕を閉じる不思議な結末について、早く松田修が実在の密通事件を当て込んだものとする画期的な読み解き方を提示し、注[33]以後、野間光辰によって修正されて次の事件がモデルとなったということで落ち着いている。注[34]

慶長十一年（一六〇六）五月十日、禁裏の女房と密通して好色無頼の罪によって改易、のち同十七年蟄居中死去した幕府の旗本、当時伏見城松の丸番衆松平若狭守近次をモデルとして、その密通事件を一編の恋物語に仕立てたもの。物語中の人物の年齢もしくはモデル近次死去等から推測して、慶長十四年以後元和三年（一六一七）までの間に成立したものと考えられる。物語の主人公「葛の恨の介」を松平近次とすると、その一味の夢の浮世の介・松の緑の介・君を思いの介・中空恋の介等は、同じく異相・好色の故を以て近次と相前後して改易された、旗本の津田長門守・稲葉甲斐守・天野周防守・織田左門・沢半左衛門らの中の四人であろう。

この華麗な読み解き方をもって『恨の介』研究は大いに進展したわけだが、同時にその他についての言及は収縮したとも言える。たとえば、誰が密通事件をこの物語に潤色したのかということさえ判っていない。享楽的なかぶき者の友情と恋とそれが故の死、女性殉死というはかなく美しい物語を書き得たのはどのような人物なのであろうか。

『竹斎』と同様に初期の仮名草子である『恨の介』も『竹斎』と作者読者の文化圏が重なっている。一種の座の文芸と言えるのである。その座には医師が加わることが多く、『竹斎』作者の富山道治以外の例でも、『犬枕』は医師秦宗巴《はたそうは》が作者とされるが、実質は近衛《このえ》信尹《のぶただ》の御伽の座の文芸であった。『恨の介』の作者をその製作の場についても考慮しながら考察を試みたいと思う。

『恨の介』には写本、古活字本二種、整版本数種の諸本があるが、常識的に整版本を別にして考えるべきなので、その前後関係は定めがたいが、ともに古態を残す写本、古活字本について叙上の問題を考えてみたいと思う。▼注[35]

1　木村常陸介の娘

常陸介の娘は虚構だったのか――医家・竹田家の記録を繙く

秀次の御意のよかりし彼木村常陸守と申す人、我々がためには先祖の主、本より是も御腹にて、夫婦ともに草葉の露と消給ふ。近衛殿におはします上藹のためには木村殿は親にておはします。此姫二歳にならせ給ふ事なるに、秀次をさきとして、三十余人の上藹達、扨又追腹の面々、両方の面、天正の春の花、文禄の秋の紅葉ちり〳〵に成り給ふ。（写本）

庄司の後家がヒロイン雪の前の出自を語る件りである。雪の前は、豊臣秀次《とよとみひでつぐ》の昵近であり、秀次ともども謀反の罪で秀吉に断罪された木村常陸介《きむらひたちのすけ》の遺児であるというのである。従来この設定に対しては、

雪の前が、果たして木村常陸介の遺児であったかどうか、疑わしい。（中略）女児については、別に伝えるところがない。（中略）『恨の介』の作者が、恨の介の恋人の悲劇的な最期を、より悲劇的ならしむるために、数奇な運命を設定したといったほうが真実に近いのではないだろうか。（鑑賞日本古典文学『御伽草子・仮名草子』）

といった説明に代表されるように、[注36]常陸介の娘などは実在せず、概ね虚構の設定だと受け取られている。事実、寛永頃〈一六二四～四四〉に成立した『聚楽第物語』に「（十三になる姫は）三條河原にてがいせられて、後までしがいをさらされける」とあり、『大かうさまくんきのうち』にも「木村常陸介妻子三条河原ニ磔ニ懸ル」とあり、『天正事録』にも同様の記事があって、『恨の介』の設定は虚構のように感じられる。

しかし、果たして木村常陸介の子孫はすべて磔《はりつけ》に懸かって全滅してしまったのだろうか。というのも、大坂冬の陣の和睦の立て役者、木村長門守重成は常陸介の次男だと伝えられているからである。木村常陸介の長男志摩介こそはともに自害し、十三才であった娘は切り殺されはしたものの、それがそのまま木村の子孫が全滅した事にはなり得ないと思う。二歳の娘がいたという『恨の介』の設定を虚構と決めてしまうのは早計ではなかったであろうか。

室町以来の医学の家系、竹田家の記録『竹田家譜』（以下『家譜』と略之）に次の注目すべき記事がある。[注37]

定宣　定加次男　幼名仙千代丸　民部卿　後竹田法印
　母　松平監物家次女
　妻　木村常陸介重時女

ここに歴史に語られることの無かった木村常陸介の娘の名が見出される。そこで『家譜』を播いていけば、この定宣は徳川に仕え、正保四年〈一六四七〉に七十六歳で没したと記され、まさに『恨の介』の成立時期と

重なる人物である事を知る。さらに、

定宣妻木村長門守姉ニ御座候ニ付

と見え、この定宣の妻はまがうことなく木村常陸介の遺児であることが確認できる。従来、木村常陸介は大坂の陣で滅ぼされたゆえでもあろうか、確とした資料に乏しく、その伝は不明な点が多い。『国史大辞典』の常陸介の項には『家譜』に記される「重時」の名が記されず、長門守と常陸介の親子関係にも明確には言及されていない。もちろん『家譜』が後世になってから『恨の介』の影響を受けて捏造されたとも考えられようが、法印の医家の系図としてはまずそういったことは認めがたいし、「殺生関白」の異名を持つ秀次に謀反を勧めたと酷評される常陸介をわざわざ高祖として崇める必然性もない。『家譜』の記述は比較的信用がおけるのではないだろうか。

その把握が正しいのだとすれば、従来の木村常陸介についての認識は是正されるべきであろう。そしてなによりも『恨の介』成立時に実在していた「常陸介の娘」、作者がこの実在を知っていたのかどうか、また作者と関わりがあったのかどうかを改めて問題としなければならない。

そこで、まずこの常陸介の娘を妻として迎えた医家、竹田家について概観してみる。

2　医家、竹田家について

歌い舞う医師、竹田法印

竹田公作温麺以見侍。留而挙杯者移時、法印歌且舞。八十歳屈強可観矣。

（『鹿苑日録』明応九年〈一五〇〇〉正月廿七日）

当時の文化サロンであった鹿苑寺《ろくおんじ》で酒宴があり、文化人たちが気焔を揚げて杯を酌み交わしていた最中に医師の竹田法印が差し入れを持参したことがあった。彼を宴席に加え、さらに杯を交わすうちに宴もたけなわ、酩酊するままに医師、竹田が「歌い且つ舞」ったという。彼の舞いは八十歳とは思えないほどの力強さで、芸能を理解し愛した鹿苑に集う面々に一見の価値有りと思わせたという。

『家譜』によればこの竹田家は、藤原鎌足《ふじわらのかまたり》の二十四代の末裔藤原公定《ふじわらのきんさだ》が山城の竹田に退去し、竹田と改姓したことから始まる。竹田家については既に小林静夫の論考が備わり、▼注[38]概ねは小林の解説に拠るが、小林は『家譜』を利用参照していないので、『家譜』から若干の補足を加えながら、小林の触れていない定盛以降、『恨の介』の時代までの竹田家について略述してみたい。

竹田家を概観する

公定の六番目の弟である昌慶が医家としての竹田家の始祖である。彼は政治上の失脚後、医学を志して渡明、金翁道士を師として研鑽を積み、道士の娘と結婚して、善秀（夭折）、直慶、善祐の三子をもうける。永和四年〈一三七八〉秋に帰朝、名医の名をとどろかす。昌慶の後、応永十七年〈一四一〇〉に病死した兄の直慶にかわり善祐が家督を継ぎ、後小松帝を治療して法眼に叙せられ後に法印となる。善祐には四人の子がいたが、その嫡子、昭慶（後の竹田法印定盛）が有名な謡曲『善界《ぜがい》』（『是界』とも）の作者である。昭慶には四男三女がいたが、嫡子秀慶が家督を継ぎ、法印に叙せられる。その跡を襲った定珪も天文十一年〈一五四二〉に法印に叙せられ、詩文にも長じ、足利義輝《よしてる》、織田信長、南禅寺月舟寿桂《げっしゅうじゅけい》などとも交流を持つ。定珪には六人の子があり、嗣子定加（後に法印）は信長、秀吉、徳川に仕え、細川幽斎《ゆうさい》とも交遊があった。三男の猿千代丸は毛利元就《もとなり》の家臣となり、四男の狛福丸は秀吉、秀頼に仕えて大坂落城の際に運命をともにした。木村常陸介の娘を娶った定宣は定加の嗣子《しし》である。

特に竹田家は上記南禅寺以外に五山禅林建仁寺との関わりが深いことにも注目される。

定宣　京三条屋敷ニ而出生仕候。幼年建仁寺に入て出家仕候所、慶長五年父定加定宣を呼戻し家業相伝仕候。

定宣は建仁寺で幼年修行した経歴を持つ。またその子息たちも、

長松　建仁寺住職仕候
定勝　定宣八男　幼名亀千代　式部卿　竹田法印　隠居仕養寿院と相改
　母　木村常陸介女
妻　斎藤佐渡守女

京三條屋敷ニ而出生仕候。建仁寺ニ入出家仕候處、寛永廿年兄宮内卿病死仕候ニ付家業相続仕、式部卿と改名仕候。

とあって建仁寺とのつながりが深い。この時期に建仁寺と交渉を持つことは、雄長老《ゆうちょうろう》や林羅山《はやしらざん》といった碩儒や文人墨客とも交流を持った可能性が考えられ、注目すべき事蹟であるといえる。

『恨の介』は文芸製作とも無縁ではない竹田家周辺で生まれたか

以上に概観した通り竹田家は、始祖の昌慶以来の数奇で、かつ幅広い交際範囲を持つ家系であった。特に次の五点に注目したい。

1　竹田家に明国人の血が流れている点
2　謡曲『善界』を生み出すなど芸能文芸とも関わる家である点
3　五山の禅林とも交流が有る点
4　禁裏や貴族社会、戦国大名に伺候する御伽衆を輩出している点▼注[39]
5　豊臣と徳川の間にあって微妙な立場である点

先に引用した鹿苑寺での一件は『善界』の作者、昭慶の晩年の姿であった。このあたかも竹田の出自を踏まえるかのような、天狗たちが中国からやってくるという設定の『善界』は、現在知られている「是害坊《ぜがいぼう》」物語以外にもその本説を求められる。これは竹田家が、みずからが明国から持ち帰った最新の漢籍知識とそれを養い披露することができる文化圏を有していたことを端的に示していよう。竹田家は家の学として伝承される渡来の知識、禅林や文化人からもたらされる仏典や古典の知識を持ち、それらを披露することができ、ときにはそれを文芸や芸能の形で世に問う事ができる医学の家であった。また天野文雄が永禄十年〈一五六七〉の徳川家の謡初《うたいぞめ》に竹田法印の名が記されていることを指摘している。▼注[40]この竹田法印は『善界』の作者定盛より三代後の定加のことであり、竹田家と芸能の関係がひとり定盛のみに見られるのではなくて、家の学として継承されており、しかも貴人の前で披露されるものであった。更に大内家の御伽衆としては、四書五経の講義の参会者の中に定慶の名が見え（『大内義隆記』）、竹田の儒学の知識が戦国大名にとっては傾聴すべきものであったことを知る。戦国期の竹田家は文芸との関わりに於いてこのような家であったことを特記しておきたい。

世を遁れ、存在を秘して生き残り続けた実在の「木村常陸介の娘」はこの竹田家の正妻であった。『恨の介』のヒロインも戦乱からひそかに生き延びていた「常陸介の娘」であった。「常陸介の娘」によって結ばれたこの不思議な共通点、しかも両者にのみ見出されるこの共通点は『恨の介』の作者、もしくはその生まれる場について一つの示唆を与えてくれるのではないだろうか。

すなわち『恨の介』は、文芸製作とも決して無縁ではない竹田家周辺で生まれたという見通しをたてることができる。そこで、この視点を以て『恨の介』を検討してみたい。

3　『恨の介』と芸能

「語りもの」の枠組みを持つ『恨の介』の冒頭と末尾

『恨の介』の芸能利用については多くの先学の指摘が備わる。煩瑣になるが今一度諸説を整理することで、『恨の介』の作者像を浮かび上がらせてみたい。

まず、『恨の介』は、

　ころはいつその事なるに、けいちやう九ねんのすゑのなつ、上の十日のことなるに、（古活字十二行本）

と語り起こされるが、この表現は夙に市古貞次によって次の『豊後崩聞書《ぶんごくずれききがき》』（黒田如水《くろだじょすい》、寛文頃〈一六六一～七三〉）冒頭との類似から、くどき節や語り物の一つの型ではないだろうかという指摘が提示されている。▼注[41]

　比はいつその比かとよ。慶長五年かのへ子の歳。七月上じゅんごろより、

『豊後崩聞書』と同内容を記した『豊後陣聞書《ぶんごのじんききがき》』（磯水泡《いそすいほう》、寛文三年〈一六六三〉）の「去程ニ、慶長五年庚子秋黒田如水公孝隆ハ」という冒頭に比して、明らかに『恨の介』に近い。あるいは『恨の介』に倣ったものであろうか。その『豊後崩聞書』には「扨も其後」や「いたはしや、つもる其歳」といった類型表現が繰り返し用いられ、討死の描写には「あわれなるとも中〳〵に、申はかりハなかりけり」という語りものの常套句が頻用され、この『恨の介』の語り起こしも、やや時代が下って寛文期に至っても通用する、新しい型の「語り」であったことをうかがわせる。

また、この『恨の介』冒頭は野田寿雄によって「比はいつその比そとよ。永暦元年正月十七日の夜の事なり」という幸若《こうわか》『伏見常盤《ふしみときわ》』を利用したことも指摘されている。[注42]『恨の介』冒頭が語りものの一つの型であることはまず認めてよいであろう。

次いで末尾を見てみる。

ありかたしとも中〳〵に申はかりはなかりけり。これを見る人きく人のしやうこも今も末代もためしすくなき事そとてかんせぬ人はなかりけり。

この末尾も既に野田寿雄、前田金五郎によって幸若、御伽草子等の末尾句に使う常套句であることが指摘されているが、二、三用例を挙げておく。

有難しとも中〳〵申ばかりはなかりけり。（幸若『築島』）

上古も今も末代も、これやためしなかるらむ。人々申あひにけり。（幸若『満仲』）

かんせぬ人はなかりけり。（幸若『鎌田』）

『恨の介』は語りものの口調で語り起こし、語りものの口調で結ばれるという「語りもの」の枠組みを持つことを確認しておきたい。

『恨の介』作者の芸能に対する並々ならぬ精通ぶりと気配り

本文に関しても、野田寿雄が冒頭の清水参詣と幸若『伏見常盤』との対照により、「『うらみのすけ』が、文体においてお伽草子よりも幸若舞曲に大変近い」と述べられ、『恨の介』の作者が「幸若舞の愛好者で、新しい物語を書くときに、従来のお伽草子風の文体にあきたらず、幸若風に書いてみようと思い立ったのであろう」とされた。これを受けて渡辺守邦は『浄瑠璃物語』の諸本との比較により「『浄瑠璃物語』を、刊行されて広く流布する以前に、『恨の介』の作者がこれほど身近なものにしていた」こと、また謡曲どりに関して「曲数で十六ほど、一曲から二箇所を取るのは稀であって広く、作者にその嗜みの浅くなかった」こと、それに比して幸若『敦盛《あつもり》』の五箇所に及ぶ利用の検討により「摂取利用に当って、曲節のおもしろさへの配慮のあった」ことを指摘された。▼注[43]

以上の指摘をまとめるならば、『恨の介』の作者は「幸若の心得が一通りのものでなかった」（渡辺）、「いち早く音読的文学の再生を図ったのでもあろうか」（野田）といった結論になると思われる。『恨の介』の作者が謡曲、そして特に当時流行の幸若、『浄瑠璃物語』などの中世から当時に至る語りものに精通し、しかもそれらを駆使して新しい文芸を創作し得る人物だと考えるべきだというのである。

本節では従来の指摘に更に次の一例を加えてみたい（引用は適宜、漢字に改めた）。

かの高野山と申は、帝都をさつて二（ち）百里、郷里を離れ無人声、八葉の峰八の谷、峨々として岸高し。（古活字十行本）

後家がヒロインの出自を語る際に、常陸介の主君豊臣秀次の最期を語るひとくだりである。この文辞は『平家物語』高野巻の一節であるが、秀次が高野山に更迭され、やがて自害に及ぶ凄烈な最期の、その静かな序奏として用いられているのである。もちろんこの文辞は幸若『敦盛』にもあり、単に深い意図もないままに『敦盛』から摂取したと考えてもよい。しかし、渡辺守邦に次の重要な指摘がある。

『恨の介』の作者が『敦盛』の舞の本に依り得たか否かが明らかでないのだが、利用している五箇所のうち四箇所までが「小舞集」とか「曲節集」と名付けられた幸若歌謡の集成に収められている事実は、『恨の介』への摂取利用に当って、曲節のおもしろさへの配慮のあったことをうかがわせる。

つまり、渡辺は『敦盛』利用に関しては、ある程度の深い採択意図があると見ている。作者が『敦盛』を利用する際には、曲節に対して配慮していたとされるのである。にも拘わらず、先の高野山の一節は渡辺の言う唯一の例外、幸若歌謡の集成に収められていない箇所である。この例外をどう考えるべきであろうか。

この高野山を語る一節は中世語りものの世界においては特に注目されるべきものである。▼注[44]

そもそも、かうや山と申は、ていしやうをさつて、地ひやくり、きやうりをはなれて、むにんしやう

（宮内庁書陵部蔵写本『高野物語』冒頭）

そもそも、高野山と申は、帝城をさつて、とをく、旧里をはなれて無人声、八乗のみね、がゝとしてたかし。

（赤木文庫本『三人ほうし』冒頭）

既に阿部泰郎が「この「高野巻」冒頭の一節「帝城を去って二百里、郷里を離れて無人声」は、それのみが独り流布し、たとえば能『高野物狂《こうやものぐるい》』に用いられるように、さまざまの高野をめぐる恩愛と遁世の物語を謳うものともなった」と述べるように、▼注[45]この一節は『平家物語』から独立し、唱導、芸能に取り入れられてきた「高野物語」とも称すべき特異な一節である。『恨の介』においては殉死の決意と秀次への恩愛を胸に秘め、十六歳のおこぼの前が語るにはまさに格好の一節であろう。『恨の介』の作者が『敦盛』から文辞を抜く際に、渡辺が指摘する曲節への配慮とともに、恩愛と懺悔を語る作品の主題に関わる「高野物語」にも配慮していたことを新たに指摘しておきたい。作者の芸能に対する並々ならぬ精通ぶりと気配りがうかがえよう。

以上、『恨の介』と芸能との関係を概観し、その作者像を少し絞ってみた。『恨の介』の首尾は芸能の結構を持ち、しかも随所に謡曲、幸若、『浄瑠璃物語』などの語りものを取り入れている。また、幸若『敦盛』の利用に際しての周到な配慮を見れば、作者の芸能への精通ぶりはもはや素人の域を越えている。『恨の介』の作者の一つの条件として、芸能に精通し、しかもそれを自在に作品に反映し得ることが挙げられよう。

ここで、先の木村常陸介の娘を妻とした竹田家に立ち戻ってみる。すでに何度も述べきたったように、竹田家は謡曲『善界』という芸能作品を製作し得るほど芸能に精通した家であった。「常陸介の娘」という符号によって『恨の介』と結ばれた竹田家は、この芸能への精通という条件をもクリアし、またひとつ製作の場としての蓋然性を高めたといえるのではないだろうか。

4 『恨の介』の作者が竹田家周辺にいたと想定してみる

そこで、もちろん断定はできないけれども、『恨の介』の作者がこの竹田家周辺にいたと大胆に想定してみる。その想定によって『恨の介』をいかに解釈できるか、以下、前述したことも含めて箇条書きに論じてみる。

○「木村常陸介の娘」の一致

○『恨の介』とその芸能摂取

○美人揃えの知識（五山文学との関わり）

中世から近世にかけての美人の形容類型として、古今の美女を並べ立てる「美人揃え」がある。『恨の介』の美人揃えが従来のものより長大であること、その一つ一つに解釈が付されていることは既に指摘されているが、この和漢仏典に及ぶまでの大量の故事知識を持ち得たのは常識的にいって連歌師か五山の禅林ぐらいであろう。連歌師と竹田家の関係は後述するが、五山との関係は既に述べた。また常陸介の娘を娶った定宣自身が建仁寺での修行経験を持つ。

○連歌師との繋がり

既に浜田啓介が「この作品の執筆者として考慮すべきものは、一は連歌師である」と指摘するように、▼注[46]『恨の介』の作者は連歌師であるか、または連歌師と繋がりのある人物でなくてはならない。竹田家と連歌師との繋がりは次の『紹巴富士見記』（永禄十年〈一五六七〉）がよく伝えている。

十九日。従岡崎竹田法印よき酒をもとめいてゝ、色々を加斎慶忠公にそへ給へり。酔にまぎれて舟をし出て、小河御城にて一会にて。
咲そふやいく百草の花さかり

前述した徳川家の謡初に竹田法印の名が見られた永禄十年、竹田は東下りの途上の紹巴《じょうは》とも交流を持つ。式楽化される以前に徳川家より芸能者として庇護を受け、しかも連歌師とも交流を持つ、この竹田家の動向は『恨の介』を考えるにあたって留意しておくべきであろう。

○幽斎との交流

『恨の介』には、恋文の不審を幽斎の弟子に尋ねるという局面がある。幽斎と『恨の介』については、豊臣家との絡みから特別な意味を持つと思われる。作者はこの幽斎と交流のあった人物だと考えるのが普通であろう。『家譜』に、

天正十五年蔦津義久御征伐之節御供仕九州へ相越候之節、細川幽斎定加へ差送候発句所持仕候。右写。とあり、「名残ある月やともつなみなとふね」の発句とともに書簡を記す。先の紹巴と同じように、文芸を交えた交流が竹田家と幽斎にはあった。

○中世文芸への精通（絵巻、画題の知識）

『恨の介』の背景には近古の草子類を想定しないといけない。かかる絵巻、絵本、写本、或いは画題に伴う説話などから題材や詞章を取り込んで『恨の介』は成立しているわけであるが、問題はいかなる人物がかかる書籍類を持ち得たのか、ということである。恐らく大名家か草子をひさぐ草子屋以外には、かかる草子の集積は不可能であろう。しかしながら、一介の医学の家、竹田家の定盛が御伽草子その他を用いて、謡曲『善界』を創り上げているのである。彼はいかなる方法でかかる草子類に接することが

できたのであろうか。山科言経《やましなときつね》の『言経卿記《ときつねきょうき》』に次の興味深い記事を見出すことができる。

一　西御方へ見舞ニ罷向了。診脈了。

是害坊絵借給了。阿茶丸可見之用也。（文禄二年〈一五九三〉八月十六日）

診療のついでに『是害坊絵《ぜがいぼう》』を借り出したという。こういった例は曲直瀬家の記録にも散見しており、当時の医師は治療の形で諸方の大名高家に出入りするついでに複数の草子類を閲見できたと考えられる。竹田家もその例外ではない。『家譜』を播けば、

信長公御不例之所御薬差上御平愈ニ因定宗之御刀并所翁之龍一軸を給申候。（天文十四年〈一五四五〉四月）

明国聘人謝用梓徐一貫等相煩候所、秀吉公仰にて療治仕候。（中略）聘人帰国之節差送候謝用梓墨絵一軸并宇易鍾馗之画一軸所持仕候。（文禄四年〈一五九五〉）

と見え、治療の謝礼として様々な軸物が竹田家に集積されていったことがうかがえる。特に明より将来されたばかりの最新の画を所持し得る家であったことは注目されてよい。また、

定加父定珪、義輝公より拝領仕候京三條屋敷殿宇新に御立造被成候。張付等之画古永徳え被仰付候。（天正十五年〈一五八七〉）

とあり、狩野派との交流も考えられる。ちなみに上杉本「洛中洛外図」に竹田法印の屋敷が描かれている。この上杉本の絵師が狩野永徳《かのうえいとく》なのか、景観が天正十五年より前なのか後なのかは専門を異にするので本書では触れないが、仮に永徳筆を認める際には、この竹田の事蹟が改めて問題となるであろう。ともあれ、竹田家は様々な形で近古の草子類や画題を閲見することができたのである。

○竹田家への新作の期待

謡曲『善界』は竹田定盛が素人作者ながら創った曲であるが、廃曲にならず好評を博した。諸記録にもその上演の記録が何度も記され、当時の盛況ぶりを伝えている。また『言経卿記』文禄四年〈一五九五〉四月三日の条に相国寺における『善界』の注釈の記事がある。集った顔ぶれは、南禅寺聴松軒霊三長老、相国寺養源院承兌長老、東福寺正統院永哲長老、相国寺慈昭院周保長老、相国寺普広院寿仙泉長老、建仁寺十如院長老（英甫）、建仁寺大統院慈稽西堂、東福寺松月斎聖澄西堂などと秀次周辺の御侍四五人であったという。

『根の介』の生まれる前に、竹田定宣との交流が考えられる建仁寺の雄長老をはじめとする五山の禅林らと常陸介の同輩の秀次周辺の武家が集い、『善界』の注釈作業に入っていた。この注釈の場で話が作者竹田定盛に及ぶのは当然であって、その談笑が相知る竹田家への新たなる文芸の期待にまで及ぶこともなかったとは言えないと思う。ともかく、当時の文壇において『善界』や竹田家が話題にのぼっていたことを指摘しておきたい。

○角倉《すみのくら》家との関わり

『根の介』が当時の最新形式、すなわち印刷されることを前提に創られた作品であることに留意するならば、『家譜』の次の記事が注目される。

定快　幼名岩松丸　治部卿　竹田法印

　母　斎藤佐渡守宗利女

　妻　意安法印宗格女

竹田定宣の孫、定快は意安法印の娘を娶った。この意安は嵯峨の角倉家の縁者、吉田意安であろう。角倉家と出版の関係については今更述べるまでもなく、竹田家はこの角倉家とも関わりがあったことは『恨の介』が活字化されたこととの絡みで注意しておいてよいと思う。

○竹田法印説話

『恨の介』は近世初期の芸苑に賞玩されていたと思われるが、『きのふはけふの物語』上に次の咄が載る。

顔色をとろへ、いかにもらう〳〵としたる人、竹田法眼へ参、ちときこんの落つる御薬を申うけたきよし申せば、

この咄は前述の通り、『戯言養気集』では曲直瀬道三のこととしてあり、そちらが本来の形であろうが、竹田も初期の咄本に取り上げられ、説話化されるほどの人物であったことを物語っている。他にも『本《ほん》朝《ちょう》語《ご》園《えん》』（宝永三年〈一七〇六〉）巻十に、

鄴瓦硯

鎌倉基氏ニ鄴瓦硯アリ。文ニ天禄ノ形及ビ周景王ノ時鋳所ノ銭ノ文ナリ無キ物ハ真ニアラズト云ヘリ。基氏義堂ヲシテ記ヲ作ラシム。（中略）其ノ後コノ硯竹田法印ノ手ニ人リタルニ横川禅師銘ヲ作リテ曰ク、

在和在漢　一瓦千年　与硯同寿　大医竹田

という説話が載る。また『毛吹草』にも「竹田牛黄円」（巻四、名物）が記され、竹田家に世間の関心が集まり、竹田家の説話自体が人口に膾炙していた事を知る。近世初期芸苑は『恨の介』と同様に竹田家の逸話をも好んでいたのである。

○その他

その他、大島壽子（『医師と文芸　室町の医師竹田定盛』和泉書院、平成二五年〈二〇一三〉）は、三条西実隆《さんじょうにしさねたか》をはじめとした竹田家の文芸交流を指摘している。

竹田家周辺に『恨の介』の作者を想定してみれば、この作品を書く素養、知識、環境、交流について都合よく説明が出来るのではないだろうか。特に「木村常陸介の娘」という符号の一致を重視するならば、『恨の介』は竹田家の周辺で生まれたと考えてよいのではないだろうか。

足利義輝から下賜された三条の屋敷は、狩野永徳の絢爛たる襖絵で飾られ、豊臣秀吉、徳川家康を始めとして、細川幽斎、紹巴、五山の禅林達が頻繁に出入りする一種の文化サロンであった。その竹田の屋敷には様々な草子類や絵画、連歌書、歌書などが集積され、角倉ゆかりの者も集い、定盛以来の芸能作品に談笑する雰囲気の漂う場でもあった。この場こそ『恨の介』が生まれるのに最も適した場であろう。

5　読者は『恨の介』に何を見ていたのか

『恨の介』の作者

従来、『恨の介』の作者を貴族階級に求める説が多い。しかし、仮名草子の作者については次の野間光辰の示唆に富む指摘がある。▼注[47]

仮名草子の初期に於ては、むしろ貴人の御伽の料としての娯楽性が濃厚であった。そしてその作者には、貴人の側近に奉仕する小姓衆乃至は御出入の御相伴衆、たとえば連歌師や医師・僧侶などが多かったのではないかと思う。

浜田啓介も前掲論文に於いて「『恨の介』は貴族の作品ではなく、貴族大名等のなぐさみに提供すべく、奉仕者の方にて調製した」と述べる。本書においてもやはり『恨の介』の作者を貴族階級に奉仕した者に求めたい。『徒然草寿命院抄』を著した医師秦宗巴が近衛に伺候《しこう》して『犬枕』を製したことはよく知られているが、他にも『竹斎』を製した富山道冶、『河海物語《かかいものがたり》』を製した尾張家お抱え医師の小見山安休、やや時代が下って『水鳥記《すいちょうき》』を製した酒井雅楽頭のお抱え医師の茨木春朔など、仮名草子の作者層として医師を無視することはできない。本書で指摘した「木村常陸介の娘」を始めとする符号の一致を考え合わせれば、『恨の介』の作者を竹田家に求めるという試みもあながち見当外れなものではないであろう。

曲直瀬と竹田の対抗意識が及んだその先

また、『恨の介』の作者が竹田家周辺とするならば、次の『竹斎』の設定の皮肉が読み取られるのではないだろうか。

又にらみの介とてらうとう一人あり。かれをよひ出し申けるやうは、なんち存することく、我やふくすしの名を得たりとはいへとも、（古活字十一行本）

「やぶくすし、竹斎」の郎等として恨の介をかすめた「にらみの介」が設定されているが、なぜ医師の郎等に恨の介が選ばれるのか、この設定こそが医師と恨の介との関連を端的に物語っている。『竹斎』と『恨の介』は同じ読者層を持つ。読者が同じということは、読者は『竹斎』『恨の介』の製作現場を知っているということである。『竹斎』が曲直瀬家周辺から製作されたことは事実である。『恨の介』が竹田家周辺で製作されたのであれば、両者の間にはともに大名高家に伺候した医師が提供した作品であるという共通点が指摘できる。『竹斎』の作者、富山道冶は曲直瀬玄朔の弟子であるが、その玄朔の診断カルテ『医学天正記』に、

一　正親町院　御年六十五六才　俄中風全ク不レ識シラレ人ヲ。事痰涎鋸声身温ニシテ御脈浮緩ナリ。竹田定加法印傷寒ト申、半井通仙中風ト申。二医診候相違ナリ。于時ニ予診レテ之而中風ト申。

といった他医の失敗例を挙げて自己の手柄を自慢する箇所が散見することは前章で述べた通りである。その槍玉にあげられるのが竹田家である。刊本だけで九回、刊行されなかった下巻まで含むと十数回竹田の治療失敗が執拗に記される。また『言経卿記』慶長七年〈一六〇二〉正月九日の条には、玄朔と竹田が禁中で同座したことが記されるが、曲直瀬と竹田は対抗意識を蔵したままで同じ場に座することがたびたびであった。その対抗意識は、御伽の料に供される「慰みの草子」にも及んだのではないだろうか。『恨の介』を竹田家が上梓し、貴人の間に好評を博していたとするならば、『竹斎』は曲直瀬家がそれに対抗すべく貴人に供した作品だと考えられる。そう考えるならば、冒頭の初代道三（雖知苦斎）の名をかすめた竹斎が、恨の介の名をかすめた「にらみの介」に、「なんち存ずるごとく、我やぶくすしの名を得たりとはいへども」と語るその哄笑と皮肉に満

ちた行間を看て取ることができよう。

奇妙な『恨の介』主人公設定の理由

また『恨の介』で従来問題にされているのが、「関東下野辺のゆへ有人」（写本）という関東の徳川方の武士である恨の介と、上方の豊臣方の武士の遺児である雪の前の恋愛という設定である。ゆえに「関ヶ原の戦以後、徳川と豊臣とは犬猿の仲なのだ。変な小説と言えば言える」という批評が生まれるのだが、▼注[48] この奇妙な組合わせも作者を竹田家周辺だとするならば、問題無く説明できる。

常陸介の娘を娶った定宣は、本来は竹田家の嗣子ではなく、兄の定白が急死の為、竹田家を継いだのである。その定白を『家譜』によって記してみる。

定白　定加長男　幼名竹壽丸　式部卿　竹田法印　後ニ永翁斎ト改申候
天正十一年部屋住ニ而秀吉公江御目見仕候所、秀吉公御意ニ叶、御側ニ被差置（中略）慶長三年秀吉公御不例御大切之節、定白を御側ニ被召、秀頼公御成長迄朝夕御側ニ罷在可相勤旨蒙仰

秀吉は定白を信じ切っていた。病気で弱気な時には、幼い豊臣秀頼の行く末を定白に頼んでいる。秀吉とのなみなみならぬ関係がうかがわれる。一方、弟の定宣は、

同（慶長）十三年父定加老衰仕候ニ付、為父名代関東江罷下り候所、権現様台徳院様御目見被仰付、定加

知行千三百石無相違被下置候。

と、関東に下って徳川家康に仕えている。父定加は乱世を生き抜いた医師だけあって、一家を存続させるため、兄弟を東西の有力な武将に配する。兄は豊臣、弟は徳川に仕えさせる。その冷徹な手腕は見事であるが、『恨の介』の成立は慶長十四年〈一六〇九〉以後であり、この時竹田家の兄弟は徳川と豊臣の敵味方に分かれていたのである。しかも徳川についた定宣の妻が奇しくも豊臣方の姫であった。この因果がからまった兄弟の関係が『恨の介』の奇妙な設定そのままであったのである。

『恨の介』の成立時期に関しては、今後検討すべきであろうが、従来言われているように慶長年間の作だとするならば、この成立時期は竹田の兄弟にしてみれば誠に皮肉な時期であった。

『恨の介』成立後の数年をまたず、兄の定白は「元和元年、大坂落城の節、城外竹束の上にて家臣吉村大蔵ともぐ\切腹仕り候」（『家譜』、原漢文）とあるように大坂城を枕に自害した。関ヶ原の戦焼くすぶる中で、兄は豊臣、弟は徳川と運命を共にすべく袂をわかつ。『恨の介』はその不穏な緊張関係を背景に描かれた作品であったのだろうか。その結末が両者の死を以て閉じられることは、はからずも竹田の兄弟の行く末を予見していたかのようである。

近世初期小説を解明するために必要な資料

以上、本書では「木村常陸介の娘」という偶然以上と思われる符号の一致により、『恨の介』の作者を医師竹田家周辺に想定してみた。その想定により『恨の介』を捉え直してみると、説明し得ることが多い。今見られる形にこの作品を書き留めた人物はもちろん存在し、彼を作者とするに異論はないが、それは単なる書写者にすぎないという考え方も許されると思う。「常陸介の娘」を重視し、冒頭で述べた座の文芸という点を勘案するならば、『恨の介』は竹田という戦国期の御伽の医家が貴人に供すべく製作した草子だと考えたい。

写本や古活字本の読者たちは『恨の介』に何を見ていたのだろうか。恐らく台頭しつつあった新興の徳川に抵抗感を抱いていたであろう上方の貴人達は、『恨の介』にありきたりな恋物語や古典の素養を求めていたのではなく、時勢に翻弄される竹田家の自虐的な翳りを「賞玩」していたのではないだろうか。慶長期は「かぶきの時代」とも称され、関ヶ原合戦と大坂の陣のはざまに募る徳川と豊臣の息苦しさの中で、歌舞伎は発達し、『恨の介』のモデルといわれる妖しい事件が頻発し、巷間《こうかん》には天変地異の流言飛語が飛び交った時代であった。[注49]『恨の介』よりやや時代が下ると思われる舟木本「洛中洛外図」が従来の構図を歪めて、左隻に二条城、右隻に方広寺大仏殿を対峙させて、覇者徳川と滅びし豊臣への微妙な想いを歌舞伎や遊女町や風流とともに描いているが、慶長期を生きた貴人はこの「洛中洛外図」を眺めるのと同じ目で『恨の介』を見ていたのであろう。この作品に漂う妖しさと刹那的な情熱、時代を予見するかのような死という散華の結末。それらが語りものの枠組みにのって淡々と紡ぎ出されているこの草子が、激動期を生きた人々の心を捉えたのだと思う。

そして、その作品を書き得た場は「医家」であった可能性が高い。その解明のためには、「文学史料」「歴史資料」ではなく、「医学（史）資料」の発掘が必要なのである。

第５節◉江戸文芸の発展を映し出す、御伽の医師の「書いた物」

本書では『竹斎』『恨の介』を御伽の医師の書いた作品として見るべきであることを提唱した。その上で、『竹斎』を曲直瀬流医学とその文芸環境を考慮しながら、作品論を展開した。また、『竹斎』の亜流作品の展開、医学と芸能とのランデブーの様相を点描した。そして、『竹斎』作者、富山道治の家について報告し、『恨の介』の作者について曲直瀬のライバルである竹田家の可能性を提示している。最後に、その御伽の医師の「書いた物」の世界を見てみたい。その展開の中で拓かれた世界が、前章で取り上げた「医学書に擬態する文学書」といかなる接点を持つに至るのであろうか。

中村幸彦は「竹斎伝説なるものが古くからあり、それを素材として、磯田道治（富山道治）がたまたまある時期に本にした」のが『竹斎』であるという。▼注［50］その「竹斎伝説」はいろいろな所より求められるが、本書ではやはり曲直瀬と竹田周辺からその伝説を求めたい。

曲直瀬玄朔と竹田家周辺

道治の師、曲直瀬玄朔の生涯は波乱に富む。道三の養子として曲直瀬家を継いでより、正親町帝、信長、秀吉、家康はもとより、飛鳥井、近衛、観世などの貴人にも拝謁するほどの医師となる。とりわけ豊臣との関係は深く、文禄元年に秀吉に従って朝鮮に赴き、関白秀次の謀反に際しては寒郷の常陸に流謫、佐竹家の預かりとなる。玄朔が秀次の「御伽衆」であったことを物語る一件である。秀吉没後、許されて帰洛、後陽成帝に謁した後、将軍秀忠の招聘により江戸へ赴く。そして今度は徳川の御伽医師として権勢を誇るのである。そして、元和元年〈一六一五〉、嘗て親炙した豊臣家の滅亡を知る。その年に玄朔に五百石が知行されたのは皮肉なことであった。その玄朔の周辺には文化人や秦宗巴、富山道治などが群居し、『竹斎』『徒然草寿命院抄』『黄素妙論』謡曲『仲遠《ちゅうおん》』などの作品が生み出される環境が醸成された。

一方、曲直瀬のライバルとも言える竹田家も謡曲『善界』に続いて『恨の介』を生み出す。玄朔及びその周辺はその『恨の介』をいかなる想いで読んだのだろうか。特に、女主人公の出自が秀次謀反の煽りを受けて処刑された木村常陸介の遺児という設定をいかに読んだのであろうか。『大かうさまぐんきのうち』『太閤記』『聚楽第物語』では木村は「木村常陸介御謀叛すすめ奉る事」（『聚楽第物語』）と悪しざまに描かれ、妻子も「木村常陸介妻子三条河原ニ磔ニ懸ル」（『大かうさまぐんきのうち』）と描かれる。それに比して『恨之介』は哀調を帯びる文章を以て木村親子の別れを描くのである。時に豊臣滅亡の生々しさの燻る時代、『恨の介』の設定はあまりにも危うく、そして危うさゆえに美しい。玄朔はこの滅びし者への愁いに満ちる設定をどう感じたのだろうか。玄朔は、

秀次公謀反に與《くみ》せしとて、遠流の人々には延寿院玄朔、紹巴法眼、荒木安志、木下大膳亮等也。（中略）玄朔、紹巴、安志は後に御赦免有りしなり。此外は皆切腹被仰付了。（『太閤記』）

とあって、彼もまたまかり間違えば木村と同じ運命を辿っていた人物であった。既に徳川の庇護を得た玄朔に

してみれば、かつての「同僚」の木村の凄惨な最期は記憶に新しく、いまだ心中に含むものがあったであろう。世の常として敗者が悪く語られる風潮の中で、『恨の介』は郷愁と惨苦の錯綜した想いそのままに彼らを惹きつけたであろう。

また描かれる人物はみな玄朔の知己であって、『恨の介』は玄朔をその読者と想定した場で生まれた作品であり、『竹斎』と場を共有している。

その『恨の介』に、

されはここに細川の玄旨に使はれし宗庵と申せし人、恨の介と一段知る人なれば、此宿へ行きて歌物語を余所のやうに語り出し、

という局面がある。恨の介が雪の前の文の不審を尋ねる条りであるが、ここで細川玄旨《ほそかわげんし》すなわち幽斎《ゆうさい》の名が記される。幽斎の名は当時名高く、豊臣とも徳川とも接点を持つ。秀次とも昵懇で当然曲直瀬玄朔とも面識があった。『恨の介』のこの局面はその幽斎周辺で生まれた「歌物語」を取り入れているのである。とすれば、『竹斎』の方にも細川幽斎の周辺で生まれたヤブ医の咄、すなわち「竹斎伝説」を探してみなければならない。

御伽の医師の「語り」は「書き物」となり、滑稽、芸能と結び付く「文学書」になる

せゝり細工に藪医師《くすし》、秤り目一つも知らずして、薬を使へど効きもせず、あまるべ医師うろしつつ、咎の

ほどこそ恐ろしや。脉の良し悪しさへ知らで、けたい学問□いかり、難経、素問、五運りき、和剤の指南、大成論、察病指南、薬性論、しうろんほうなんどはかたのごとくも読みぬると、下手の医師の癖として□手柄をぞ言いにけり。

『細川家侯爵家文書』に収まる幽斎の道歌の一節である。注[51] この一節は次の『竹斎』（古活字版）の一節に似ていないだろうか（ともに傍線、筆者）。

其時竹斎調にのり、威言こそは言ひにける。「此竹斎若き時、かたのごとく学問をぞ致しける。読み置く医書はどれどれぞ。先一番に大成論。脉経、能毒、運気論、序例、難経、回春や医学正伝、或問に素問、霊枢、諸本草、医林集要、源流まで風の吹く夜も吹かぬ夜も、雨の降る夜も降らぬ夜も、燈火のもとにて眼をさらし、かたのごとく学問を務めたり」とは申せども、

本邦の『能毒』、曲直瀬の自慢である到来したばかりの『万病回春』、玄朔が講義した『察病指南《さつびょうしなん》』を記したのは作者道冶の創意であるが、両者の類似は否めないであろう。しかし異同も多く、道冶が直接にこの幽斎周辺で生まれた道歌を採り入れたとは考え難い。ある場でこの藪医の医書揃えの原形が生まれ、それを幽斎周辺と曲直瀬周辺がそれぞれの作品に採り入れたと考える方が自然である。その場とはかかる医書の名が語られる場、すなわち医師の同座する場であろう。幽斎と秀次の関係を考えれば、その場はやはり玄朔が同座することの多かった豊臣の伽の場ではないだろうか。秦宗巴も秀次に伺候して智嚢を貯え、『謡抄《うたいしょう》』もこの秀次周辺の

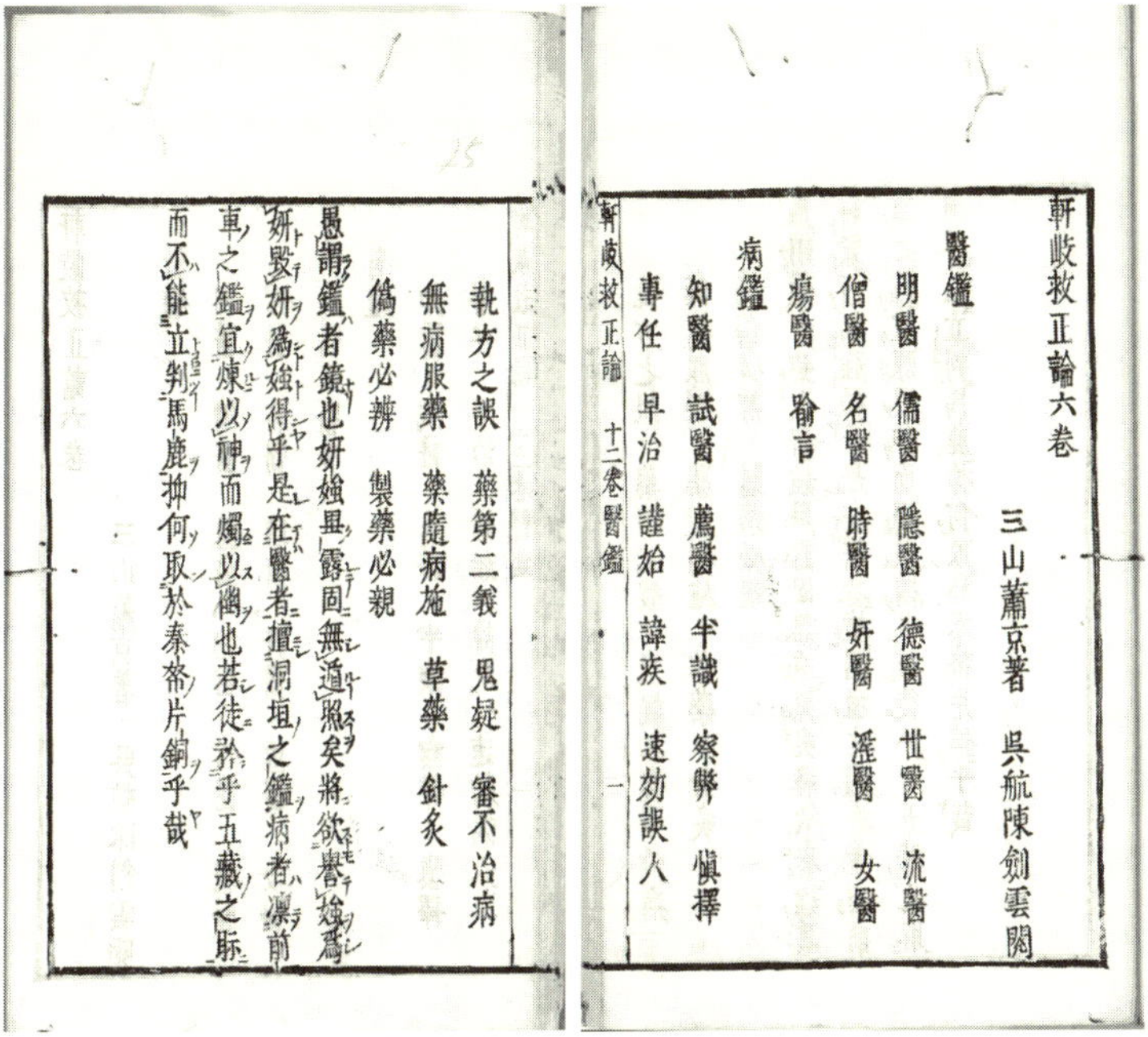
軒岐救正論六巻
三山蕭京著　呉航陳劍雲閲
醫鑑
明醫　儒醫　隱醫　德醫　世醫　流醫
僧醫　名醫　時醫　奸醫　淫醫　女醫
瘍醫　俗言
病鑑
知醫　試醫　薦醫　半識　察弊　愼擇
事任　早治　謹始　諱疾　速効　誤八
軒岐救正論　十二巻醫鑑　一
執方之誤　藥第二義　鬼疑　審不治病
無病服藥　藥隨病施　草藥　針灸
僞藥必辨　製藥必親
愚謂鑑者鏡也妍媸畢露固無遁照矣將欲書妍媸為
妍醜妍為媸得乎是在醫者擴洞垣之鑑療者凜前
車之鑑宜煉以神而燭以燭也若徒矜乎五藏之脉
而不能立判馬鹿抑何取於秦帑片銅乎哉

『軒岐救正論』（架蔵）

場で生まれた。この場は種々の文芸が生成する場であり、「竹斎伝説」が生まれるには十分な場であった。「竹斎伝説」はもちろんその全てではないが、そのいくつかは伽の場で生まれ、それが後に書き留められて「書物」となったのであろう。

このように当初の御伽の医師の医学知識を盛り込んだ「語り」は、「書き物」となり、その「書いた物」は滑稽、芸能と結び付く「文学書」となったという見通しをまずは立てることができそうである。

ヤブ医の物語の行方――滑稽と教訓

その後に、このヤブ医の「書いた物」は堅苦しい鎧と大義をまとうようになる。その鎧と大義は別に「滑稽」と「教訓」と言い換えることもできる。

ヤブ医の「書いた物」に求める滑稽と教訓

は、当然ながら当代医学への諷刺の形を取るべきである。滑稽なヤブ医者を描きながら、いつの時代も跋扈《ばっこ》する悪徳医師を譏《さ》す毒爪を人は文学に求めるのである。『竹斎』もまたその役割を期待される。前田金五郎は『竹斎』に当世の流行医への諷刺を読みとる補助線として明の蕭京《しょうきょう》（蕭万輿《ばんよ》）の『軒岐救正論《けんぎきゅうせいろん》』を挙げるが、▼注[52]この処置はいかにも適切なものであった。というのも、その捉え方は現代の解釈ではなく、すでに『竹斎療治之評判《ちくさいりょうじのひょうばん》』（貞享二年〈一六八五〉刊。以下『療治之評判』と略之）で指摘されているのである。▼注[53]

貞享年間〈一六八四〜八八〉には出来上がっていた『竹斎』が医道教訓だとする捉え方

『軒岐救正論』は、邪説が横行する世相にあって『素問』『霊枢』を重んじる作者・蕭京が「是の編、救をもって言ふは、専ら人の病を救ふにあらず。乃ち先ず医の病を救ふなり」（原漢文）との意図で編纂されたものである。この書について雨森芳洲《あめのもりほうしゅう》は「蕭万輿などいへるもの丶方書、世に行はれ」（『たはれ草』）と言うようによく流布した医学書であった。特徴的なのは巻六であって、

僭ニ評二諸医ノ学識才品淑慝貞邪ヲ一懸ク二此ノ明鑑ニ一。願ハ医為二上医ト一願ハ人撰二ンコトヲ好医ヲ一耳。

僭に諸医の学識、才品、淑慝（よいこと／悪いこと）、貞邪を評して、此の明鑑に懸く。願はくは医は上医となり、願はくは人は好医を撰ばんことを。

として「明医」以下奸医や淫医など十四種の医師を評した「医鑑」と、

此レ専ラ為メニ二病者ノ一操リレ鑑ヲ亦兼テ為メニ二医者ノ一立ツレ箴ヲ也。

此れ専ら、病者のために鑑を操り、亦た兼ねて医者のために箴を立つなり。

として医師を見分ける患者の心構えを記した「病鑑」とから成り、蕭京の意図を最も反映している。『療治之評判』は難波の円瓢子の作で、題簽角書に「医者鏡／病人鑑」とあるように、この『軒岐救正論』巻六の影響を受け、

三山の蕭京《しやうけい》といひし人、軒岐救正論《けんききうせいろん》の書をあらはして、いしやの鏡《かゝみ》又は病人方《びやうにんかた》の鏡《かゝみ》を書て、唐《もろこし》の医者《いしや》の心ざまのよしあし、或《あるひ》は世《よ》わたりのてたてに見分《みぶん》をかざり、権門とて大名高家《みやうかうけ》へ出入《いでいり》をなす心底色《しんていいろ》々の有様《ありさま》何角《なにか》につゐて十二三いろの鏡《かゝみ》を書て、医者《いしや》に段《だん》々の様子《やうす》ある事をしるしてあしき事をしかりけり。

として、『竹斎』から名古屋での藪治療を取り出し、

右之評判雖如発揮竹斎之隠旨、未知可合于竹斎之微意否也。雖然今日之評不如無矣。願医病之両家因此評而托心於人命之重則幸甚。

右の評判、『竹斎』の隠旨を発揮するごときといへども、いまだ『竹斎』の微意に合ふべきや否やを知ら

ざるなり。然りとはいへども、今日の評は無きにしかず。願はくは医・病の両家、此の評によりて心を人命の重きに托さば則ち幸甚なり。

との意図で編まれたものである。先に述べたごとく『竹斎』を医師批判と教訓に強く結び付けて解釈した作品である。この作品にはそれなりの説得力があって、彼の言うように『軒岐救正論』と『竹斎』とを引き比べてみると、例えば「病鑑」の試医（病症を言う前に、まず医者に脈を見させて、病状と合うか試せ）や、半識（一二の医学書を聞きかじっただけの医師には注意しろ）などの記述が不思議なことに『竹斎』と重なってくるのである。

蕭京《しやうけい》は陽《あらは》にその人の悪《あく》を取出《とりいだ》してしかり、この竹斎《ちくさい》はうらはらにて陰《ひそか》にしかる心を内《うち》にふくみてかき、外《ほか》はさらりと浮世《うきよ》のはなしにかくなり。能《よく》も心得《こゝろへ》たる人と見えたり。右《みぎ》のしやうけいの鏡《かゝみ》、又は見聞《みきゝ》たるところをもつて竹斎療治《ちくさいりやうぢ》を評《ひよう》する物也。

という彼の主張には一応首肯できるところがあり、『竹斎』作者富山道治も『軒岐救正論』を見ていた可能性も無視できないことから、『竹斎』そのものの隠旨や微意が医道教訓だとする捉え方が少なくとも貞享年間〈一六八四～八八〉には出来上がっていたことになる。

このように、本来は教訓や諷刺とは無関係であった『竹斎』にたいそうな鎧をまとわせるようになったのはいつ頃からなのだろうか。

近世文芸の発展を映し出す、滑稽・教訓・謙辞という三つの展開

『竹斎』の追随作が滑稽な主人公像を継承したのは当然ながら、元祖には見られない要素も加わっていく。『竹斎はなし』（寛文頃）では「ここに上京辺にやぶくすしの竹斎とて、けうがるやせ法師ありけるが、学文人にこへて医者の道も巧者なり」として智者でありながら世を韜晦する人物として描かれる。『杉楊枝』（延宝八年〈一六八〇〉）跋文には（引用は適宜漢字を宛てた）、

此草紙を手習ふ子供のもて遊びに書き加へたり。今の世の中、才すぐれ人の心さかしくなりければ、よからぬ話は耳にたちぬ。予、此草紙を世上に広めんといふに

とあって教訓が強く意識されていることを知る。つまり、『療治之評判』に見られる教訓との結び付きはそれ以前から見られるのである。この医学と教訓との結び付きの延長線上に前章で取り上げた『教訓衆方規矩』『医者談義』などが位置づけられると思われる。御伽の医師の「書き物」は教訓書への道を一つには取っていった。談義本『教訓衆方規矩』は『竹斎』と内容的には無関係であるにもかかわらず、後序署名は「藪の内竹斎」とあるのはその代表例である。

一方、当初持っていた滑稽が失われずに黄表紙『竹斎老宝山吹色』のような作品も生まれていく。

また、第三の道として、槇島昭武の『書言字考』に「知苦斎　本朝医家之謙称。又呼庸医云爾」とあるように医師の謙称の道がある。この記事の語るものは、「竹斎」がやぶ医者（庸医）を指す凡称とするのは間違いで、あくまでもその前の「本朝医家之謙称」が第一義の記載であるということである。この用例は槇島昭武に限らず、

中村三近子の『一代書用』（享保十五年〈一七三〇〉）にも「医術之文章」として「此間者竹斎之道ニ志し」と見える。「この間から藪医などを目指しまして」という意味になろうが、それはヤブ医を指すのではない。日常茶飯の単なる謙辞であって、もとより藪医を目標とするというわけではないのである。このような謙辞としての「竹斎」が市民権を得て、実際に小宮山昌秀などの竹斎の号を持つ人物も現われるようになる。従来あまり説かれなかったが、「竹斎」が謙辞として使われたことにも注意が必要である。

御伽の医師の書いた「書き物」は、一には滑稽性を維持して受け継がれ、一には教訓と結び付き、もう一には謙辞として使われた。その展開はあたかも近世文芸の発展を映し出したかのような鮮やかさを持っている。

医学と文学が手を携えて作り上げた世界があったのである。その豊かさを理解しない（できない）現代の風景は、果たして後代にどのように語られるのであろうか。

第2章◉注

［1］福田安典「草子系『浄瑠璃御前物語』について」（『日本文学』第六一巻一〇号、平成二四年一〇月）。

［2］福田安典「『竹斎』―モデル論への試み―」（『語文』第五十七輯、平成三年一〇月）、中島次郎「『淋敷座之慰』の「竹斎」」（『近世文藝』七六号、平成一四年七月）、松本健『仮名草子の〈物語〉―『竹斎』・『浮世物語』論』（青山社、平成二一年）他。

［3］笹野堅『近世歌謡集』（朝日新聞社、昭和三一年）、野間光辰『鑑賞日本古典文学26　御伽草子、仮名草子』解説（角川書店、昭和五一年）、前田金五郎編『近世文藝資料11　竹斎物語集』解説（古典文庫、昭和四五年）など。

［4］前掲、前田金五郎解説。

［5］花田富二夫「『竹斎』東下考」（『大妻女子大学紀要』二三号、平成三年三月）、後に『仮名草子研究―説話とその周辺―』（新典社、平成十五年）所収。

［6］桑田忠親『大名と御伽衆』（青磁社、昭和十七年）。

［7］福田安典「『竹斎』―モデル論への試み―」（『語文』第五十七輯、平成三年十月）以後、同様の読みが松本健によって提示されている（『仮名草子の〈物語〉―『竹斎』・『浮世物語』論』青山社、平成二一年）。他に、下坂憲子「『竹斎』と曲直瀬流医学」（『曲直瀬道三と近世日本医療社会』武田科学振興財団、平成二七年）。

［8］松田修「『竹斎』の成立―仮名草子の時好性―」（『国語国文』第二七一号、昭和三二年八月）。

［9］野間光辰『鑑賞日本古典文学26　御伽草子、仮名草子』解説（角川書店、昭和五一年）に詳しい。

［10］前田金五郎頭注（『日本古典文学大系90　仮名草子集』岩波書店、昭和四〇年）。

［11］Andrew Edmund GOBLE〝YAMASHINA TOKITSUNE AND PATIENT RECORDS〟（『二松学舎大学二十一世紀ＣＯＥプログラム　日本漢文研究の世界的拠点の構築　研究成果報告書　ワークショップ　曲直瀬道三』平成一九年）

［12］鈴木棠三『醒睡笑研究ノート』（笠間書院、昭和六一年）。

［13］底本は松沢智里編『古典文庫　信長記　甫庵本』上下（古典文庫、昭和四七年。上296・下298）。適宜、句読点、濁点、漢字を施した。

［14］小高敏郎『近世初期文壇の研究』（明治書院、昭和三十九年）。

［15］福田安典「曲直瀬道三説話について」（『曲直瀬道三と近世日本医療社会』武田科学振興財団、平成二七年）。

［16］『日本古典文学全集37　仮名草子集　浮世草子集』（小学館、昭和四六年）解説。

［17］前田金五郎編『近世文藝資料11　竹斎物語集』解題（古典文庫、昭和四五年）、吉永昭「伊勢商人の研究―近世前期における「富山家」の発展と構造」（『史学雑誌』第七十一編第三号、昭和三七年三月）。

［18］岡本勝『貴重古典籍叢刊13　初期上方子供絵本集』（角川書店、昭和五七年）。

［19］野間光辰校注『日本古典文学大系48　西鶴集　下』補注（岩波書店、昭和三五年）ほか。

［20］『町人考見録』は、中村幸彦校注『日本思想大系59　近世町人思想』（岩波書店、昭和五〇年）による。

［21］射和町教育委員会編『射和文化史』昭和三一年。

［22］前田金五郎編『近世文藝資料11　竹斎物語集』解題（古典文庫、昭和四五年）。

［23］岡本勝「三千風と富山氏」（『大淀三千風研究』桜楓社、昭和四六年）。

［24］佐佐木信綱『元暦萬葉集』解説（朝日新聞社、昭和三年）。

［25］信多純一「中世小説と西鶴―『角田川物かたり』と『好色五人女』をめぐって―」（『文学』四四巻九号、昭和五三年九月）。

［26］前田金五郎頭注（『日本古典文学大系90　仮名草子集』岩波書店、昭和四〇年）。

［27］『近世文学会会報』一、二号（昭和四三年一月）。

［28］なお、中島次郎は後版である寛文版によって「船唄」が仕立てられたと論じているが（「『淋敷座之慰』の「竹斎」」（『近世文藝』七六号、平成一四年七月）いずれにせよ、書物『竹斎』の歌謡化は動くことはないと思われる。

［29］野間光辰『鑑賞日本古典文学26　御伽草子、仮名草子』解説（角川書店、昭和五一年）。

［30］信多純一・斎藤清二郎編著『のろまそろま狂言集成　道化人形とその系譜』（大学堂書店、昭和四九年）。

［31］道化人形「ふんとく」は信多によれば次のようである。

『万歳躍』に左内の座で「だうけ」（話術）の名を得たとある。『好色一代男』（天和二年）に、正月十六日島原の人形見世の有様を描き、「こゝろなき藤六・見斎・粉徳・麦松もうき立ばかり見えわたりておもしろし」と記している。この時点で粉徳の道化人形がすでに在ったことを確かめられる。宇治加賀掾正本『栗嶋大明神御縁起』（延宝九年十月以前）の挿絵に「ふんとくもちのいひ立」として滑稽な容貌の男が右下隅に描かれており、この曲の五段目で活躍したもののようである（挿絵参照）。ここでも操の中であるだけに、道化人形としてのふんとくを考えるべきであろう。更に、『津市史』に見える、元禄十五年八月津八幡祭芝居における竹本筑後掾一座の上演記録に、「だうけ　ふん徳六左衛門」とあるところを見ても、ふんとくの人形の類型が固まり、その道化人形を遣う人形遣いが竹本座にも所属していたことが知られる。

〔32〕福田安典「謡曲『仲遠』について—『竹斎』姉妹作の可能性を求めて」（『島津忠夫先生古希記念論集　日本文学史論』世界思想社、平成九年）。

〔33〕松田修「「うらみのすけ」をめぐつて—仮名草子から浮世草子へ」（『国語国文』二四巻一二号、昭和三〇年一二月）。

〔34〕『日本古典文学大辞典』野間光辰・尾上新太郎解説（岩波書店、昭和五八年）。

〔35〕使用テキストは『近世文学資料類従　仮名草子編20　恨之介』（勉誠社、昭和四八年）、適宜漢字、濁点、「　」などを施した。

〔36〕野間光辰『鑑賞日本古典文学26　御伽草子、仮名草子』解説（角川書店、昭和五一年）。

〔37〕武田科学振興財団杏雨書屋所蔵。他に京都大学医学部図書館富士川文庫所蔵。二本はほぼ同内容。

〔38〕小林静雄『謡曲作者の研究』（丸岡出版社、昭和一七年）。

〔39〕桑田忠親『大名と御伽衆』（青磁社、昭和一七年）。

〔40〕天野文雄「徳川家の初期謡初—永禄期を中心に—」（『上田女子短期大学紀要』第七号、昭和五九年三月）。

〔41〕市古貞次「仮名草子について」（大東急記念文庫文化講座シリーズ第一巻、昭和三五年）。

〔42〕野田寿雄「「うらみのすけ」論」（『青山語文』第八号、昭和五三年三月）。

〔43〕渡辺守邦「恨の介—古さと新しさと」（『国文学　解釈と鑑賞』四五巻九号、昭和五五年九月）。

〔44〕引用は『室町時代物語大成』（角川書店）による。

〔45〕阿部泰郎「高野山—高野物語の系譜」（『国文学　解釈と教材の研究』三七巻七号、平成四年六月）。

〔46〕浜田啓介「草子屋仮説」（『江戸文学』八号、平成四年）。

〔47〕野間光辰「仮名草子の作者に関する一考察」（『近世作家伝攷』中央公論社、昭和六〇年）。

〔48〕野田寿雄『日本近世小説史　仮名草子編』（勉誠社、昭和五七年）。

〔49〕守屋毅『「かぶき」の時代』（角川書店、昭和五一年）。

〔50〕『日本古典文学全集37　仮名草子集　浮世草子集』解説（小学館、昭和四六年）。

〔51〕池田広司編『古典文庫180　中世近世道歌集』（古典文庫、昭和三七年）。

［52］前田金五郎編『近世文藝資料11　竹斎物語集』（古典文庫、昭和四五年）。

［53］福田安典「『竹斎』と教訓」（『雅俗』第五号、平成一〇年一月）。以後に、ラウラ・モレッティ「『竹斎療治之評判』論―評判の形態とその意味」（『近世初期文芸』第一八号、平成一三年一二月）が発表されている。合わせて参照されたい。

結章◉近世文学の新領域

文学とは何か

以上、本書では、まず第1章では「医学書」と「読み物」の接近、領域の侵犯について諸例を挙げた。同時に、医学書に通じていなければ読み解けない作品、逆に言えば医学書に通じていれば簡単に読み解くことのできる作品例を挙げた。

第2章では、曲直瀬流医学を学んだ富山道冶が書いた『竹斎』を俎上にあげ、作者の問題、生成や享受に関わる環境の考察、後続作や展開における芸能や教訓との結び付き、ライバルの竹田家が調製したと思われる『根の介』について論じた。そして、その際に「医学（史）知識」が必須であることを指摘した。

その全体のタイトルの「医学書のなかの「文学」」は比喩的な物言いであって、おわかりのように本書の真の目的は「読み物としての医学書・本草書」の発見である。

本書で示したように、医学書や本草書の知識無しには理解できない作品や文化交流が近世文芸には確かに存在する。本書で取り上げたのはその一部にすぎない。その理解のために、多少の読みづらさと抵抗は承知のうえで、医学書原文や原本の図版のいくつかを掲載した。ここで強調したいのは、その作業者（筆者）は、何の医学関係の資格も有せず、医療行為にも従事していない「虚学」の人間であるということである。かかる人間にとっては、医学書や本草書は単なる「読み物」ということになる。そして、本書の読者の何割かも同様の立場であろう。その「読み物」を安易に「文学」と名付けてしまえば、我が田に水を引くようで恐縮であるが、「文学」とは何かという大命題論争のサイドラインからの話題提供の一助となることを祈る。

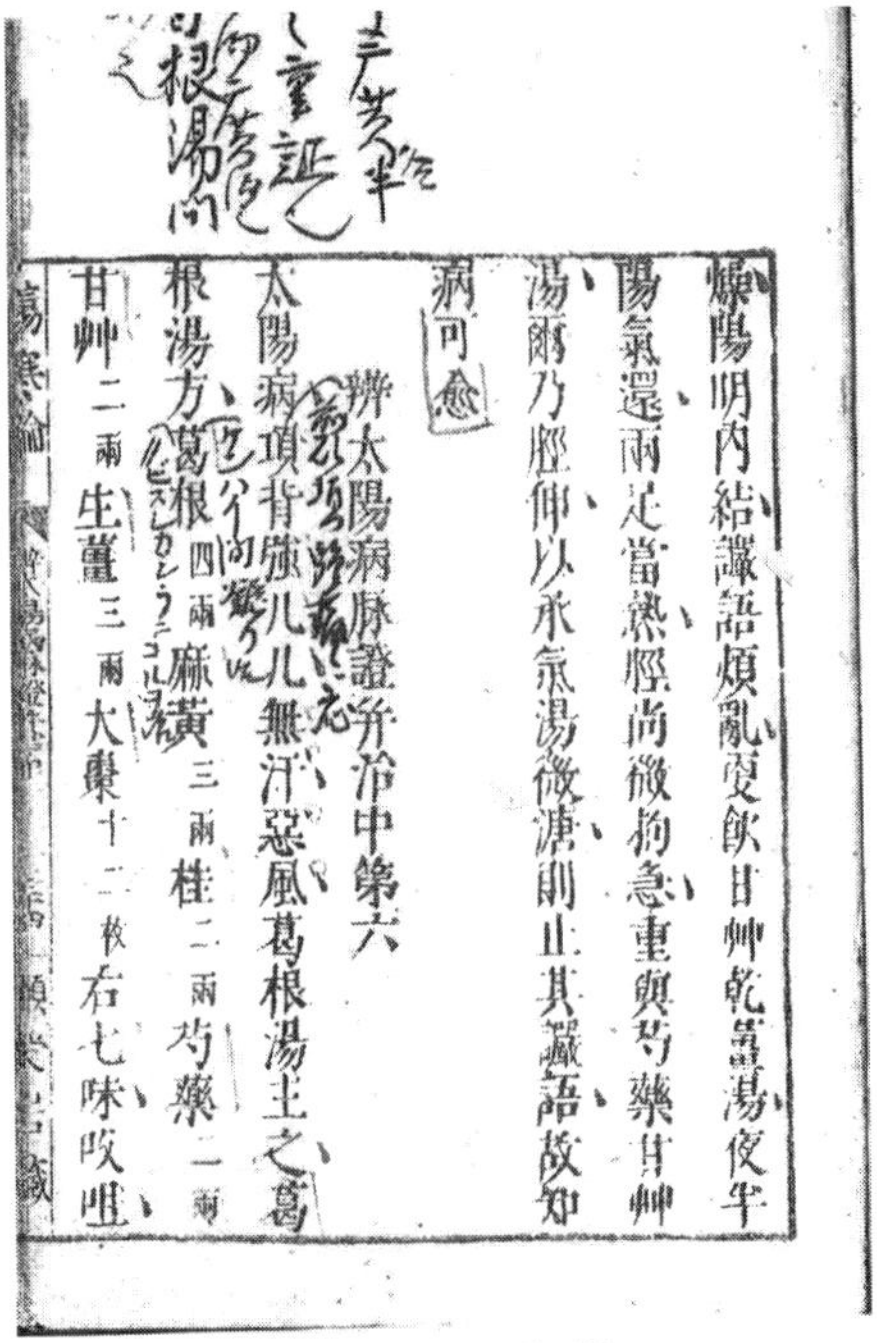
躁陽明內結讝語煩亂更飲甘艸乾薑湯夜半陽氣還兩足當熱脛尚微拘急重與芍藥甘艸湯爾乃脛伸以承氣湯微溏則止其讝語故知病可愈

辨太陽病脉證并治中第六

太陽病項背強几几無汗惡風葛根湯主之葛根湯方葛根四兩麻黃三兩桂二兩芍藥二兩甘艸二兩生薑三兩大棗十二枚右七味㕮咀

『小刻傷寒論』（架蔵）

例えば、次の二つの文章を並べてみる。いささかクイズめくが、どちらが「医学書」で、どちらが「文学」であろうか。

A　太陽病項背強几几無汗悪風葛根湯主之

B　知是太陽病脈浮頭項強薬方何所主仲景葛根湯

Aが医学書『傷寒論』「弁太陽病脈証并治中」、Bが文学書『茶菓子初編《ちゃかししょへん》』の狂詩である。Aは「太陽病、項背《こうはい・うなじせ》強《こは》く、几几《しゅしゅ》、汗無く、悪風《をふう》するは葛根湯これを主《つかさど》る」と読む。一方、Bは、

知る是れ太陽病
脈浮き頭項強ばる
薬方何ぞ主さどるところ
仲景葛根湯

と読み、五言絶句の韻を踏んだ詩文なのである。これはもはや『傷寒論』のパロディですらない。ただ『傷寒論』の一節を韻文に改めたに過ぎず、そこに「文学性」を認めることは困難である。むしろ、薬性歌のように医療の心覚えとして作られたとさえ思われる。ただ、この狂詩の出来映えや作者のひとりよがりな満足よりも、実際にかかる狂詩が作られ、それが板に彫り込まれて出版物として流布した時代が江戸時代であったという事実の方に目を背けてはならないであろう。医学書をタネにすることが作者、読者にとってある種の快感があったのである。

近世期から指摘されていた、医学書と文学書との接近や境界のゆらぎ

この医学書と文学書との接近や境界のゆらぎについては、近世期から指摘があった。貝原益軒が、

ことに近世は、国字《かな》の方書、多く世に刊行せり。古学を好まざる医生は、からの書はむづかしければきらひてよまず。かな書の書をよんで、医の道、是にて事足りぬと思ひ、古の道をまなばず。是日本の医の、医道にくらくして、つたなきゆへなり。むかし伊呂波《いろは》の国字《かな》いできて、世俗すべて文盲《もんもう》になれるが如し。

（正徳二年〈一七一二〉『養生訓』巻六）

と嘆き、江島其磧や自笑が、

仮名付の回春《くはいしゆん》を披《ひらき》て色々考《かんがへ》見れど、こんな症にもちゆる薬方なくて

（『風流曲三味線』二巻）

医者《いしや》は人の命の生死《しやうし》をあづかる者なれば、平生《へいせい》心がけて医書《いしよ》のおもむきを極めしらん事、肝要《かんよう》なりとのいにしへの良医《りやうい》の教《をしへ》にちがひ、今時《とき》のはい〳〵医者《いしや》、仮名《かな》付の回春《くはいしゆん》衆方規矩《しゆはうきく》をたよりにして、しさいらしく脈《みやく》はとらるれど、関骨《くわんこつ》さへしらず、療治《りやうぢ》より第一に心がけらるゝが悪所《あくしよ》銀の肝煮《きもいり》、嫁養子《よめようし》の仲人。

（『魂胆色遊懐男』巻三）

某義は、さのみ丈夫《ぢやうぶ》の貯《たくはへ》もあらざれば、仮名付《かなつき》の衆方規矩《しゆはうきく》回春《くはいしゆん》なりとも買求《かいもと》め、医者《いしや》なり共いたし、妻子をすごし申渡世《とせい》の軍法《ぐんぽう》より外他事《ほかたじ》なく候。

（『けいせい伝授紙子』二之巻）

西入はしたり顔にて、回春《くはいしゆん》と申すかながきの本に、頭《づ》かむ足《あし》ねぢとござれば、書物にもれた義はいたさぬと、左扇にて語られけるにぞ。

（『遺放三番続』四の巻）

と繰り返し穿ってみせた医学生の「漢字離れ」と、読みやすい「かな書き本」志向という風潮がある。『衆方規矩』は本邦の医師曲直瀬道三が著したものだが、『万病回春』は彼国の龔廷賢が著した漢籍である。それを「かながきの本」と言わせるところに「医者なり共いた」すしか能のない人間への哄笑があるのだが、このエスプ

リが有効なのは、読者が『万病回春』が本来は漢文であることを知っていること、貝原益軒が嘆いた堕落した医家書生の蔓延が背景にあってこそであろう。

この『衆方規矩』と『万病回春』の名声にすがって、俗耳に入りやすさを狙った教訓書『教訓衆方規矩』（宝暦十二年〈一七六二〉）、『世間万病回春』（明和八年〈一七七一〉）が出版された（本書第1章）ことは、ある意味では皮肉な現象である。

また、上田秋成や大坂俳壇とも親交があり、自身は医師でもあった勝部青魚が、

学問も、仁斎、徂徠など古学を唱へられて、其余風医者へ移りて、めつたに傷寒論金匱と称し、乳臭の童も、仲景、孫思邈を口にす。当時、古方家、後世家と二派に成たり。それが和歌に移て、万葉々々とかまびすし。（『剪燈随筆』巻之三）

と発言していることは興味深い。漢学の古学→医学→国学と認識している人間がいたのである。この系統認識については、あくまでも青魚の個人的な意見に過ぎず、思想史研究面からの多くの反論が予想できるが、肝心なのはその可否ではない。かかる認識を持つ「文化人」が江戸には存在し得たということが重要なのである。その系統認識を、現代風に医学と文学とにジャンル分けして論じていては、近世期の文化のありようの把握を誤るのではないかというようなことを提言して本書の筆を擱きたいと思う。

コラム◉医学書のある文学部研究室から――いかなる手順で医学書を操ったか

本書は、「医学書（本草書）を横に置かなければ読み解けない」という大仰な物言いから始まり、いくつかの医学書や本草書の図版も掲載している。さぞかし医学知識や薬学知識に精通しているのであろうと好意的に受け取ってくださる看官《かんかん》もおられるだろうし、本当に医学書や本草書が読めるのかと眉に唾《つば》する向きもあるであろう。

編集子より、最後に「手の内」を明かすように求められた。そこで、本書がいかなる手順で医学書を操ったかのタネを明かすこととした。

まず、医学書や本草書は廉価で入手しやすい。頑張れば大学生でも原本が買えるほどである。例えば、『軒岐救正論《けんぎきゅうせいろん》』は『竹斎《ちくさい》』と教訓とを結びつけるために必要な医学書であり、ずっと欲しかったがあまり市場に見ることがなかった。ところが、古典文学会賞なるものを頂いた翌日に古書肆で見かけた。賞金を貰った後なので、つい衝動買いしてしまった。帰って冷静になり後悔した。なぜなら、あとがきにも書いた通り、その頃はもう医学書などを扱う研究方法をやめるつもりでいたからである。折角の賞金を医学書なんかに換えてもよいのかとは思った。それでも懲りずに思いついては、買い集めていった。その際には、平賀源内が好きなので、源内が読んだであろう版種を勝手に想定しながら求めた。例えば『本草綱目《ほんぞうこうもく》』はどこにでもあるが、手元に置くなら、正徳四年〈一七一四〉に稲生若水《いのうじゃくすい》が校訂し、伊藤東涯《いとうとうがい》や松岡恕庵《まつおかじょあん》の序が備わっている版を求めた（図版1）。この本には欠丁があるために廉価であったが（図版2）、刷りが綺麗だし、欠丁分のコピーさえあれば不自由はしないという気楽さで愛用している（図版3）。

図版1（架蔵）

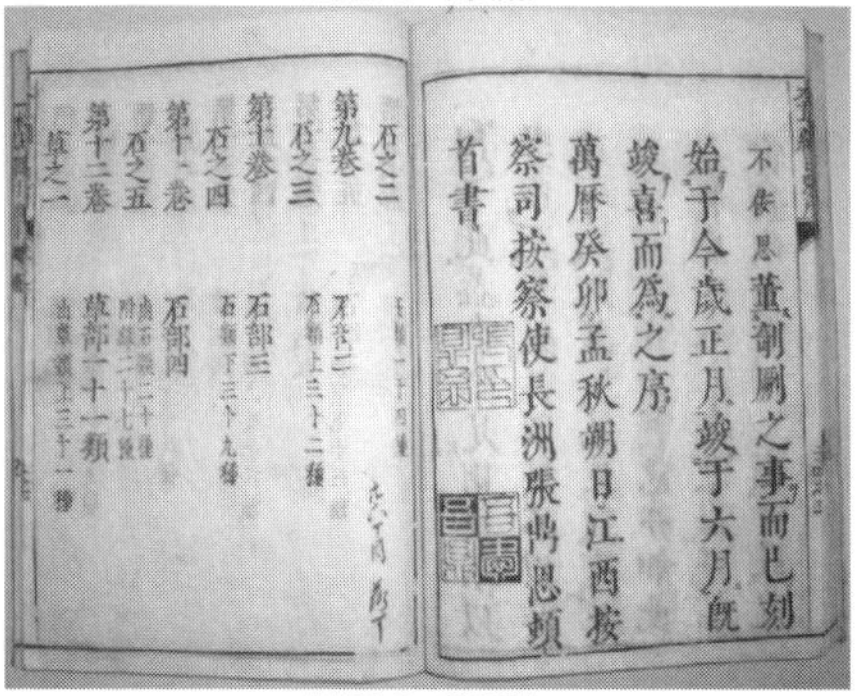
図版2（架蔵）

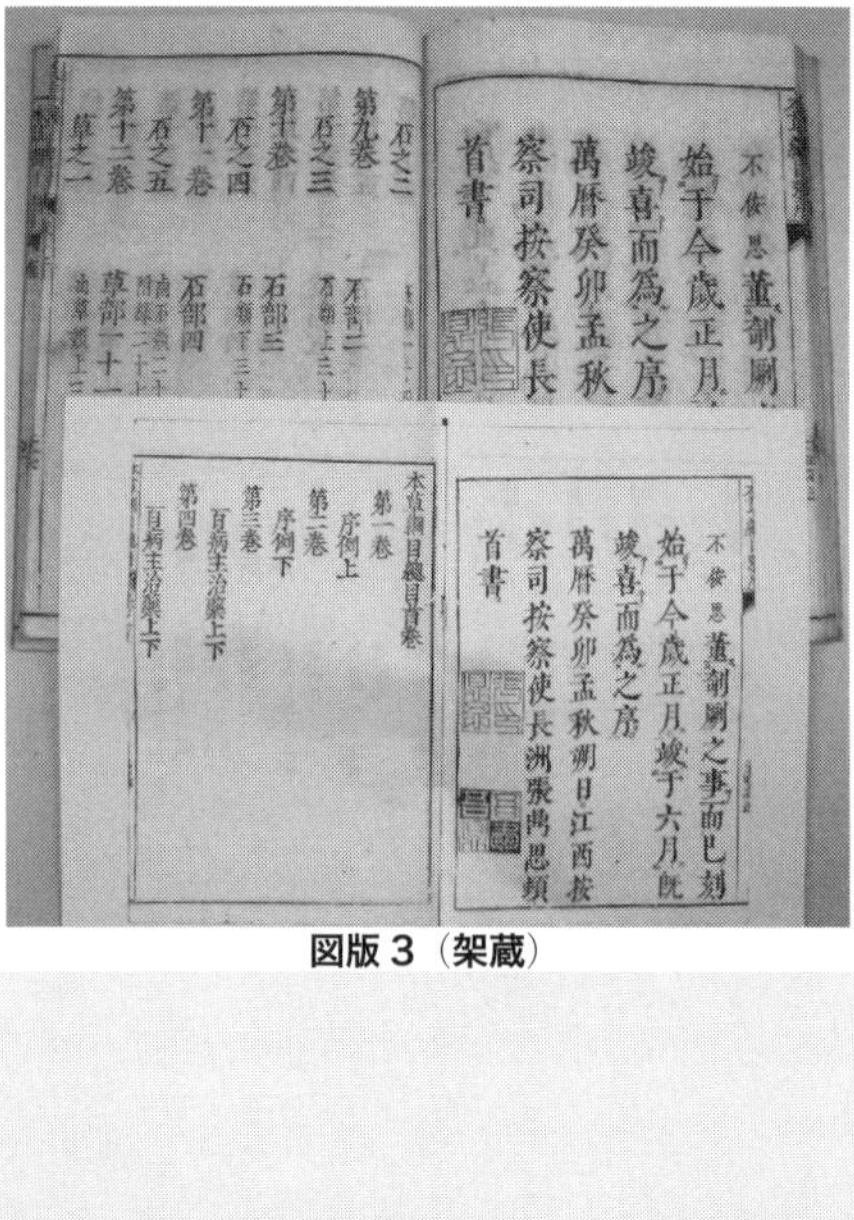
図版3（架蔵）

ついで、医学者や本草書は意外なほど影印が多い。本書で再三使用した『薬選』も数種の影印が備わる。それも集中してというより、適当に気分に任せて入手していった。

というわけで、本書で使用した書籍の大半は三〇代前半までにそれなりの量が入手できたのである。

次いで、それらを活用する手順のタネばらしに移る。例えば『本草妓要《ほんぞうぎよう》』の付図（図版4）は『本草綱目』に似せたのではないかとあっさり本文に書いたが、これはまず『本草妓要』の作者や読者が古義堂《こぎどう》に近いという「アタリ」を付けて置いたので、その堂主伊藤東涯が序を送った先の正徳四年版『本草綱目』の付図（図版5）と比較してみた。すると、半丁四図、各図に横文字、「〜類」という構成の一致が見られた。『本草綱目』には諸版があり、付図の体裁も異なる。作者の学問環境から、時代的にもこの正徳四年版の付図と『本草妓要』の付図が一致してくれればほぼ確証になると思いながらの検証結果だったのでほっとした。それも、当初より手元に置くなら正徳四年版だと決めていたがゆえの結果である。その後に『本草綱目』の諸版の付図を確認して、『本草妓要』の付図は『本草綱目』に似せたという結論を導き出せたのである。先にも書いたように、正徳版『本草綱目』を入手したのは源内がこの版を見ていたであろうとの「推測」からである。

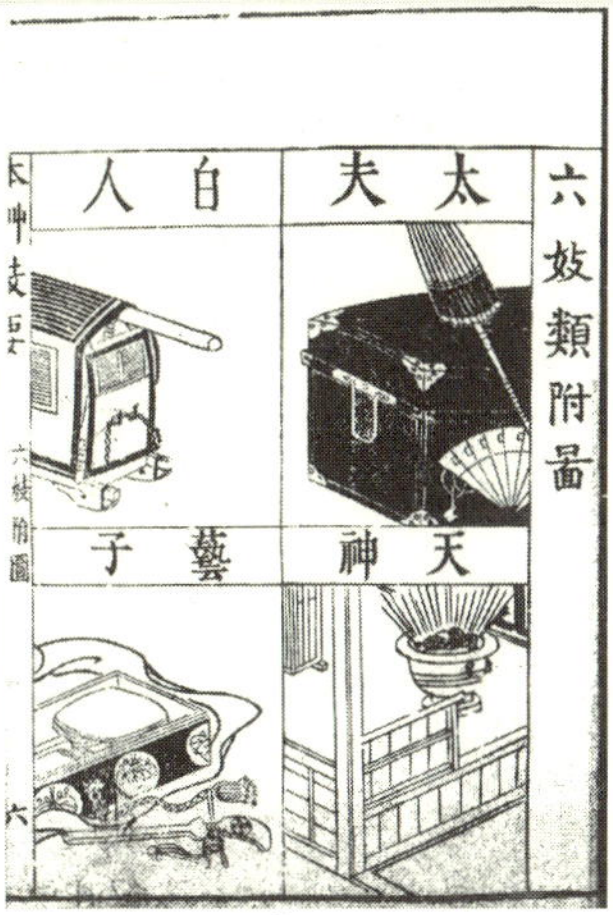

図版4（大阪大学附属図書館・忍頂寺文庫蔵）

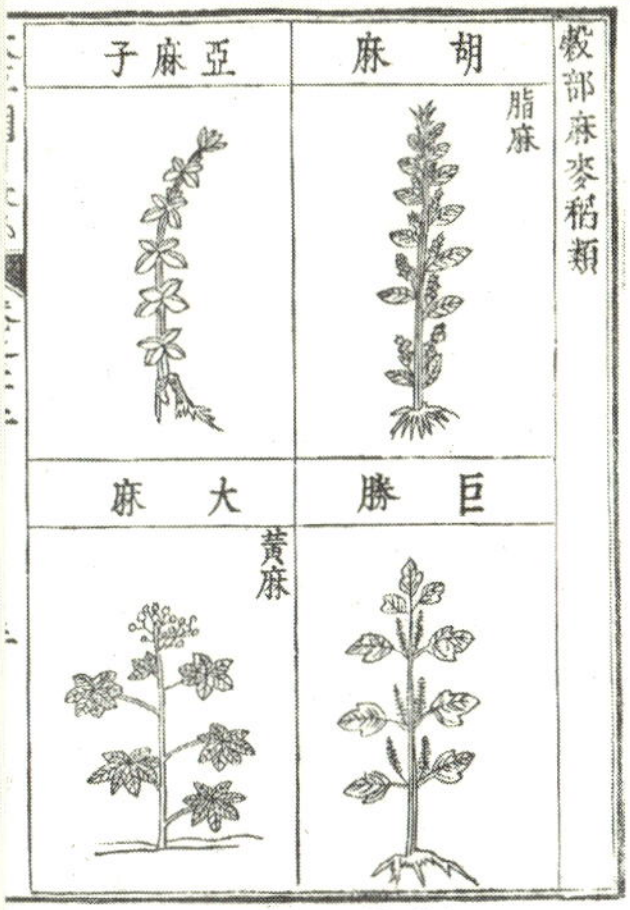

図版5（架蔵）

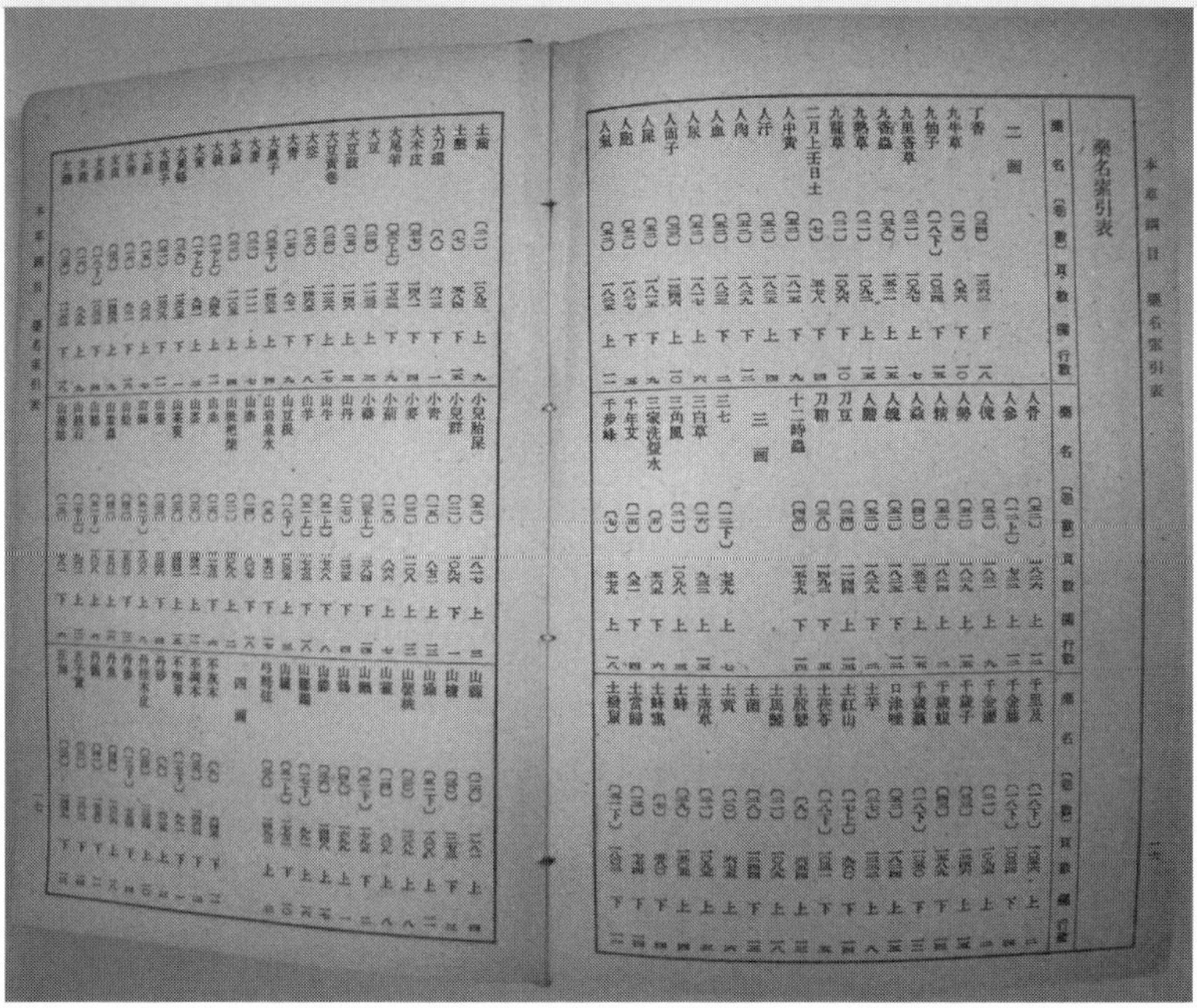

図版6・『本草綱目』「薬名索引表」（人民衛生出版社版）

また、いかにこの正徳四年版『本草綱目』を使用しているかと言えば、実は『本草綱目』には索引が付された翻刻がある。私が学生の頃から使っているのは人民衛生出版社版（一九五九年）である。この本は末尾に「薬名索引表」「釋名索引表」が付されている（図版6・7）。当時はインターネットを含めて便利なツールがなかったので、これで本文に「アタリ」をつけて、正徳四年版本の該当箇所にたどり着くという手順を取っている。

それは『衆方規矩《しゅうほうきく》』においても同様である。手元にある索引付きの影印『衆方規矩』（燎原書店、一九八〇年）の底本は天明三年〈一七八三〉大阪書肆吉文字屋市兵衛刊である。本書で扱った『教訓衆方規矩』は宝暦一二年〈一七六二〉の刊行なので、この天明版『衆方規矩』をそのままは使えない。そこで、その索引付きの影印本で「アタリ」を付けた後に、寛保三年〈一七四三〉版（図版8）の原版本の該当箇所をたどるのである。

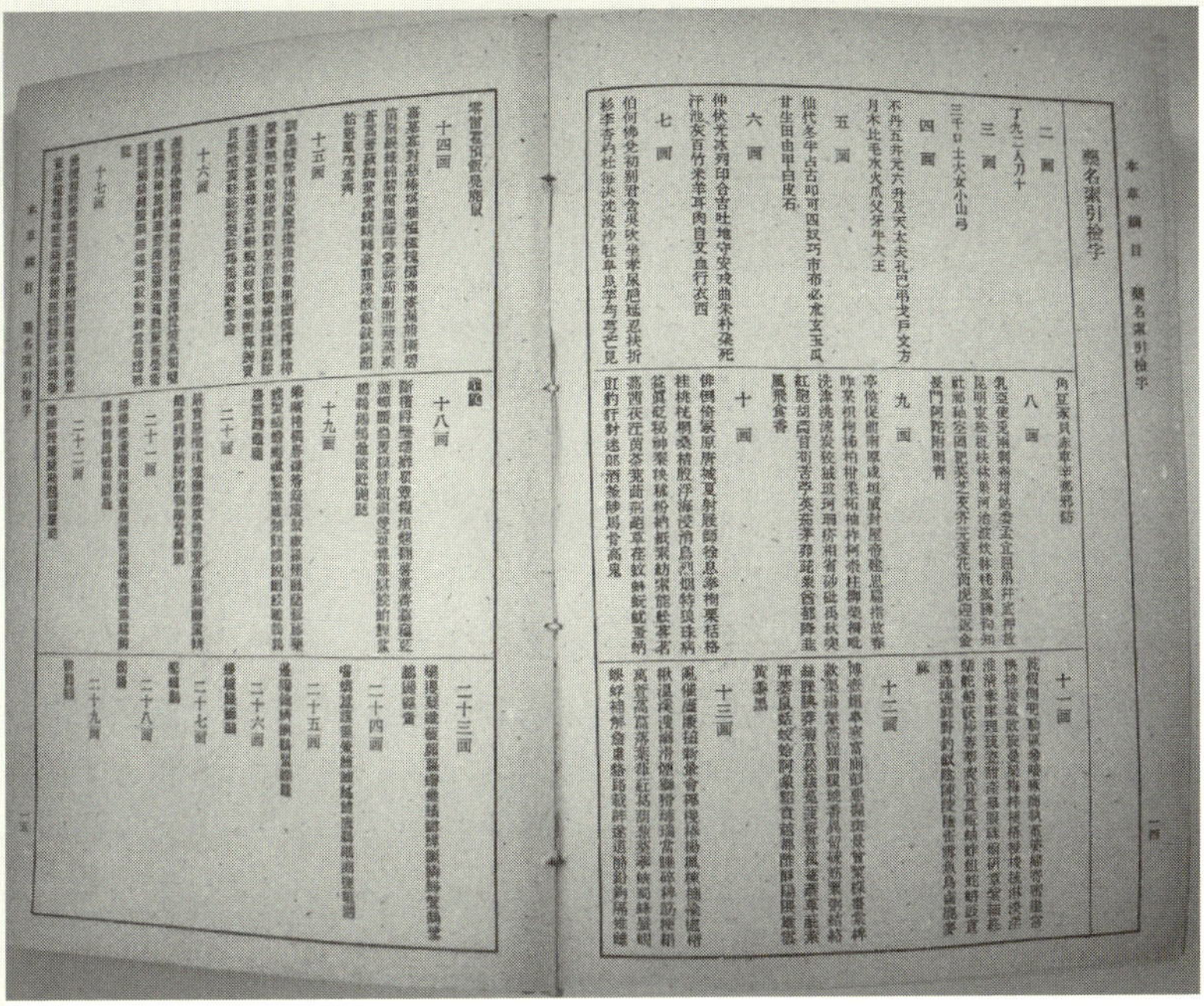

図版7・『本草綱目』「釈名索引表」(人民衛生出版社版)

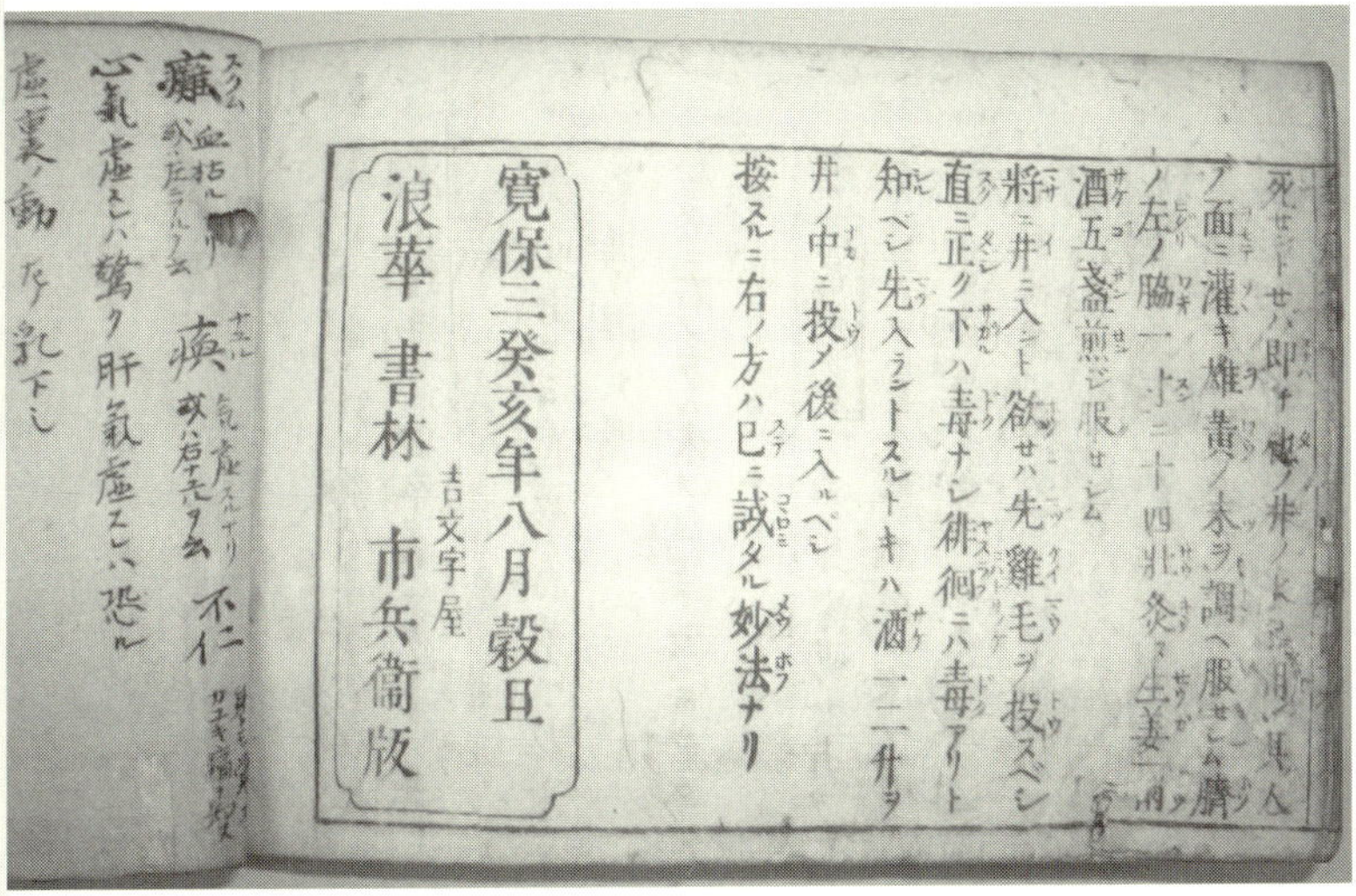

図版8(架蔵)

本書で何度も話題にした香川修庵《かがわしゅうあん》の『薬選』は何度も読んだし、ある程度はどこに何の記事があるのか判るようになったが、それでも天性の愚鈍さゆえか、それとも医療に従事しないゆえか、全部を暗記するには至っていない。そのために一九七六年に漢方文献刊行会が出した索引付きの影印本と架蔵原本を併用して使用している。

これらの索引付きの医学書や本草書は、不思議なもので私の大学時代には必要なものは出版されており、体系的に揃えるというまめな性格ではない私でもある程度は手元に揃った。そしてそれらを駆使して書いたのが私の修士論文及びその頃の論文であった。

かくまでタネを明かすのは、あとがきにも書いた通り、若い頃に熱中した医学と文学とのコラボという世界をいつしか忘れてきた自身を叱責するためである。本当に、このような世界が必要だというのなら、時代の流れや周囲を気にせず邁進するべきだったと今では思えるが、それでも知命の歳を越えてしまった。叶うならばこのコラムを読んでその気になった若きライバルたちに、本書及びその方法論そのものを思う存分に叩いていただき、この世界の魅力を大いに喧伝していただきたい。何より、私の医学書や本草書の使用スキルはインターネットが普及する前のレトロなスタイルである。これからはもっと便利、迅速、正確な研究が可能であるはずである。

◉あとがき

私は一九六二年、寅年生まれである。特段に波乱に富んだ人生ではないが、それでも昭和から平成へと激動する半世紀を生きた。江戸時代的に言えば、平賀源内や井原西鶴が死んだのとほぼ同じ年齢である。

その面白くもない人生の中で、本書を上梓《じょうし》するという不思議に出会った。文学部に進学し、かたや花鳥風月の世界に埋没しながら、もう一方で医学書や本草書を拾い読みしてきた。何か性にあったのと、自分の学問形成の場所が大阪であったことがおもな原因であろうと思われる。大阪は道修町《どしょうまち》があった関係で、なんとなく本草学や漢方薬の匂いがするような街である。大阪大学薬学部には高橋真太郎という漢方を専門とする先生がいて、薬学部図書館には『薬選』などの立派な本草書が所蔵されている。また、当時は京都大学の医学部図書館に『日本医学史』の名著ある富士川游《ふじかわゆう》の蔵書である富士川文庫があった。また、本草書を備えるのは大学や図書館だけではない。武田科学振興財団には有名な杏雨書屋《きょううしょおく》があり、当時は十三《じゅうそう》にあったが、後に道修町に移った。これ大阪の大学院で学ぶ者は、医学書や本草書を読む機会に恵まれすぎるほど恵まれた環境があるのである。これを活かさないのはあまりにももったいない。そこで、大学では花鳥風月のあたりまえの国文学を学び、暇を見つけてはそれらの医学書や本草書を手当たり次第読んでみようと決めた。若気の至りである。また、コラムにも書いたように、その当時は医学書の原本が廉価で手に入る状態だった。

私の恩師信多純一《しのだじゅんいち》先生は厳格なことでよく知られているが、不思議と私が医学書や本草書を読んでいることをお叱りにはならなかった。むしろ応援していただいているという感じであった。そんな折に、大学院の時に阪大でお教えを受けたのが浜田啓介先生である。ある時、浜田先生から「一つの文庫をアから始めてンまで全部目を通すことが重要」というようなお話を聞いて、これまた若気の至りで、京大の富士川文庫をアから読み始めた。

当然ながら、お叱りも多かった。まずは、そんなことをして何になるのか、時間の無駄だというものである。もう少し学問に誠実に向かい合いなさい、というようなお言葉をいただいたこともたびたびである。誰もやっていないことだからというだけではダメだ、お前は本当に医学書や本草書の専門的な内容が理解できているのか、という思いは自分の中でも大きくなり、いつしかあまり医学書や本草書を読まなくなっていった。

ところが、最近になって急に風景が変わり始めた、ような気がする。日本文学の扱ってきた「古典」は単に文学だけに非ずとの風潮が生まれたようである。例えば古典を網羅的に集めた『国書総目録』を繙《ひもと》いてみれば、そこに掲載される「古典」には医学書・本草書・農学書・易書などが多く、それは所謂《いわゆる》「文学書」の量を凌駕《りょうが》している。この事実に気づいてしまった以上、われわれの研究がそういった「古典」に立ち向かわないわけにはいかなくなった。その挑戦の一つが国文学研究資料館古典籍共同研究事業センターの設立である。その概要は同センターによりあちらこちらで説かれているが、その共同研究の一つが「アジアの中の日本古典籍―医学・理学・農学書を中心として―」と名付けられていることから、時代の流れの変化を容易に見ることができる。私は、その第一回からの共同研究員であるが、普段は顔を合わせない方々との研究会はとても新鮮である。また、同館は医学書の原本画像公開に合わせて、医学関連書のタグ付けのワーキンググループを設置しているが、それにも参加させていただいている。これはネットにあがった画像の検索のために、キーワードを付するものであって、完成すれば医学書や本草書の便覧に大いに益することが期待される。先の共同研究の方法論と成果、この画像のネット発信がそろい踏みすれば、私が経験した四半世紀前の大阪の学問風土が全国、そして全世界で現出することになる。はっきり言って、これからは医学書や本草書を用いた新たな研究の潮流が予想されるのである。

その将来、現出する研究シーンを先取りして、本書を上梓する。一時は医学書や本草書から離れていたのだが、数十年ぶりにやり始めるとやはり興味深い研究方法で、本文でも示したように、医学書や本草書を横にして参照しないと解読できない作品があると改めて確認できた。有名な西鶴作品である『武道伝来記《ぶどうでんらいき》』も、その視点から読みを提示したが、それも含めて大方のご教示を賜りたい。

本書でまとめた多くの論文は初出一覧でおわかりのように私の論としては古いものが多い。また、修士論文に書いたきりで寝かせておいたものも掘り起こしている。いわば「若書き」のものである。それにかなり手を入れて本文を作製したが、それでも院生時代が懐かしく思い起こされる。そこで、巻末の英文と中文のリード文は若い方、しかも専門領域が離れている方にと思い、陳羿秀さんとボグダン真理愛さんにお願いした。これは単に本書の概要の翻訳ではない。英語や中国語の読者がこの文章を読んで、本書をぺらっと開いて数頁だけでも目を通してくれるような、そんなリード文をお願いしたのである。その無理な要求に応えて頂いた若手研究者の感性に感謝したい。

また、内容が内容だけに、できるだけわかりやすいものを意識して、無くてもがなの医学書解説やコラムも配置した。本書の試みがどのような評価をされるかは楽しみであり、不安でもあるが、とにかく医学書や本草書を用いた「文学研究」が発展することを祈っている。

本書をなすにあたり、貴重な資料を閲覧させていただいた各機関、笠間書院の岡田圭介氏にはお世話になった。末筆ながら謝辞申し上げる。

二〇一六年節分の朝、目白学舎にて

福田安典

図版一覧

序章
『本草妍要』（大阪大学附属図書館・忍頂寺文庫蔵）
『本草備要』（架蔵）
『一本堂薬選』（架蔵）
第1章
『医者談義』巻三（京都大学附属図書館・富士川文庫蔵）
『教訓衆方規矩』上巻（京都大学附属図書館蔵）
『衆方規矩』（寛保三年　吉文字屋市兵衛版）（架蔵）
『神農花合戦』見返し（大阪府立中之島図書館蔵）
和刻本『本草綱目』（架蔵）
『本草綱目』表紙（架蔵）
『和語本草綱目』表紙（架蔵）
『本草盲目集』表紙（日本女子大学蔵）
『和語本草綱目』本文（架蔵）
『本草盲目集』本文図版（日本女子大学蔵）
『傷寒論国字解』巻一末尾（架蔵）
『本朝食鑑』（日本古典全集、昭和八年）より
『本朝色鑑』（大阪大学附属図書館・忍頂寺文庫蔵）
『一本堂薬選』（架蔵）
『医学正伝或問』（元禄一三年　芳野屋版）（架蔵）
『医学天正記』（『漢方医学書集成6　曲直瀬玄朔』名著出版、昭和五四年）より
『医案類語』（架蔵）
第2章
『竹斎』（寛永整版本）挿絵（早稲田大学図書館蔵）
射和の風景　伊福寺（伊馥寺）（筆者による）
富山家屋敷（提供・山崎須美子氏）
浦田家の床の間（提供・山崎須美子氏）
図①『竹斎』整版
図②『竹斎諸国物語』
図③『下り竹斎』
図④『竹斎狂歌物語』
図⑤『竹斎はなし』
図⑥『杉楊子』
図⑦『けんさい物語』
図⑧『新竹斎』
※図①〜⑧＝前田金五郎編『近世文藝資料11　竹斎物語集』（古典文庫、昭和四五年）より
図⑨　道化人形・ふんとく（『粟嶋大明神縁起』国立国会図書館蔵）
図⑩『医者談議』（架蔵）
結章
『軒岐救正論』（架蔵）
『小刻傷寒論』（架蔵）
コラム
『本草綱目』（正徳四年　稲生若水校訂、伊藤東涯、松岡恕庵　序）（架蔵）
『本草妍要』付図（大阪大学附属図書館・忍頂寺文庫蔵）
『本草綱目』「薬名索引表」「釋名索引表」（人民衛生出版社版）
『衆方規矩』（寛保三年　吉文字屋市兵衛版）（架蔵）

初出一覧

序章

「医学書と読み物と」（『日本文学』第四五巻一〇号、平成八年一〇月）

第1章

「医案（江戸の診察カルテ）と出版」（『江戸文学』一六号、平成八年一〇月）

「初期洒落本の手法―医家書生の戯作について―」（『近世文藝』五二号、平成二年六月）

「『竹斎』の周辺」（『語文』第五九輯、平成四年一〇月）

第2章

「『竹斎』―モデル論への試み―」（『語文』第五七輯、平成三年一〇月）

「仮名草子『竹斎』作者の家」（『山手国文論攷』第一六号、平成七年三月）

「『竹斎』と芸能」（『江戸文学』一四号、平成七年五月）

「『恨之介』作者考」（『国語国文』第六二巻第一一号、平成五年一一月）

「『竹斎』と教訓」（『雅俗』第五号、平成一〇年一月）軒妓救正論

「謡曲『仲遠』について―『竹斎』姉妹作の可能性を求めて」（『島津忠夫先生古希記念論集　日本文学史論』世界思想社、平成九年）

Conclusion: New Fields of Edo-Period Literature

In the first chapter, the author begins with an analysis of a book titled "*Isha Dangi* (Lectures for Doctors)", a work which can not be easily categorized as a medical book or a literary work, but rather takes on both roles. He then goes on to provide an overview of other works which, at first glance, have the appearance of medical books, and then follows this with a discussion of medical records from the Edo Period.

The second chapter centers upon a work called "*Chikusai*", which is considered to be a representative of *kanazoshi*, or "books written in kana" and has been called an exemplary novel from the modern period. It also discuss books that are in the same category as "*Chikusai*" and other relevant material from the viewpoint of the Manase "School" of medical science.

The final section provides us with general observations and conclusions based on the analyses and discussions of the earlier sections.

Even the reader who wants to look into medical books from solely literary point of view will still need some basic medical knowledge. With this book, Yasunori Fukuda has provided us with entertaining and insightful perspectives on how to create a foundation which will allow us to enjoy this intriguing area of literature.

a prescription to cure a "distortion of the mind" is written by merely making an analogy to the medical book. Doctors can cure optic and oral distortions, but not distortions of the mind. You can see in the lower part of the right-hand figure an itemized section which resembles a list of medicines, but which is actually a list of books of moral teachings and *Dangibon* books（literary works that contained both humor and teachings popular in the Edo Period）. In this way the parody plays on the medical book, and it only worked effectively based on the presupposition of the fact that "Deviated eyes and mouth lead to optic and oral distortion" was widely known to people.

Such medical texts stood not as specialized books, but were treated as "reading material". We need to throw out the preconceived notion of seeing literature and medical books as being completely separate entities with no common ground, and then we can realize the value in reading medical works published in the early modern era.

This present work discusses books that require a knowledge and an understanding of the world of medicine and medical herbs especially for people who have not studied medicine in order for them to understand these "literary works".

As the title of this book, "The 'Literature' You see in Medical Books", clearly suggests, we can find elements of what we would commonly consider to be "literature" contained in medical works.

You could say that Yasunori Fukuda is opening a new window onto the study of literature.

The book consists of the following sections:

Introduction
Chapter One: "Medical books"? or "Literature"?
Chapter Two: Chikusai; a Fictional Quack Doctor beloved by readers during the Edo Period

the amazing success of the present treatment and how it surprises even the doctor himself and astonishes relatives. In this way, the medical record reads as if it comes from the scene from a highly dramatical play.

In Dr. Fukuda's commentary, he suggests that such sensationalism was deemed necessary to add to the credibility and vividness of the record. Reading such records gives the reader a certain sense of enjoyment or entertainment, as if they were reading the script from a dramatized literary work.

Now let us look at another example from the book（p. 30-31）. Can you tell which of the two is the original medical book?

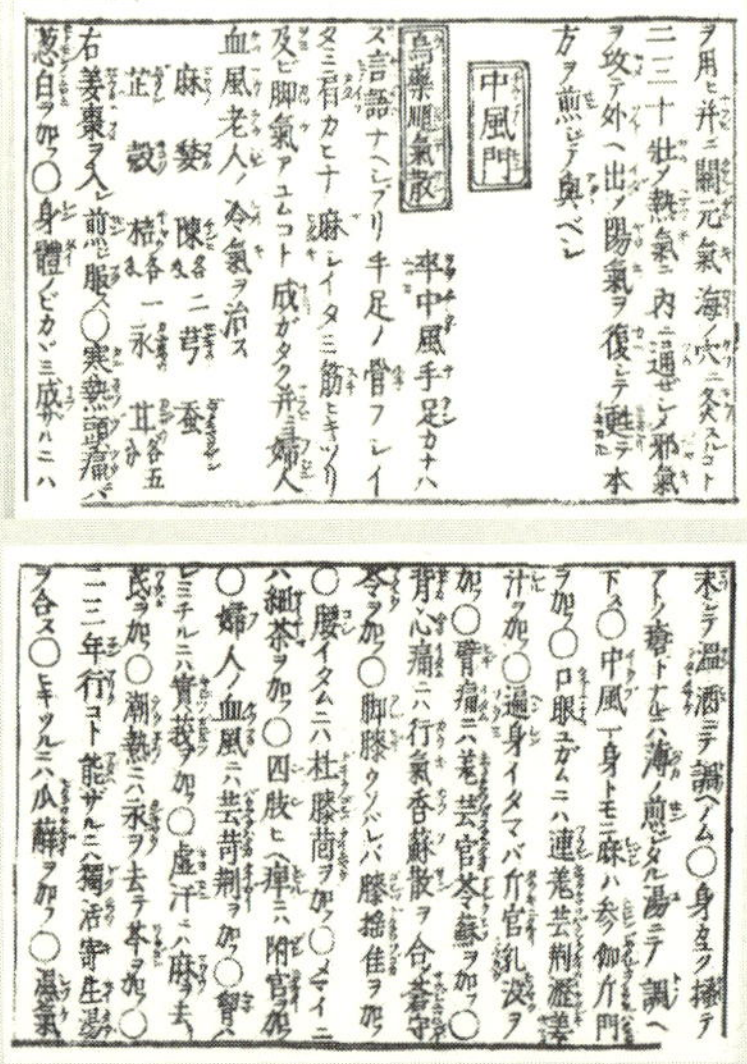

『衆方規矩』（寛保三年　吉文字屋市兵衛版）

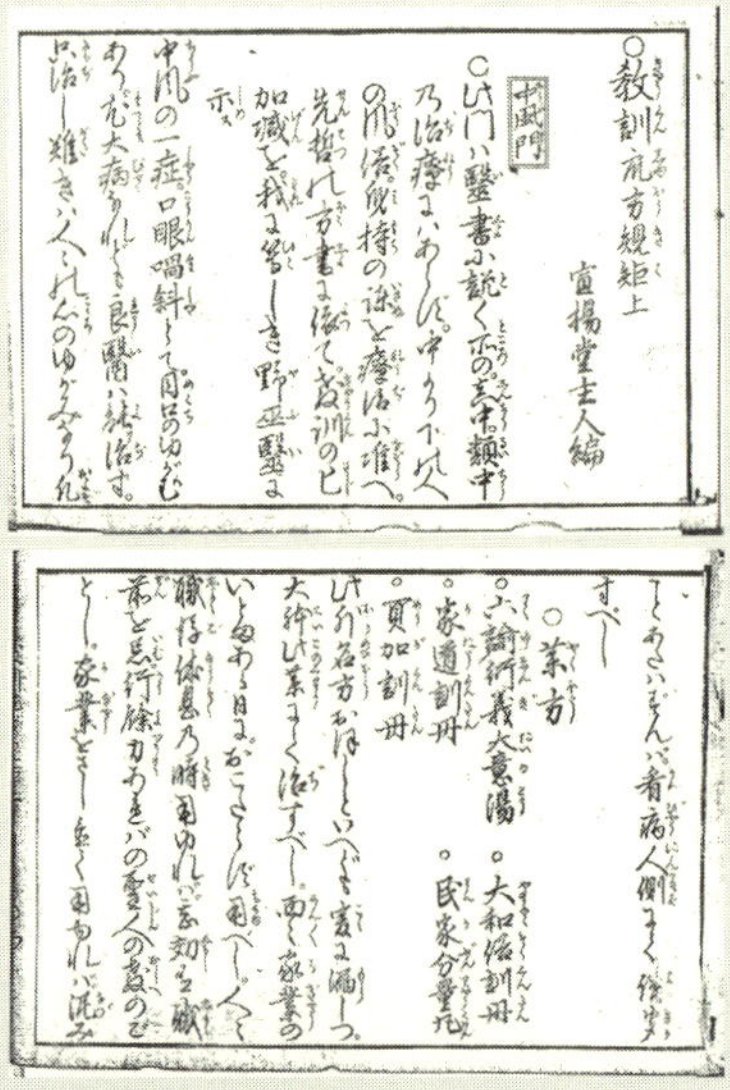

『教訓衆方規矩』上巻一オ　四オ
（京都大学附属図書館蔵）

It is the one on the left. This was a medical book written by a skilled medical practitioner from the early Edo Period named Dousan Manase, a book which was in widespread use at the time. On the right, however, you see a literary work which imitates the original medical book in order to get people's attention. In this parody,

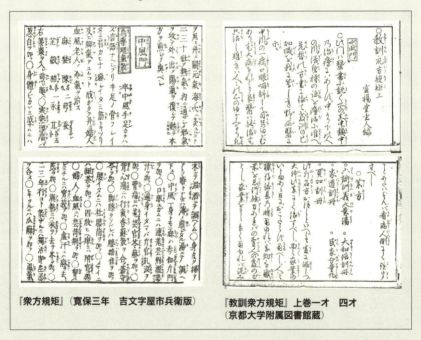

from the job. In this way, we can see a process of evolution in which medical books came to be used in a way apart from their original purpose.

Eventually, this type of literary pursuit started to spread among people who did not practice medicine, and many parodies of medical books began to emerge. This trend had the end result of producing many readers who did not actually practice medicine, but who held a knowledge of medical books. They would pick up medical books just to enjoy them for their "literary" value. The present book introduces us to examples of such works and shows where "medical" and "literary" can crossover with one another, making a distinction between them blurred.

On p.102, we see a case in which a medical work takes on aspects of a literary work. It is a "fill-in-the-blank form" published in 1778 to aid in easily producing a medical chart/record for a patient, in which the doctor can fill in the pertinent data. Medical records based on such forms were quite common in the period.

某生、年□十□歳。面口　体□。春月因ニ一一　至レ夏病レ□。一医以為　ニ一一。（他医の了簡ハ某ノ症そとおもふて）与レ之以ニ□薬一不レ応。請ニ余診一焉。余駭曰　此を名ニ□病一也。不レ可三与レ之以ニ□剤一之証也。何致ニ放胆殺一レ人耶。（放胆は大胆なり。めつたな了簡で、今すこしで人をころそうとしたといふことなり）。然其脈未ニ大壊一。若今処ニ殻剤一則病安者十而八九。親戚昆弟倉皇祈レ余。（倉皇ハうろたゆる也。あわてふためき、薬をくれよといふ）余乃作ニ口□湯一。連服三次。為下両ニ解　□口法上。以ニ方中□□一為ニ表薬一、口□　為ニ裏薬一。再診殊　若ニ相安一。又作ニ□□湯一加ニ口□一。連進　十余剤。神識始　得。粥飲漸加半月。始起座ニ於牀一。一月而全愈。

如此文字を切り入るれば直に医案になるなり。此外種々潤飾せんことは其人々の才発によるへし。

『医案早合点』

The doctor can begin by including information one would typically expect, such as the name, age, and symptoms of the patient. It then goes on, however, to describe failed treatments by other doctors as "murder" and then suddenly stress system, elementary school students, rather than being taught "subjects", are able to decide on a theme and learn whatever is related to that theme through a certain period of time.

For instance, if they decide to learn about horses, they may read stories about horses, learn the history of the horse, look into their bone structure, or even calculate their average speed when they run. In this way, the learning process for such a project can, for example, draw upon Physical Education (by actually riding a horse) and Art (by drawing pictures of horses), among other disciplines. Even though this novel approach to education can be difficult to put into practice in an ideal way—considering what is involved in trying to balance the level of the things you teach and attempting to cover every field—it shows great potential in children's education and has been gathering attention from all around the world. It is becoming evident that more and more people are realizing the importance of looking into the connections and interactions between different genres and the value of building a holistic point of view.

In recent years, interest in analyzing medical books, a genre which had been largely neglected in the past, has been on the rise. However, those who have worked with only "pure" literature in the past can find the prospect of dealing with medical texts quite daunting. This book by Professor Fukuda provides an easy-to-understand introduction for such readers.

One can not consider research into or enjoyment of literary works written from around the early seventeenth century to the late nineteenth century complete without a look into the medical books written during that period. In order to understand those types of books, you need to be well-informed about medical books that are related to them. The authors and readers of these medical works viewed them not only as reference material for their medical practice, but also as literature to be enjoyed for its own sake.

While such books were, of course, usually used as tools in the medical trade, they also began to be regarded as works of parody that could be enjoyed away

書名索引

■さ

■た

■な

■は

人名索引

事項索引

［**中文要旨**］

中醫經典被「另類改編」成娛樂刊物!?

陳　羿秀［お茶の水女子大学（院）］

［**英文要旨**］

Breaking boundaries between literature and medicine

ボグダン真理愛［愛媛大学（院）］

中醫經典被「另類改編」成娛樂刊物 !?

陳　羿秀［お茶の水女子大学（院）］

在日本江戶時代（十七世紀初至十九世紀後半）出現了一些需具有醫學（指以中醫理論為基礎的日本漢方醫術）知識及須精通相關醫學著作方能理解的文學作品。而從事這類著作的作者抑或其讀者，具有醫學背景，平時可能一面運用醫書從事醫業，一面卻將這些嚴肅的醫學專書改寫成通俗文學作品，或成為其讀者。因此，醫學專書既是他們賴以為生的工具；亦是其自娛自樂的一種方式。

然而，隨著時代的推進，從事醫學著作改編的作者漸漸的已不侷限為醫師，一些非醫師本業者也加入改編醫書以娛樂大眾的行列，使原本枯燥乏味的醫學經典，經由作者巧妙的改寫後，搖身成為通俗的大眾文學，使作者與讀者層面擴大，即使非醫學專家的讀者也能藉由閱讀這些作品而間接獲得醫學相關知識。但對他們而言，閱讀這些讀物的初衷並不是為了獲得醫學知識，而只是單純為了打發時間並娛樂自己而已。

現代人潛意識裡認為醫學與文學是各屬不同的領域，但於江戶時代，醫學與文學確實是無法分類的。而藉由這些具有娛樂性質，但卻也需有醫學或本草知識才可理解的醫學改編文學，印證醫學與文學是可相容的，且經由改編者的巧思將其發揮得淋漓盡致。透過這些漢方「醫學」經典改編成的詼諧「文學」作品，闡明醫學與文學間的關係，是本書作者福田安典教授特別想深入探討的。

於江戶時代的確存在不少需要醫學知識才能理解的文學作品，例如在江戶中期，有一本在日本京都出版以妓院為題材名為《本草妓要》寶曆年間（1751 — 1764）的庶民文學，《本草妓要》的書名是參照《本草備要》而命名，即使是序的部份也依據《本草備要》的和刻本（於日本刻版複製且漢字旁附有日文讀法之中國書籍）的「序」逐字改寫成符合妓院情境的內容。而內文中的插圖〈妓類附圖〉（圖 1）則仿照李時珍的《本草綱目》中之〈木部香木類附圖〉（圖 2），將原本為植物圖鑑的內容，詼諧改編成各類層級妓女的使用器具示意圖。提及《本草綱目》，江戶時代中後期出現許多看中《本草綱目》的知名度，而模仿《本草綱目》的書名，藉以吸引當代讀者的注目，進而換取銷售量的文學作品。譬如明和 5 年（1768 年）

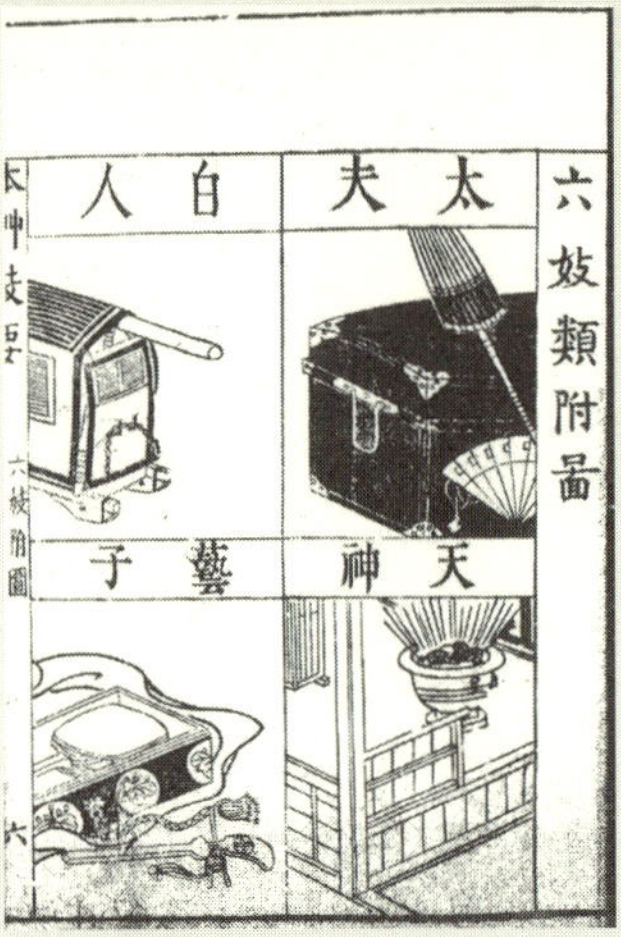

《本草妓要》（圖 1）
「太夫，天神，白人，藝子為關西地區妓女之階級名稱」

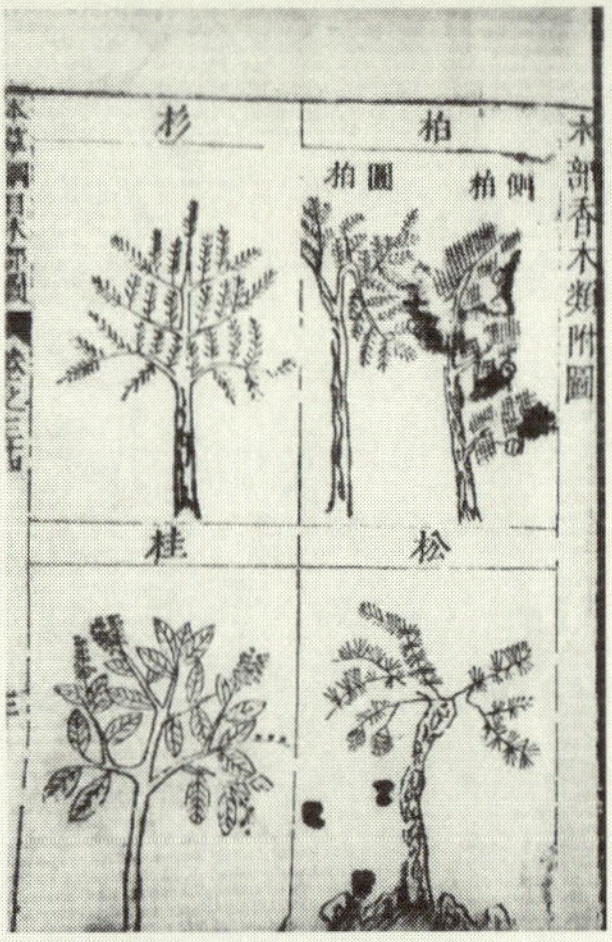

《本草綱目》（圖 2）

《本草盲目集》（圖 3）

《本草綱目》（圖 4）

出版的《加古川本草綱目》，其書名即是融合《本草綱目》與當代知名的淨瑠璃劇本《假名手本忠臣藏》中的出場人物「加古川本藏」，本書除了書名及故事最初介紹本草學歷史的部分參考《本草綱目》「歷代諸家本草」之外，其餘的內容與《本草綱目》皆無關係；而文政 2 年（1819 年）出版的《本草盲目集》是本娛樂取向刊物，其書名雖取自《本草綱目》之諧音，但內容與《本草綱目》毫無相關，若將《本草盲目集》（圖 3）與《本草綱目》（圖 4）的封面擺在一起，應可

更清楚看出兩書性質之差異。

《本草妓要》與上述作品相對照，其不僅是書名參照醫學著作，文章主體內容也依照當時日本京都著名的漢方醫師香川修庵的兩本著作《一本堂藥選》和《一本堂行余醫言》來作巧妙的通俗化。例如：

凡藥之美惡真偽故，醫人之所當識辨，藥不真美病不可癒。《一本堂藥選・凡例》
凡妓之美惡真偽故，嫖客之所當識辨，妓不真美苟不可買。《本草妓要》

以上兩則對照可顯示出經過改編後，能將一本原來生澀的醫學專書轉換成會心一笑的刊物。因此，若想要了解《本草妓要》究竟如何被〈另類〉改編，必須要先精通《本草綱目》及修庵的《一本堂藥選》《一本堂行余醫言》，以它們作為基石，才能完全理解本書的詼諧之處；但遺憾的是《一本堂行余醫言》的刊本至今尚未齊全，當時此書的流傳僅靠其子弟間的抄寫本，一般大眾無法窺其全貌，可見《本草妓要》的作者及讀者必然是精通修庵著作的人，例如都賀庭鐘這位修庵的得意門生，他擅於寫雅俗共賞的作品，就極有可能是此書的作者或讀者。本書屬當代典型的醫書改編著作，這類的作品可能當時在同好之間私下流傳，而其作者或讀者就如同都賀庭鐘一般，一邊從事醫業，一邊於閒暇時將醫書改編成妓院文學用以抒發壓力。

修庵是提倡儒醫一體的古方派（江戶中期興起的漢方醫學門派，批判宋代以後的醫學著作，提倡重現宋以前的醫學療法）大家，但因其個性擇善固執，而易引發當代文人對他的嘲諷，如平賀源內在他的《放屁論》等著作中對他嘲弄和批判；但也有敬佩他的人，比如曾私淑修庵的江戶後期漢方醫師橘南溪，就曾在其隨筆《北窗瑣談》裡提到修庵年少時因太忙於醫治病人，而不曾在行醫時中途如廁的軼事，諸如此類的逸聞，傳為美談，可見其行醫之認真態度。而其弟子中自然有景仰這位老師者也有嘲弄的，對他的弟子而言，平時奉老師的著作為金科玉律，當一旦脫下醫袍化為文人騷客時，老師的著作即刻轉變成他們調侃改編的對象。

《本草妓要》一書出乎意料的受到當時讀者們的熱烈歡迎，而不斷的再版，其讀者群也擴展至修庵的弟子以外的一般民眾，而這本書的讀者大多是不精通醫學的門外漢，他們有可能會發現這本書與修庵的著作有相關，進而在閒暇時將修庵

的著作找出來閱讀嗎？還是只有醫生才能看穿本書與修庵著作的關連呢？若真為了將《本草妓要》「融會貫通」，而特地去翻閱如《一本堂藥選》等專業醫書的讀者存在的話，那麼，我們是否可說修庵的著作不僅只是醫學專書，並具有近似文學讀物般的存在意義呢？從《本草妓要》書中所舉的例子可知於江戶時代醫書與文學作品的界線比現代人想像中更為模糊。

以下再舉一例，各位是否可分辨出 A 與 B 何者為醫學作品，又何者為文學作品呢？

A 太陽病，項背強几几，無汗惡風，葛根湯主之。

B 知是太陽病，脈浮頭項強，藥方何所主，仲景葛根湯。

A 是醫學書《傷寒論·弁太陽病脈證并治》裡的醫學理論，而 B 為文學作品《茶果子初編》裡的五言絕句，這首詩在文句上很難說它有改變成詼諧的詩文意味，只是將《傷寒論》的文章改寫成韻文以利於當代人背誦；它的重點並不在於其文學價值，而在於它不僅是作者自得其樂的小品文，且因獲出版商青睞，將其印刷成為民間廣為流傳的讀物。由此觀之，醫學經典也因改寫成為大眾文學而使讀者群擴大。

江戶中期的醫師兼文人勝部青魚曾於《剪燈隨筆》中提到，當時的思想界流行伊藤仁齋等人的古學派（否定宋明理學，強調回到孔孟時代的復古運動），而此派之風氣傳至醫學，更甚至影響國學（盛行於十七十八世紀的日本，專門研究考據日本古代文學與神道），以致萬葉集和歌的研究因而盛行。換言之，當代確實有文人認為儒學的古學派影響擴及到醫學的古方派甚而再傳至國學的研究，可見醫學融合文學，它們之間的相關性在那個時代是有其脈絡可尋的。綜觀前所述，現代人總認為醫學與文學是不相關的領域，但這樣的分類法卻無法完全掌握江戶文化之全貌。期盼各位讀者能透過本著作，對江戶時代的醫學與文學之間的關係有全新的認識。

Breaking boundaries between literature and medicine

ボグダン真理愛［愛媛大学（院）］

When a person hears the expressions "medical books" or "books on herbal medicine" (『本草書』*honzousho* in Japanese), they often associate them with scholarly (and often dry) reports on research and findings in these sciences. Yasunori Fukuda, however, takes a fresh look at this "scientific literature" and opens our eyes to the fact that it is, in fact, literature.

In the academic world, we often see a focus on differences between subjects, a focus that leads to the creation of multiple, highly specialized genres. A problem with this line of thinking is that when you concentrate on the differences, you tend to view genres in isolation—as though they have been developed completely independently of each other—and can often miss the important connections that exist between them. We need to realize that a genre is merely an artificial construct in a person's mind used in categorizing the outside world which we perceive.

Once the foundation has been laid in which objects or concepts have been separated, given individual concrete definitions, and organized into systems, we also need to shift our focus more onto examining the connections and interactions between them. Finding new connections and offering ways to see the everyday world from a more holistic point of view can lead to us having a richer, deeper perspective of the universe.

The shift to an interdisciplinary focus can be observed in recent changes in pedagogical approaches. For example, the new curriculum which Finland will put into effect in August of 2016 will depend heavily on a move toward phenomenon-based teaching, which is a move away from subjects and toward interdisciplinary topics. In Switzerland, another country renowned worldwide for its educational

医学書のなかの「文学」

江戸の医学と文学が作り上げた世界

著者

福田安典

（ふくだ・やすのり）


1962年大阪生。大阪大学文学部卒。同大学院文学研究科後期課程単位取得退学。

博士（文学）。専門は日本近世文学。

大阪大学助手、愛媛大学教育学部教授を経て、現在日本女子大学文学部教授。

著書――『浪速烟花名録』（大阪大学国語学国文学研究室編、和泉書院、1995年）、『都賀庭鐘・伊丹椿園集』（共著、国書刊行会、2001年）、『医説』（三弥井書店、2002年）、『三輪田米山日記を読む』（共著、創風社、2011年）、『平賀源内の研究 大坂篇―源内と上方学界』（ぺりかん社、2013年）など。


平成28（2016）年5月10日　初版第1刷発行

ISBN978-4-305-70804-5 C0095

発行者

池田圭子

発行所

〒101-0064

東京都千代田区猿楽町2-2-3

笠間書院

電話 03-3295-1331 Fax 03-3294-0996

web :http://kasamashoin.jp/

mail:info@kasamashoin.co.jp

装丁 笠間書院装幀室

印刷・製本 大日本印刷